Hanne Holms

BALEARENBLUT

Ein Mallorca-Krimi

PIPER

Mehr über unsere Autoren und Bücher:
www.piper.de

MIX
Papier aus verantwortungsvollen Quellen
FSC® C083411

Originalausgabe
Juni 2017

Umschlaggestaltung: Eisele Grafik-Design, München
Umschlagabbildung: Anan Kaewkhammul/Bigstock (Sand);
Image Source/GettyImages (Stühle)
Satz: Kösel Media GmbH, Krugzell
Gesetzt aus der Officina
Druck und Bindung: CPI books GmbH, Leck
Printed in Germany ISBN 978-3-492-31036-9

Hanne Holms
Balearenblut

PIPER

Zu diesem Buch

Lisa Langer arbeitet als freiberufliche Reisejournalistin und hält sich damit eher schlecht als recht über Wasser. Ihre geheime Leidenschaft gilt jedoch weder dem Werbetexten noch dem Schreiben von Reportagen, sondern ganz den Kriminalromanen. Manch anstrengender Auftraggeber musste auch schon mit dem Leben bezahlen – wenn auch nur auf dem Papier. Lisas nächster Job führt sie auf die Sonneninsel Mallorca. Doch kaum angekommen, stürzt ein Hotelgast aus dem dritten Stock vom Balkon – und ihr direkt vor die Füße. Das Messer, das zwischen seinen Schulterblättern steckt, macht einen Selbstmord eher unwahrscheinlich. Die Neugierde der heimlichen Krimiautorin ist geweckt. Wann kann man sich schon mal eine Leiche aus der Nähe ansehen und der Polizei über die Schulter schauen? Plötzlich findet sich Lisa inmitten von Mordermittlungen wieder – und insgeheim malt sie sich schon das Cover ihres neusten Krimis aus …

Hanne Holms, geboren in Stuttgart, betreibt das Journalismus-Gewerbe mit Herzblut. Viele Jahre machte sie Zeitschriftenredaktionen und Radiostationen unsicher, nun bereist sie als Reisejournalistin die schönsten Orte der Welt. Dort arbeiten, wo andere Urlaub machen, ist seitdem ihre Devise. Doch Hanne Holms schreibt auch leidenschaftlich gern Kriminalromane, und so sind Mord und Totschlag ihre liebsten Reisebegleiter. Mehr zur Autorin unter *http://www.hanneholms.de.*

Für R.
In Erinnerung an schöne Zeiten auf Mallorca

– UN –

Der hagere Typ stand auf, fuhr sich durchs strähnige Haar, streute lässig einige Münzen auf den Tisch und schlurfte zur Treppe, die nach oben auf die Straße führte. Während Jorge ganz in Ruhe seinen Tequila austrank, kam der Wirt Alejandro hinter seinem Tresen hervor und vergewisserte sich mit einem finsteren Blick, dass der Typ seine Bodega verlassen hatte.

Alejandro brummte vor sich hin, wischte die Münzen mit einer schnellen Bewegung vom Tisch und steckte sie in den Geldbeutel, der an seinem Gürtel hing. Dann rieb er mit einem Tuch über den Teil der dunklen Tischplatte, an dem der Hagere gesessen hatte, und ging wieder hinter den Tresen.

Kurz darauf trat er erneut an Jorges Tisch, stellte einen Café solo für sich und einen Cortado für seinen Gast hin und setzte sich.

»Mensch, Jorge«, knurrte er und nickte noch einmal in Richtung Treppe, »wieso musst du dich immer noch mit diesen Typen treffen, wo du doch seit eineinhalb Jahren pensioniert bist?«

»Seit dreizehndreiviertel Monaten, Alejandro, also erst seit einem guten Jahr. Und es ist immer noch meine Insel.«

»Pah, *deine* Insel! Wir sind hier in Port d'Alcúdia, nicht im Wilden Westen. Und diese Ganoven … Also, ich an deiner Stelle wär froh, wenn ich diese Halunken endlich vom

Hals hätte. Und mir persönlich wäre es auch ganz recht, wenn du dieses halbseidene Gesocks nicht ausgerechnet in meiner Bodega treffen würdest. Wenn du nicht mein Freund wärst, dann würde ich solche Typen wie den eben gar nicht erst reinlassen.«

Jorge grinste, trank seinen Cortado aus und wischte sich den Rest des Milchkaffees von den Lippen. Dann schob er die Tasse von sich und sah den Wirt gespielt vorwurfsvoll an.

»Du nennst dich meinen Freund – und bringst mir einen Kaffee? Mit Milch, und das am Nachmittag!«

»Ja. Ein Cortado macht dich wieder ein bisschen klarer. Tequila hattest du heute schon genug. Zumindest für diese Uhrzeit.«

»Wieso? Es ist doch schon ...« Jorge nestelte umständlich seine altmodische Klappuhr aus der Hosentasche. »Es ist doch schon fünf. Da darf doch wohl ein armer Pensionär so viel Tequila trinken, wie er will?«

Er lachte rau, musste husten und winkte dankend ab, als Alejandro aufsprang und ihm einige Male mit der flachen Hand fest auf den Rücken klatschte.

»Jetzt hör schon auf, Alejandro! Du schlägst mich ja windelweich. Déu meu, und das bei dem bisschen Husten ...« Jorge zwinkerte dem Wirt zu. »Ein Tequila würde da sicher besser helfen.«

»Nichts da, und jetzt gehst du erst mal nach Hause und schläfst dich aus. Oder willst du heute Abend kneifen? Diesmal würdest du wirklich was verpassen: Rodrigo kommt mit dem Schinken, den er seinem Onkel abgeschwatzt hat, Bernardo bringt frisches Brot mit, und ich habe auch schon einen passenden Wein im Sinn.«

»Na gut, dann leg ich mich ein bisschen aufs Ohr und werde etwas vorschlafen. Falls ich nach deinem Cortado überhaupt einschlafen kann.«

»Bufó«, knurrte Alejandro, grinste dazu aber breit und machte sich wieder an die Arbeit.

Jorge kraxelte die ausgetretenen Stufen hinauf und ließ die schwere Holztür hinter sich zufallen. Das mit zwei Reißzwecken an der Tür befestigte Pappschild trug die Aufschrift »Heute geschlossen« und flatterte im Windzug.

Er blinzelte in die Nachmittagssonne. Es war warm, und aus dem schmalen Küchenfenster der Bar Sa perca daurada zog ein schwerer Knoblauchduft herüber. Ein Lächeln legte sich auf sein Gesicht, und beschwingt hielt er auf die Bar zu, wo er sich ein Gläschen Wein und einen »Gruß aus der Küche« gönnen würde. Das jedenfalls bestellte sich Jorge immer. Manuel wusste genau, was sein Stammgast meinte, und ließ seine Frau eine Platte mit kleinen Leckereien auftragen, dazu heiße, geröstete Brotscheiben und in der Mitte der Platte ein kleines Töpfchen mit etwas Sofrito, der würzigen Soße, mit der Manuel am Abend seinen legendären Eintopf veredeln würde.

Krachend biss Jorge ins Röstbrot und spülte mit etwas Rotem nach. Schlafen kann ich auch noch, wenn ich tot bin, dachte er.

Mallorca Ende Juni, mitten in der Hauptsaison – das hatte Lisa für keine gute Idee gehalten. Aber wenn die Redaktion des renommierten Reisemagazins *myJourney* ihr einen gut bezahlten Auftrag gab, konnte sie sich eine Absage nicht leisten. Und weil die bestellte Reportage perfekt zur Anfrage eines mallorquinischen Hotels passte, das Texte für einen neuen Imageprospekt brauchte, würde sie diesmal zwei Fliegen mit einer Klappe schlagen, würde gutes Geld verdienen und obendrein ein oder zwei schöne Wochen in der Sommersonne verbringen. Die vielen Touristen würde sie schon irgendwie aushalten.

Außerdem mochte sie Alex zumindest beruflich nichts abschlagen. Als Redakteur von *myJourney* gab er ihr immer wieder lukrative Aufträge, und er machte kein Geheimnis daraus, dass er sich auch privat das eine oder andere mit Lisa vorstellen könnte. Sie selbst war da zurückhaltend: Alex war ein netter Kerl, aber Beruf und Privatleben hatte sie schon einmal nicht strikt genug getrennt – das Ende der Beziehung hatte sie obendrein einen guten Kunden gekostet. Das würde ihr kein zweites Mal passieren.

Jetzt hatte sie endlich Abstand zu der ganzen Sache gewonnen, war vom Süden nach Hamburg gezogen und hatte mit zwei schönen Zimmern in der geräumigen Wohnung einer älteren Dame eine passende Bleibe gefunden. Sie wohnte nicht weit von der Außenalster, und wenn sie wieder einmal für eine Reportage wochenlang auf Reisen war, kümmerte sich ihre Vermieterin um ihre paar Pflanzen und nahm ihre Post entgegen.

Und so hatte sie auch diesmal nicht viel zu organisieren, bevor sie sich mit Rucksack und Rollkoffer auf den Weg zur U-Bahn machte. Als sie in Ohlsdorf ausstieg, quatschte sie ein öliger Gigolo blöd an, aber sie ließ ihn stehen, schlüpfte in die S-Bahn und war erleichtert, als sich die Türen schlossen, ohne dass er sich zu ihr in den Waggon gedrückt hatte.

Ein sympathischer Endzwanziger, der zwei Reihen vor ihr stand, schaute ab und zu verstohlen zu ihr herüber und sah schnell zur Seite, als sie seinen Blick erwiderte. Lächelnd sah sie zum Fenster hinaus. Bäume flogen vorbei, dann tauchte die Bahn in den Tunnel ab. Lisa war ganz zufrieden mit ihrem Spiegelbild, das sie in den Scheiben sah. Sie hatte sich gut gehalten für ihre sechsunddreißig Jahre, war schlank und sportlich, und die kurzen dunkelbraunen Haare trug sie in einem modischen Wuschelkopf.

Der Endzwanziger bemühte sich sehr, nicht mehr allzu auffällig zu ihr herüberzuschauen, und nach dem Ausstieg am Flughafen hatte sie ihn schon bald aus den Augen verloren.

Der Flieger nach Palma war natürlich auch am Montagnachmittag ausgebucht. Während in Hamburg die Schüler noch einige Wochen bis zur Zeugnisvergabe warten mussten, hatte das benachbarte Niedersachsen schon Ferien. Daher saß sie wenig später im Flugzeug zwischen fröhlich plappernden Lüneburgern und Cuxhavenern. In der Reihe vor ihr freuten sich zwei schwäbische Familien mit Vorschulkindern über die früh gebuchten Spartickets, die es ihnen ermöglicht hatten, noch einen Tag in den Räumen der großen Modellbahn in der Speicherstadt zu verbringen. Lächelnd ließ sie den vertrauten Dialekt auf sich wirken.

Das Geplapper um sie herum machte Lisa schläfrig, und als sie die Augen wieder aufschlug, setzte der Pilot schon zum Landeanflug auf Palma an. Pünktlich um sechs rollte der Flieger aus, und Lisa machte sich auf den Weg zur Gepäckausgabe. Der Koffer kam, der Mietwagen war reserviert, und bald steuerte sie den kleinen koreanischen Zweitürer auf der MA-13 gen Nordosten. Nach einer guten halben Stunde hatte sie bei Crestatx das Ende der Ausbaustrecke erreicht, von da an ging es zwischen Wiesen und Feldern etwas langsamer dahin. Lisa schaltete die Klimaanlage aus und ließ die Fenster herunter. Der warme Wind wehte über ihr Gesicht und verfing sich in ihren Haaren, durch die sie sich immer wieder strich.

Am Fuß des Puig de Sant Martí musste sie einem mit Melonen beladenen Lastwagen ausweichen, der in aller Ruhe aus einem Feldweg heraustuckerte. Der Fahrer scherte sich nicht um den Verkehr und bog wenig später schon wieder auf einen anderen Feldweg ab. Auf der Hauptstraße hatte er eine dunkle Abgasfahne hinter sich hergezogen, auf dem Feldweg war der dunkelgraue Qualm wegen des aufgewirbelten Staubs aber schon bald nicht mehr zu sehen.

Das Navi leitete sie nördlich um Port d'Alcúdia herum und am letzten Kreisverkehr vor dem Hafen links den Hang hinauf. Die Straße führte zunächst durch ein kleines Wäldchen, und nach etwa hundertfünfzig Metern erreichte Lisa die imposante Vorderseite eines Hotels. Das Hauptgebäude, das in warmen Farbtönen gehalten war, wirkte mit seinen Zinnen und Türmchen ein wenig wie ein maurischer Palast. Vor dem Haupteingang spendete ein ausladendes Vordach Schatten, darunter war ein roter Teppich ausgelegt, der durch das Portal aus Glas und poliertem Messing in die Halle führte. Mehrere Pflanztöpfe mit Palmen säumten den Vorplatz, und in der Mitte des Rondells, um das der Weg in elegantem Schwung herumführte, stand ein etwas kitschiger Brunnen, dessen Wasserbecken mit Ornamenten verziert war und das auf dem Rücken von zwölf steinernen Löwen ruhte.

Lisa rollte langsam an den parkenden Bussen vorbei. Als sie vor dem Eingang fast auf Schrittgeschwindigkeit abgebremst hatte, flitzte ein Page herbei. Sie musste abrupt anhalten, um den eifrigen jungen Mann nicht zu überfahren, doch der riss zackig die Fahrertür auf und forderte Lisa mit tiefem Diener und einer ausladenden Geste zum Aussteigen auf. Sie tat ihm den Gefallen, doch als sie sich gerade zum Kofferraum wenden wollte, um ihren Rollkoffer herauszuholen, bemerkte sie die rechte Hand des Pagen, die mit der Handfläche nach oben vor ihr schwebte. Sie nestelte einen Fünf-Euro-Schein aus der Hosentasche und legte ihn in die Hand. Doch der Junge sah sie ganz erschrocken an, warf einen schnellen Blick in Richtung Haupteingang und schüttelte dann energisch den Kopf.

»Nein, Señorita«, raunte er ihr zu, »den Autoschlüssel, bitte. Wir nehmen vom *ankommenden* Gast kein Trinkgeld.«

Die Betonung war ihm etwas zu deutlich geraten, deshalb schob er ein entschuldigendes Lächeln hinterher. Lisa reichte ihm den Schlüssel und ging zum Kofferraum. Doch der war inzwischen von einem zweiten Pagen entladen und wieder verschlossen worden.

»Wenn Sie mir bitte folgen möchten«, sagte der Page mit dem Koffer und marschierte auf dem roten Teppich davon.

Während ihr Wagen geparkt wurde, folgte sie dem Rollkoffer zur Rezeption. Dort stand ein distinguierter Mittfünfziger im dunklen Anzug, auf dessen Revers ein Anstecker in der Form zweier gekreuzter Schlüssel zu sehen war. Das ergraute Haar hatte der Concierge streng nach hinten gekämmt, und auf der gewaltigen Nase thronte eine randlose Brille, die er weit nach vorn geschoben hatte. Er nickte dem Pagen ernst zu und verneigte sich dann vor Lisa.

»Wenn Sie mir bitte Ihren Namen nennen möchten?«, näselte er und ließ sich zu einem gnädigen Lächeln herab.

»Langer, Lisa Langer.«

Er überflog die Liste vor sich, dann hellte sich seine Miene etwas auf.

»Ah, Señorita Langer aus Alemania. Sehr schön.«

Er beugte sich ein wenig vor und schien enttäuscht, als er nur einen Rollkoffer vor seinem Tresen stehen sah. Dann warf er dem Pagen einen Blick zu, der sich zwei Schritte hinter Lisa zurückgezogen hatte und nun sofort wieder neben sie trat.

»Pablo«, kommandierte der Concierge mit ruhiger Stimme, »das ist Señorita Langer. Sie wird uns eine schöne neue Imagebroschüre schreiben. Bring bitte ihr Gepäck nach oben und zeig ihr das Zimmer.«

Pablo verbeugte sich, schnappte Lisas Koffer und wartete darauf, dass sie ihm folgte. Der Concierge wandte sich noch einmal an seinen Gast.

»Und sobald Sie sich erfrischt haben, klingeln Sie bitte kurz durch. Dann wird Pablo Sie zur Geschäftsleitung bringen. Señor Monte erwartet Sie in seinem Büro. Aber ich soll Ihnen ausrichten: Lassen Sie sich bitte so viel Zeit, wie Sie mögen. Señor Monte hat heute noch sehr lange im Büro zu tun. Er wird sicher bis zehn, halb elf am Schreibtisch sein, da macht es keinen Unterschied, ob Sie gleich nachher oder erst später zu ihm gehen.«

Nach den Tapas und einem Glas Rotwein war Jorge dann doch noch eingenickt. Manuel hatte ihn eine Weile auf dem Baststuhl in der Ecke schlafen lassen, aber als er leise zu schnarchen begann und die ersten Gäste die Bar betraten, weckte er ihn vorsichtig. Jorge entschuldigte sich wortreich und tappte nach Hause, wo er sich ein wenig hinlegte, um für den Abend in der Bodega gerüstet zu sein.

Nun war er wieder wach und frisch geduscht, es war fast neun und höchste Zeit für den kurzen Fußweg zum Treffen mit seinen Freunden. Er trat auf die Straße, grüßte einige Nachbarn und atmete die noch immer recht warme Abendluft ein. Das Wasser lief ihm schon im Mund zusammen, als er an die Leckereien dachte, die er sich gleich schmecken lassen würde, und er ging voller Vorfreude in Richtung Bodega.

Die Gestalt, die sich in die schattige Hofeinfahrt drückte und dabei ständig nervös in alle Richtungen blickte, war so lausig versteckt, dass Jorge demonstrativ mitten auf dem Gehweg stehen blieb und ihn missbilligend anschaute, beide Fäuste in die Hüften gestemmt.

»Findest du das nicht albern?«, rief er ihm zu, aber der hagere Mann trat nur ganz kurz aus der Einfahrt, packte ihn an beiden Schultern und zog ihn mit sich in den Schatten.

»Jetzt ist es aber gut, Juan«, schimpfte Jorge und schüttelte die Hände des anderen ab. »Spinnst du, mich hier herumzuschubsen?«

»Tut mir leid, Jefe, aber ...«

Er beugte sich noch einmal vor und sah nach links und rechts die Carrer de les Barques entlang. Touristen schlenderten durch die Straße, und selbst ein Einfaltspinsel wie Juan musste erkennen, dass von händchenhaltenden Spaziergängern und älteren Herren mit Strohhut und Digitalkamera nicht mehr zu befürchten war, als dass sie einen baten, man möge sie doch bitte in dieser malerischen Umgebung fotografieren. Dennoch wirkte er keineswegs beruhigt, sondern legte seine albernste Verschwörermiene auf.

»Ich muss Ihnen unbedingt sagen, was ich heute gehört habe. Und bitte nennen Sie mich nicht Juan!«

»Aber so heißt du nun mal!«

»Nicht während unserer Treffen. Nennen Sie mich einfach s'Orella, bitte!«

Jorge verdrehte die Augen. »Ich weiß, dass du dich ›das Ohr‹ nennst, aber wir sind hier unter uns! Können wir diese Kinderspielchen nicht lassen?«

»Bitte, Jefe!«

Er sah ihn flehend an, und Jorge winkte seufzend ab.

»Meinetwegen, du Pappnase. Und wenn wir schon dabei sind: Ich bin nicht mehr der Jefe Superior, ich bin pensioniert. Das könntest du dir ruhig mal merken.«

Juan zuckte mit den Schultern.

»Für mich bleiben Sie der Boss, Jefe … äh … Señor Bennàssar … äh …«

»Schon gut. Und nun komm endlich zur Sache. Ich bin mit frischem Brot, feinem Schinken und würzigem Wein verabredet, die drei will ich nicht unnötig warten lassen. Und wir beide haben uns erst heute Nachmittag unterhalten. Also, was gibt's denn jetzt schon wieder?«

»Ich war nach unserem Gespräch noch einmal draußen«, raunte der Hagere und machte ein Gesicht, als müsse Jorge sofort klar sein, was er meinte. Der zog aber nur eine genervte Miene. »In der s'Albufereta, Jefe, da stinkt etwas zum Himmel. Das habe ich Ihnen doch vorhin schon gesagt.«

Das hatte er wirklich. In düstersten Farben hatte er über Machenschaften fabuliert, die am nördlichen Rand der Gemarkung Alcúdia im Gange seien. Dort, wo auf der Gemeindegrenze zu Pollença gut zweihundert Hektar Sumpfgebiet als Naturreservat ausgewiesen waren, zur Freude der Naturschützer und der dort brütenden Vögel. Ein Naturreservat, das größtenteils in Privatbesitz war.

Doch Juan konnte für keine seiner Mutmaßungen Belege beibringen, und er konnte nicht einmal halbwegs konkret benennen, was dort eigentlich für eine Sauerei vorbereitet werde.

»Weißt du, Juan, ich glaube eher, dass du dir da was zusammenspinnst. Vielleicht will ja außer mir keiner deine Geschichten hören, oder du willst nur die Tapas und den Tequila schnorren, die ich dir bei Alejandro ausgebe.«

»Aber Jefe ...« Jorge legte die Stirn in Falten. »Ich meine, Señor Bennàssar ... ich habe vorhin einen Fremden dort gesehen. Der hat mit den Besitzern von zwei Fincas gesprochen, die am Rand des Naturreservats stehen. Einer hat ihn wieder fortgejagt, der andere hat ihn hereingebeten – und es würde mich nicht wundern, wenn der zweite hinterher ein paar Scheine mehr in der Tasche hatte als vorher.«

»Und du glaubst, dass dieser Fremde die Leute überredet, ihre Fincas zu verkaufen? Warum, bitte schön, sollte er das tun?«

»Ich habe gehört«, brachte Juan heiser hervor und tippte sich ans rechte Ohr, »dass dort eine ganz große Sache vorbereitet werden soll.«

»Du hast aber nicht gut genug hingehört, denn du hast keinen Schimmer, worum es sich dabei handeln könnte.«

»Das liegt doch auf der Hand, Je... Señor Bennàssar, irgendetwas mit Immobilien, eine neue Hotelanlage vielleicht oder einer dieser teuren Clubs, was weiß ich.«

»Eben! Was weißt du! Und jetzt mach dich davon und lass mich endlich in die Bodega gehen. Meine Freunde essen mir die besten Stücke weg, während ich mir deine Märchen anhören muss.«

Juan sackte ein wenig in sich zusammen, aber Jorge klopfte ihm auf die Schulter.

»Wir machen das so, s'Orella«, schlug er in versöhnlicherem Ton vor. Juan richtete sich auf und hing nun an den Lippen des früheren Leiters des Cuerpo Nacional de Policía auf Mallorca. »Du hörst dich weiter um, und sobald deine Ohren, die ja auf der ganzen Insel legendär sind, etwas aufgeschnappt haben, womit ich wirklich etwas anfangen kann, sagst du mir Bescheid. Und dann kümmere ich mich darum.«

Jorge hatte kurz Sorge, ob er mit den legendären Ohren etwas zu dick aufgetragen hatte, aber s'Orella stand mit so stolzgeschwellter Brust und so eifrig nickend vor ihm, dass die Bedenken schon bald verflogen waren.

»Los jetzt, du Spürnase!«, rief Jorge. Juan sah ihn irritiert an, und er korrigierte sich sofort. »Spürohr, meinte ich natürlich. Hör gut hin, ich freu mich schon auf deine Informationen.«

Damit verabschiedete er Juan, der über das ganze glatt rasierte Gesicht strahlte, dem pensionierten Polizisten noch einmal zuzwinkerte und dann auf die Straße hinaustrat, wo er sich so auffällig unauffällig unter die flanierenden Touristen mischte, dass ihn einige misstrauisch anschauten.

Jorge sah ihm nach, bis er um die nächste Straßenecke verschwunden war, dann seufzte er und ging die letzten Schritte bis zu Alejandros Bodega. Er dachte über Juans Äußerungen nach und fragte sich, ob womöglich doch etwas in der s'Albufereta vor sich ging, das er sich mal genauer ansehen sollte. Doch dann zog er die schwere Tür zur Ca na Miranda auf. Ihm wehte der Duft von getrocknetem Schinken und frisch gebackenem Brot entgegen, und von unten hörte er klirrende Weingläser.

Sofort waren alle Ganoven und Spitzel Mallorcas für den Moment vergessen.

Nach einer ausgiebigen Dusche und etwas frischem Obst aus der Schale, die auf der Anrichte bereitstand, hatte Lisa nur noch kurz ihre Mails checken wollen. Doch schon die dritte Nachricht machte ihr klar, dass das anstehende Treffen mit dem Hoteldirektor noch ein Weilchen warten musste.

»Liebe Frau Langer«, begann die Mail, »noch einmal möchte ich mich herzlich bedanken, dass Sie uns Ihr Manuskript zur Prüfung überlassen haben. Meine Kollegen und ich sind ganz begeistert von Ihrer Hauptfigur, von der Grundidee der Geschichte und natürlich von Ihrer wunderbaren Art, Urlaubsatmosphäre mit einem leicht und munter geschriebenen Kriminalfall zu verbinden. Denken Sie doch bitte möglichst bald darüber nach, an welchen Orten weitere Fälle spielen könnten – wir sehen großes Potenzial für eine überaus erfolgreiche Krimiserie. Den Entwurf für einen Autorenvertrag finden Sie im Anhang, wobei wir die Details natürlich, wie verabredet, gern mit Ihrer Agentin besprechen, der diese Mail in Kopie zugeht. Noch einmal herzlichen Dank, wir freuen uns schon alle sehr auf unsere Zusammenarbeit – und auch aus dem Vertrieb kamen schon sehr positive Rückmeldungen. Ich kann jetzt noch nichts versprechen, aber ich bin guter Dinge, dass wir Ihren ersten Urlaubskrimi als Toptitel einstufen und entsprechend mit Werbemaßnahmen flankieren werden. Wir haben alle ein gutes Gefühl, und ich glaube, Sie und wir dürfen uns auf einen schönen Erfolg freuen. Mit sehr herzlichen Grüßen, Ihre …«

Und dann folgten Name und Kontaktdaten der Lektorin,

der ihre Agentin das Manuskript vorgelegt hatte – mit dem dezenten Hinweis versehen, dass sie den Text zwar vor allen anderen bekommen habe, dass sie aber bei einem zu niedrigen Angebot sicher nicht die Einzige bleiben würde. Und jetzt bot ihr tatsächlich einer der großen Publikumsverlage einen Vertrag an!

Lisa holte ein kleines Fläschchen Sekt aus der Minibar und trank den ersten Schluck direkt aus der Flasche. Dann scrollte sie zu den neueren Mails. Ihre Agentin hatte keine zehn Minuten nach der Mail der Lektorin ebenfalls geschrieben.

»Liebe Lisa, den Vertrag habe ich kurz überflogen. So ungefähr können wir das meiner Meinung nach machen, aber den Vorschuss und die Absatzhonorare werde ich noch etwas nachverhandeln. Die Homepage für dein Pseudonym habe ich inzwischen registrieren lassen, und es gibt auch schon einen Dienstleister, der dir die Seite aufbauen und betreuen will. Mach ruhig ein Fläschchen auf, Lisa, und stoß auf deinen Erfolg an. Ich glaube, da kommt jetzt was Schönes ins Rollen! Herzliche Grüße!«

Erst jetzt öffnete sie den Anhang der Verlagsmail. Sie blätterte sich durch die sieben eng beschriebenen Seiten, dann wieder zurück zu den beiden Seiten, auf denen der Vorschuss und das Honorar zu lesen waren, das sie pro verkauftem Buch bekommen würde. Der Rest der Sektflasche war kurz darauf leer, und sie tigerte auf dem Balkon ihrer Suite auf und ab.

Und da will meine Agentin noch nachverhandeln?, dachte sie.

Ach, sollte sie nur. Offenbar kam da jetzt wirklich etwas Schönes ins Rollen.

Lisa brauchte fast eine Stunde, bis sie sich wieder so weit beruhigt hatte, dass sie sich für das Treffen mit dem Hoteldirektor gewappnet fühlte. Noch einmal sah sie sich in ihrem Zimmer um, das eher eine kleine Suite war. Sie wollte Señor Monte für die wunderbare Unterbringung danken und prägte sich dafür noch einmal die schönsten Details der Einrichtung ein. Schließlich hatten manche Auftraggeber sie auch schon in besseren Besenkammern untergebracht. In einem preisgünstigen Hotel in Südschweden zum Beispiel hatte sie die Enge ihres Zimmers dadurch lindern wollen, dass sie die Gardine zur Seite schob und das Fenster aufriss – und dabei feststellen müssen, dass das Zimmer gar kein Fenster hatte: Die Gardine hatte die Tatsache verdeckt, dass der Raum offenbar überall an Innenwände grenzte.

Pablo führte sie in die Etage, wo die Geschäftsleitung untergebracht war. Sie durchquerte in seinem Schlepptau ein recht geräumiges Vorzimmer und betrat schließlich einen Raum, der schlichtweg atemberaubend war. Es war eher ein kleiner Saal als ein großes Zimmer, und die geradezu verschwenderische Einrichtung trieb den maurischen Stil des Hotels auf die Spitze. Von der einen Ecke abgesehen, in der ein wuchtiger Schreibtisch aus dunklem Holz mit passenden Regalen und Schränken aufgestellt war, erweckte nichts den Anschein eines Büros.

Die glatt verputzten Wände waren in verschiedenen angenehm hellen Farbschattierungen gehalten, auf dem Boden waren Teppiche ausgelegt, die weich, aber keineswegs plüschig wirkten und den Raum mit diskreten Mustern in Creme- und Sandfarben wärmten. Eine Seite des Zimmers wurde von einer beeindruckenden Sitzgruppe aus ausladenden Polstermöbeln dominiert, deren grünlich gelb leuchtende Stoffbezüge an den Seiten zu gleichmäßigen Falten gerafft waren. Obenauf türmten sich an manchen Stellen Kissen unterschiedlicher Größe, mit Blumenmustern in kräftigen Farbtönen oder einfarbig in schwerem Rot oder gedecktem Orange. In der Mitte der Sitzgruppe stand ein sehr niedriger Couchtisch aus dunkelbraunem Holz, auf dem eine Karaffe mit Wasser und einige Gläser standen und eine Miniaturkopie des kitschigen Brunnens im Auffahrtsrondell des Hotels umgaben. Das üppige Bild rundeten einige überdimensionierte Schilfwedel, zwei Zimmerpalmen und Blumensträuße in riesigen Bodenvasen ab. Erst auf den zweiten Blick merkte Lisa, dass einige der Blumen nicht echt waren, sondern zu einem sehr realistischen Gemälde gehörten, das ein großes Stück der Wand hinter den Bodenvasen zierte.

Zwischen Schreibtisch und Sitzgruppe ging der Blick durch großzügige Fenster nach Westen, wo ein Balkon mit weiteren Pflanzen, einer Garnitur schwerer Holzmöbel und einem angedeuteten Baldachin sehr wohnlich gestaltet war. Dahinter war die imposante Kulisse eines weitläufigen, den Hang hinauf verlaufenden Gartens zu sehen.

»Guten Tag, Señorita Langer«, sagte eine angenehm sonore Stimme direkt neben Lisa. Sie fuhr herum. Ihr Blick fiel auf einen Mann Anfang vierzig, den sie sofort erkannte, denn natürlich hatte sie Julio Cesar Monte Tintorero vor ihrem Abflug gegoogelt. In der Realität wirkte er tatsächlich noch charmanter als auf der Homepage des El Moro alegre. Als Spross einer reichen Hoteliersfamilie war er in der Jugend ein passabler Tennisspieler gewesen, hatte aber nie mehr als ein, zwei kleinere Turniere gewonnen. Ein gewisser Ruf als Frauenheld eilte ihm voraus.

Er streckte ihr eine Hand entgegen, mit der Innenfläche nach oben, und als sie nicht gleich reagierte, fuhr er mit den Fingern unter ihre Hand, hob sie sachte vor seinen Mund und deutete mit einem galanten Lächeln einen Handkuss an.

»Ich hoffe, Sie sind mit Ihrem Zimmer zufrieden?«

Monte führte Lisa zur Sitzgruppe und wies ihr einen Platz zu. Die Polster waren weich, aber fest. Ihre Couch in Hamburg kam ihr in den Sinn, viel zu billig und schon so durchgesessen, dass man an manchen Stellen das Holz der Unterkonstruktion spürte. Der Hoteldirektor füllte zwei Gläser mit Wasser und setzte sich neben sie auf das Sofa. Er war ihr eine Winzigkeit näher gerückt, als sie es für angemessen hielt, aber weil er sonst keine Anstalten machte, in irgendeiner Weise aufdringlich zu werden, verzichtete sie darauf, ein Stück von ihm wegzurutschen. Vielleicht stimmte es ja doch, was ihr ein aufdringlicher Süditaliener einmal anvertraut hatte, bevor er ihr fast auf den Schoß gerutscht war: dass große körperliche Nähe in den Regionen rund ums Mittelmeer nicht zwingend plumpe Anmache bedeutete.

»Ja, Señor Monte«, antwortete sie, »das Zimmer ist sehr schön, vielen Dank. Und alle Ihre Mitarbeiter sind aufmerksam, alles hat Stil, die Ausstattung ist fast verschwenderisch, die Lage traumhaft – dabei habe ich seit meiner Ankunft vorhin noch gar nicht viel gesehen. Um ehrlich zu sein: Mir ist schon jetzt nicht mehr klar, warum Sie überhaupt eine Broschüre benötigen, so schön, wie Ihr Hotel ist.«

Er lächelte und fuhr sich mit einer schnellen Bewegung durch das volle graumelierte Haar.

»Sehr freundlich von Ihnen, Señorita. Aber sagen Sie

doch bitte Julio zu mir. Wir werden in den nächsten Tagen recht eng zusammenarbeiten, wie ich hoffe, da müssen wir uns den Tag nicht mit allzu vielen Förmlichkeiten erschweren, nicht wahr?«

Er lächelte noch mehr, und Lisa war es, als wäre er auf dem Polster noch ein kleines bisschen näher an sie herangerückt. Nun wich sie doch ein wenig zurück, und Monte quittierte die winzige Bewegung mit einem noch breiteren Lächeln.

»Test bestanden«, sagte er. »Leider.«

»Test? Welcher Test?«

»Nun … ich nehme an, Sie haben sich über mich informiert, bevor Sie losgeflogen sind?«

Lisa nickte.

»Was immer Sie gelesen haben, es wird wohl stimmen. Vor allem die schlimmen Sachen.«

Er lachte auf eine Weise, dass sich ihr die Nackenhärchen aufstellten.

»Ich habe es wirklich ganz gern, wenn Frauen mich mögen. Manchmal ist es auch schön, wenn während der Arbeit ein gewisses Prickeln in der Luft liegt, aber das beschränkt sich in meinem Fall und hier im Haus auf ganz wenige Angestellte. Na ja, der Hausklatsch wird Sie da vermutlich aufs Laufende bringen. Wenn ich aber jemanden als Berater oder als Dienstleister von außerhalb hinzuhole, dann finde ich solche … nun ja … Verwicklungen eher hinderlich. Und eben wollte ich herausfinden, woran ich in dieser Hinsicht bei Ihnen bin.«

Er zwinkerte ihr zu.

»Wie gesagt: Test bestanden, leider. Denn ich gebe zu, dass Sie durchaus mein Typ sind. Aber bis Sie mit Ihrer

Arbeit hier im Hotel fertig sind, lasse ich Sie in Ruhe. Und ich darf Sie Lisa nennen – einverstanden?«

Er streckte die Hand aus, und sie schlug lächelnd ein.

»Einverstanden.«

Sumpfland, Kanäle und Vögel ohne Ende.

Die Sonne war schon fast am westlichen Horizont versunken, und während es nun endlich weniger heiß und schwül wurde, kam Bewegung in die Stechmücken, die sich in den Pfützen und im Brackwasser am Rand der Wasserläufe gemütlich eingerichtet hatten.

Er überprüfte noch einmal seine Liste. Bald würde er alles fotografiert haben, nur musste er zwischen den Schnappschüssen immer wieder gegen Hals und Gesicht, Arme und Beine klatschen, um die aufdringlichsten Plagegeister unschädlich zu machen. Eine halbe Stunde brauchte er noch, dann war er endlich fertig, und mehrere juckende Stellen im Nacken und an den Waden machten ihm klar, dass er offenbar nicht alle Mücken rechtzeitig erwischt hatte.

Beim Marsch zurück zum Wagen brach ihm noch einmal der Schweiß aus, dann war er endlich in eine neue Hose und in bequemere Schuhe geschlüpft und wieder in Richtung Hotel unterwegs. Der Fahrtwind fuhr ihm wild durch die Haare, und das Brausen ließ das Plärren des Autoradios nur bruchstückhaft an sein Ohr dringen. Den Wagen würde er wieder auf dem Gelände der stillgelegten Fabrik abstellen, wo er ein perfektes, gut verstecktes Plätzchen gefunden hatte. Das letzte Stück Weg bis zum Hotel war zu Fuß kein Problem, und so musste sich niemand wundern, warum sich ein Gruppenreisender zusätzlich noch ein Auto gemietet hatte.

Im Grunde genommen war es kein schlechter Tag gewesen. Er kam gut voran mit seinem Projekt, sein Investor würde zufrieden sein, und wenn die Konkurrenz nur noch zwei, drei Tage brauchte, um ihm auf die Schliche zu kommen, würde er genügend Verträge abgeschlossen haben, um für die anderen ein ernsthaftes Problem darzustellen. Und dann hatte er die Verhandlungsposition, die er brauchte.

Grinsend ließ er den Wagen in die Lücke zwischen zwei windschiefen Holzhütten rollen. Er stieg aus, schloss den Wagen ab und sah sich um. Keine Menschenseele war hier draußen zu sehen, nur der Wind verfing sich ab und zu in einem der trockenen Büsche. Es rauschte und knisterte, eine Bö rüttelte kurz an einem verrosteten Metalltor, dann herrschte wieder Ruhe, und er machte sich auf den Weg.

In sicherem Abstand folgten ihm mehrere Männer, die sich mit Gesten verständigten und auf ihrem Weg nach Norden darauf zu achten schienen, nicht von dem anderen bemerkt zu werden.

»Schauen Sie, Lisa«, begann Julio Monte, ihr den Grund für ihre Anwesenheit zu erklären, »dieses Hotel ist gewissermaßen meine letzte Chance, in meiner Familie wirtschaftlich gesehen einen Fuß auf den Boden zu bekommen. Ich habe mich jahrelang davor gedrückt, in die Firma einzutreten, weil ich keine Lust auf berufliche Verpflichtungen hatte – und jetzt, wo ich überraschenderweise doch noch Geschmack daran gefunden habe, jeden Tag bis spät in die Nacht zu arbeiten, ist mein Vater Cesar nicht mehr allein damit zufrieden, dass ich so fleißig bin, wie er es immer eingefordert hat. Jetzt will er Ergebnisse sehen, richtig gute Ergebnisse.«

Monte machte eine Geste, die den Raum und alles drum herum zu umfassen schien.

»Das El Moro alegre war meine Idee. Ich habe meinen Vater fast bekniet, einen maurischen Palast für Urlaubsgäste bauen zu dürfen. Ich wollte zeigen, dass man ein Haus wie ein Luxushotel führen kann, ohne dass wir mit den Preisen der Luxuskategorie die sogenannten normalen Gäste verprellen. Ich habe alles durchrechnen lassen, und es würde funktionieren – auch weil wir innerhalb der Hotelkette meines Vaters natürlich zu Preisen einkaufen können, von denen andere nur träumen können. Aber leider sind wir nicht annähernd so gut gebucht, wie es nötig wäre, damit sich das Ganze auch wirklich rechnet.«

»Und woran liegt das?«

»Wir hatten, glaube ich, in mancherlei Hinsicht kein so glückliches Händchen. Die Lage hier am Hang ist toll, weil wir das kleine Wäldchen haben – aber wären die Bäume weg, würden Sie nach Südwesten auf den Jachthafen und nach Südosten auf den alten Hafenschutzturm blicken, den Torre Major, doch leider auch auf den weniger malerischen Fährhafen und die Schornsteine der Industrieanlagen direkt südlich von uns.«

Lisa gefiel das charmante Lächeln, mit dem er diese Makel vorbrachte.

»Dann«, fuhr er fort, »fand ich den Namen sofort toll, den unser zentrales Marketing vorgeschlagen hat: El Moro alegre – der fröhliche Maure. Mir gefiel es, weil wir daran mit dem Gebäudestil und der Einrichtung anknüpfen konnten.«

Er deutete auf die Miniatur, die mitten auf dem Tisch stand.

»Erkennen Sie diesen Brunnen wieder?«, fragte er.

Sie zuckte mit den Schultern.

»Es ist ein Modell des Brunnens draußen auf dem Rondell vor dem Eingang. Das ist eine Nachbildung des Löwenbrunnens, der im Löwenhof der Alhambra in Granada steht«, erklärte er und schien ein wenig enttäuscht, dass ihr das offensichtlich entgangen war.

»Oh, das tut mir leid. Da habe ich mich als Reisejournalistin nicht gerade mit Ruhm bekleckert, was?«

»Ach, so geht mir das dauernd«, beruhigte Julio Monte sie und sah schon wieder ganz gut gelaunt aus. »Ich mache mir tausend Gedanken. Der Brunnen draußen war ziemlich teuer, und so wie Ihnen geht es fast allen anderen Gästen auch: Wer nicht kürzlich in Granada war oder von einem meiner Mitarbeiter mit der Nase darauf gestoßen wird, erkennt den Löwenbrunnen nicht.«

Er winkte ab und nahm einen Schluck Wasser.

»Wie gesagt, ich mache mir zu viele Gedanken. Und manchmal auch noch die falschen. Nehmen wir den Namen des Hotels, der zumindest auf Mallorca selbst nicht besonders gut ankommt. Offenbar erinnert er die Leute an die arabische Besetzung der Insel vom zehnten bis zum dreizehnten Jahrhundert, und dann haben wir auch noch die spanische Schreibweise statt der katalanischen gewählt ...«

Julio lachte.

»Jedenfalls haben wir auf der Insel keine gute Presse bekommen, und in Zeiten, in denen Ihnen jeder mit einem gesenkten Daumen in den einschlägigen Bewertungsportalen in die Suppe spucken kann, können eine Handvoll eingeschnappte Mallorquiner einiges bewirken.«

»Sie glauben, dass Ihnen Leute von hier schlechte Kritiken geben, damit Sie keinen Erfolg haben?«

Er zuckte mit den Schultern.

»Zu allem Übel stammt meine Familie auch noch aus Madrid. Das ist für einen stolzen Mallorquiner womöglich noch schwerer zu ertragen als dieser Deutsche, der eine Zeit lang den Fußballclub drüben in Palma geführt hat.«

»Das ist natürlich schlimm«, stimmte Lisa ihm lachend zu.

»Und hier kommen Sie ins Spiel. Genießen Sie Ihren Aufenthalt im El Moro alegre, reden Sie mit meinen Angestellten, lassen Sie sich von meiner Assistentin oder von unserem Concierge Esteban vermitteln, was der Geist der Hauses ist und was wir unseren Gästen bieten möchten. Machen Sie Ausflüge in die Umgebung, reden Sie mit den Leuten ... Sie sprechen übrigens ein sehr gutes Spanisch.«

»Sprachen zu lernen ist mir schon immer leichtgefallen, und als Reisejournalistin komme ich allein mit Englisch nicht überall gut durch.«

»Katalan sprechen Sie aber nicht zufällig?«

»Nicht wirklich«, gab sie zu und grinste, »aber mein deutscher Akzent sollte so deutlich zu hören sein, dass mich niemand für eine Madrilenin hält.«

Julio Monte lachte schallend und stand auf.

»Gut«, sagte er und reichte ihr die Hand zum Abschied. »Natürlich stehe auch ich Ihnen zur Verfügung, wenn Sie etwas von mir wissen möchten.«

Sein Händedruck war weich und fest zugleich, und dazu schaute er ihr noch einmal tief in die Augen und lächelte sehr charmant.

»Und wenn Sie mit der Arbeit an unserer Broschüre fertig sind, Lisa, können wir uns ja vielleicht mal ganz privat zum Essen verabreden. Ich kenne da das eine oder andere verschwiegene Lokal ...«

Lisa erwiderte seinen Blick und sein Lächeln. Flirten konnte er, das musste sie ihm lassen.

»Wir werden sehen, Julio«, sagte sie und zwinkerte ihm zu.

Im Weggehen hörte sie, wie er zu seinem Schreibtisch ging, das Telefon abhob und eine kurze Nummer wählte.

»Hola, Maribel! Ich habe so schrecklichen Hunger, hättest du vielleicht Lust, mit mir ...«

Dann war sie auch schon im Vorzimmer und steuerte durch die Gänge des Hotels auf die Eingangshalle zu. Concierge Esteban stand wie ein Fels in der Brandung hinter seinem Tresen und beriet in aller Seelenruhe ein junges Paar, obwohl sich dahinter weitere Gäste in einem Pulk drängten. Er scheuchte nebenbei mit knappen Gesten die Pagen umher und hatte für alle ein Lächeln und ein geduldiges Wort.

Lisa blieb am Rand der Lobby stehen und beobachtete ihn eine Zeit lang. Er war offenbar tadellos ausgebildet, und er lebte das vor, was sich Julio Monte von seinem Hotel versprach: die Atmosphäre eines Luxushotels für Gäste mit normalem Geldbeutel. Ob eine junge Frau mit viel zu knappen Hotpants, in Flip-Flops und einem dünnen Top mit Spaghettiträgern vor ihm stand oder ein dickbäuchiger Mittfünfziger mit Sandalen, weißen Socken, kurzer Cordhose und Motivshirt – allen begegnete er so aufmerksam, zugewandt und freundlich, als hätte er gerade jetzt einen besonders wichtigen Gast vor sich.

»Señorita Langer«, begrüßte er sie lächelnd, als sich der

Trubel vor dem Tresen für einen Moment gelegt hatte und sie zu ihm trat. »Ich hoffe, Sie sind zufrieden mit mir.«

Lisa stutzte.

»Nun«, sagte Esteban mit feinem Lächeln und nickte zu dem Platz hinüber, an dem sie zuletzt gestanden hatte. »Sie haben mich doch eine Weile beobachtet. Habe ich mich gut geschlagen?«

»Mehr als gut. Sie waren sehr aufmerksam zu allen, und Sie sind auf die Gäste und ihre Fragen charmant und kompetent eingegangen. Ich hätte schwören können, dass Sie mich nicht einmal bemerken.«

»Ein guter Concierge bemerkt alles«, sagte er, beugte sich ein wenig vor und fuhr mit gesenkter Stimme fort: »Und lässt es sich nie anmerken.«

Sein Blick ging für einen Moment zur Seite, dann huschte ein Grinsen über sein Gesicht.

»Das gilt natürlich auch für alles, was mit unserem Herrn Direktor zu tun hat.«

Lisa wandte sich um und sah Julio Monte, der mit großen Schritten die Halle durchquerte. Vor dem Haupteingang wartete eine atemberaubende Schönheit im raffiniert geschnittenem Sommerkleid. Er begrüßte sie mit Küsschen, sie hakte sich bei ihm unter, und schon strebten die beiden auf eine schwarze Limousine zu, die in diesem Moment vorfuhr.

»Und da Sie ja jetzt eine von uns sind, zumindest auf Zeit, gewissermaßen, darf ich Ihnen vielleicht einen Rat geben?«

»Aber gern.«

»Sie können ruhig mit Señor Monte ausgehen, wenn er Sie einlädt. Er kennt viele schöne Lokale auf der Insel, er hat Stil und ist – soweit ich als Mann das beurteilen kann – ein angenehmer Begleiter. Er hat natürlich seine Absichten, aber Sie sehen nicht so aus, als könnten Sie ihn nicht im Zaum halten.« Er lächelte sie verschmitzt an. »Wenn Sie das wollen.«

»Das haben wir schon geklärt.«

»Sicher. Sonst wäre er heute Abend ja nicht mit Maribel ausgegangen.«

Sie sah ihn fragend an.

»Die schöne Kollegin, die draußen auf den Direktor gewartet hat. Sie macht den Frühdienst an der Rezeption, da hat sie tagsüber und abends natürlich Zeit, unter anderem für Señor Monte.«

Er zwinkerte ihr zu.

»Aber das bleibt natürlich unter uns. Im Team wissen das alle, die Gäste hingegen geht das nichts an. Wenn Sie sich in irgendeiner Sache nicht ganz sicher sind, was für die Öffentlichkeit gedacht ist und was nicht: Fragen Sie mich, ja?«

»Das mache ich, versprochen. Und ehrlich gesagt hätte ich schon jetzt eine Frage: Ich habe einen Bärenhunger, würde mir gern etwas typisch Mallorquinisches schmecken lassen – und dabei möglichst nicht im selben Lokal landen wie Maribel und der Direktor.«

»Wenn es etwas einfacher sein darf, würde ich Ihnen unbedingt zur Bar Sa perca daurada raten. Da können Sie bequem hinspazieren, der Abend ist ja herrlich, und Sie müssen auch nicht darauf achten, wie viel Wein Sie trinken. Übrigens ist direkt nebenan eine wunderbare Bodega untergebracht, die ich Ihnen auch ans Herz legen möchte, aber montags hat das Ca na Miranda leider geschlossen.«

Esteban schwärmte ihr von dem Eintopf vor, für den Manuel, der Wirt des Sa perca daurada, auf der ganzen Insel berühmt war, und er gab ihr gleich noch Tipps für die passenden Weine.

»Zum Essen müssen Sie unbedingt den Callet probieren, den Manuel von einem befreundeten Winzer aus Felanitx bezieht. Und wenn Sie danach noch was vertragen, gönnen Sie sich einen Malvasia zum Dessert. Damit können Sie vor Ihren gebildeten Lesern später glänzen, denn dieser Wein wird schon in Thomas Manns *Buddenbrooks* ausgeschenkt.«

Er lachte, voller Vorfreude verabschiedete sie sich von ihm und trat in den lauen Sommerabend hinaus. Felix, der Page, der nach ihrer Ankunft ihren Wagen für sie geparkt hatte, flitzte herbei und fragte, ob er ihr Auto holen solle.

»Nein, ich gehe zu Fuß. Esteban meinte, zum Sa perca daurada sei es nur ein Spaziergang.«

»Ja, das stimmt. Und grüßen Sie den Wirt herzlich von mir. Manuel ist der Cousin meiner Mutter. Vielleicht spendiert er Ihnen dann ja ein Glas Wein oder einen Tequila.«

Er lachte und schlenderte wieder zu seinem Platz neben dem Eingang, wo er auf Gäste wartete, denen er behilflich sein konnte. Als Lisa die Auffahrt hinunterschlenderte, kam ihr ein Mann Mitte vierzig entgegen, der aussah, als hätte er dringend einen Drink nötig. Unter den kurzen Ärmeln seines Poloshirts zeichneten sich dunkle Ränder ab, sein schütteres Haar, seitlich gescheitelt und mittelblond, klebte an einigen Stellen auf der Kopfhaut. In der rechten Hand trug er eine dünne Ledermappe, mit der linken fuhr er sich immer wieder durchs Haar, und dazwischen wandte er sich um und schaute zurück, als befürchtete er, verfolgt zu werden. Er stieß dabei fast mit Lisa zusammen, entschuldigte sich wortreich und mit einem etwas aufgesetzt wirkenden Lächeln und hielt dann weiter auf den Hoteleingang zu. Eine Wolke aus Deo und Schweiß folgte ihm, und Lisa machte, dass sie schnell einige Schritte wegkam und wieder die würzige Abendluft einatmen konnte.

Drunten im Wäldchen kamen die Aromen von Nadelholz und Moos dazu, auch Zigarettenrauch glaubte sie zu riechen. Ein Stück vor ihr löste sich ein Schatten aus den Bäumen neben dem Weg. Einen Moment lang kniff sie die Augen zusammen, um im schummerigen Licht der Straßenlaternen zu erkennen, wen sie da vor sich hatte, aber mehr, als dass es vermutlich ein Mann war, konnte sie nicht ausmachen. Und Gefahr drohte ihr von dem Unbekannten offenbar nicht: Der Fremde eilte die Straße hinunter, und als sie vor dem Kreisverkehr aus dem Wäldchen trat, war er schon von der Bildfläche verschwunden.

Der Schinken war wirklich besonders gut. Saftig und würzig zugleich und dazu Bernardos frisch gebackenes Brot und einen der besseren Rotweine, die Alejandro in seiner Bodega zur Verfügung hatte. Jorge lehnte sich zurück, schloss die Augen und lächelte selig.

»He, Jorge«, rief ihm Rodrigo zu und lachte, »nicht einschlafen, alter Mann!«

»Von wegen alter Mann«, versetzte Jorge gemütlich, ohne die Augen zu öffnen. »Ich genieße nur den Nachgeschmack des exzellenten Pernil, den du deinem Onkel abgeschwatzt hast.«

»Bravo«, lallte Bernardo, »dass du unseren schönen katalanischen Schinken nicht als spanischen Jamón beleidigt hast! Salut!«

Jorge öffnete die Augen, sah in die Runde und hob ebenfalls sein Glas.

»Auf Rodrigos Onkel! Möge er ewig leben – und vor allem möge er seine guten Kontakte nicht verlieren!«

Die vier Männer prosteten sich zu, leerten ihre Gläser und schenkten nach, klaubten Oliven aus einer Schale, rissen Brot vom Laib und säbelten Scheibe um Scheibe vom feinen Schinken. Es war ein schöner Abend, alles schmeckte, sie hatten unterhaltsame Geschichten auf Lager, die feuchte Kühle der Bodega tat gut nach dem heißen Tag, und am Ende begannen die vier sogar miteinander zu singen. Nicht schön, aber laut – und als um kurz vor elf Bernardo sein Gähnen nicht länger unterdrücken konnte und sich schließlich trollte, um vor dem Dienst in der Backstube noch schnell zwei, drei Stunden Schlaf zu bekommen, ließ sich auch Jorge zum letzten Mal nachschenken, und wenig später trank er das Glas mit einem letzten »Salut!« aus und kraxelte die Stufen zum Ausgang hinauf. Er musste sich mehr am Geländer festhalten als sonst, und auf dem oberen Treppenabsatz drehte er sich noch einmal um und rief seinen Freunden winkend und etwas undeutlich zu: »Bona nit!«

Dann wankte er hinaus in die Nacht. Um ein Haar wäre er in eine hübsche Frau Mitte dreißig hineingetorkelt, aber er konnte ihr noch knapp ausweichen, nuschelte ein verwaschenes »perdó« und nahm so gerade, wie er konnte, Kurs auf die Gasse, in der seine Wohnung lag.

Lisa hatte den von Esteban empfohlenen Eintopf im Sa perca daurada sehr genossen, und als sie die Bedienung bat, dem Wirt einen schönen Gruß von Felix, seinem Verwandten, auszurichten, kam Manuel selbst zum Kassieren. Er brachte eine Flasche Tequila und zwei Gläser mit und setzte sich zu Lisa. Sie plauderten ein wenig, Manuel lobte den fleißigen Felix über den grünen Klee und ließ auch Esteban Grüße ausrichten und einen herzlichen Dank dafür, dass er ihr gerade seine bescheidene Bar empfohlen habe.

»Esteban ist zwar keiner von der Insel«, sagte er, »aber er ist trotzdem ein guter Kerl. Felix hat ihn mal hergebracht, vor gut einem Jahr, als sich das Hotel noch auf die Eröffnung vorbereitete. Anfangs war er noch ziemlich zugeknöpft, aber nach einigen Gläsern von meinem besten Tequila …«

Manuel zwinkerte Lisa verschwörerisch zu und hatte ihr schneller nachgeschenkt, als sie das Glas mit der Hand abdecken konnte. Nach dem dritten Tequila schaffte sie es endlich doch noch, sich von ihm zu verabschieden, und unter dem strengen Blick einer fülligen Frau in geblümter Schürze, die neben dem Mauerdurchbruch zur Küche gestanden und ihn und Lisa die ganze Zeit über mürrisch beobachtet hatte, huschte er schließlich wieder zurück an seinen Herd.

Der Nachthimmel war wolkenlos und wölbte sich als grandioses Sternenzelt über Port d'Alcúdia. Von der dünnen Mondsichel, die sie auf dem Hinweg noch über den Dächern hatte erspähen können, war nichts mehr zu sehen. Durch die Gassen schlenderten nur noch wenige Urlauber, und in direkter Nachbarschaft der Bar Sa perca daurada schwang jetzt eine alte Holztür auf. Ein älterer Mann mit Bäuchlein und zerzausten grauen Haaren, offensichtlich nicht mehr ganz sicher auf den Beinen, stand in der geöffneten Tür und wandte sich noch einmal zum Inneren des Gebäudes um.

Lisa ging weiter und hatte ihn beinahe erreicht, als der Mann herumschwang und ihr fast in die Arme lief. Er murmelte etwas Undeutliches, vermutlich eine Entschuldigung, und machte sich davon. Die Holztür hatte er offen stehen lassen, und Lisa lugte nun hinein. Im schummrigen Licht konnte sie eine Treppe erkennen, die in einen schönen imposanten Weinkeller hinunterführte. Drunten saßen im flackernden Kerzenschein zwei Männer an einem grob gezimmerten Holztisch und prosteten sich zu. Einer der beiden bemerkte sie und rief zu ihr hinauf: »Entschuldigung, Señora, wir haben heute geschlossen. Aber wenn Sie morgen wiederkommen möchten …?«

Sie winkte ihm zu und drückte die Holztür ins Schloss. Ein Pappschild mit der Aufschrift »Heute geschlossen« war nur noch an einem Eck ins Holz gepinnt und würde wohl demnächst abfallen. Sie hob eine Reißzwecke auf, die sie auf dem Boden entdeckte, und drückte sie in eine zweite Ecke des Schilds. Über der Tür stand in groben Lettern »Ca na Miranda« – das war also die Bodega, die Esteban ihr für hinterher empfohlen hatte. Es hatte aus dem Keller recht angenehm nach frischem Brot und getrocknetem Schinken gerochen. Sie würde wohl noch auf den Tipp des Concierge zurückkommen.

Für heute aber war sie satt, und Tequila und Rotwein brauchte sie auch nicht mehr. Langsam spazierte sie ein kleines Stück in Richtung Meer, und schon öffnete sich vor ihr der Blick auf den Jachthafen, der zu dieser Jahreszeit natürlich voll besetzt war. Sie überquerte den gepflasterten Platz am Ufer und schlenderte auf die Landzunge hinaus, die den Jachthafen von der benachbarten Badebucht abgrenzte.

Stille hatte sich über die Hafenanlage gelegt, nur ab und zu waren Stimmen zu hören, und von irgendwo wehte Musik zu ihr herüber. Sie blieb stehen und schloss die Augen. Eine leichte Brise streifte vom Meer herein, und ganz leise konnte sie das Wasser gegen die Anleger glucksen hören. Als sie die Augen wieder öffnete, betrachtete sie den Steg, der sich vor ihr so weit ins Hafenbecken erstreckte, dass sie bei Nacht nicht sein Ende erkennen konnte. Links und rechts waren Boote unterschiedlicher Größe festgezurrt, einige Motorjachten waren darunter, doch die Segelboote waren klar in der Überzahl, und so wirkte der ganze Hafen wie ein kahler Wald aus Masten.

Alle paar Meter standen abwechselnd am linken und am rechten Rand des Stegs weiß lackierte Metallkästen, offenbar mit Stromanschlüssen für die Boote, und direkt über dem Boden waren in den Kästen kleine Leuchten eingebaut, die gegen die Dunkelheit anfunzelten. Das Spiel aus Licht und Dunkelheit sah hübsch aus, und etwas weiter entfernt sorgten Lampen für ein romantisches, warmes Licht. Als sie ein paar Schritte auf den Steg hinausgegangen war, sah sie einige Bootsbesitzer auf den kleinen Terrassen ihrer schwimmenden Ferienwohnungen sitzen, einige schauten fragend zu ihr her, und so drehte sie doch lieber wieder um und machte sich auf den Heimweg.

Sie ging langsam, schnupperte immer wieder und roch mal mehr den salzigen Duft des Meeres und dann wieder die Abgase eines der wenigen vorbeifahrenden Autos. Einmal wehte ihr der leichte Abendwind Zigarrenrauch in die Nase, und als sie sich umsah, saßen wirklich ein Stück entfernt zwei ältere Männer auf den Steinplatten, die noch die Wärme des Tages gespeichert hatten, lehnten entspannt ihre Rücken an den Stamm einer Palme, pafften und stießen mit kleinen Gläsern an.

Ab und zu begegnete sie Paaren, die eng umschlungen den Blick aufs Meer genossen, doch je mehr sie den Jachthafen hinter sich ließ, desto einsamer wurde es um sie. Bald war sie ganz allein unterwegs, auf einem schmalen Weg unter großen Bäumen. Vom Wasser trennte sie nur noch ein schmaler Streifen gestampfter Erde, deren Böschung durch aufgereihte Felsbrocken gesichert war.

Sie kam an den weitläufigen Asphaltflächen des Fährterminals vorbei, und schließlich sah sie vor sich die Schornsteine und Gebäude verschiedener Industrieanlagen. Einige riesige Stahltanks wirkten so vergammelt, als würde dort schon lange nichts mehr produziert oder gelagert. Das war wirklich keine besonders schöne Umgebung für ein ehrgeiziges Hotelprojekt, da hatte Señor Monte schon recht. Doch es wurde mit jedem Schritt besser, den sie sich vom Meer entfernte, und bald hatte sie das Wäldchen erreicht, hinter dem das El Moro alegre lag.

Als sie ins Dämmerlicht des Waldstücks hineingegangen war, musste sie sich anstrengen, um im diffusen Schein der elektrischen Fackeln am Wegesrand etwas zu erkennen. Allmählich schälte sich vor ihr ein Umriss aus der Dunkelheit, der nicht recht zu den Bäumen passen wollte. Etwas stand dort, links des Weges, direkt am Waldrand. Sie schaute genauer hin, da drehte sich die Gestalt zu ihr um, schien zu erstarren – und war Augenblicke später zwischen den Bäumen verschwunden. Sie hörte es auf der linken Seite rascheln, der Unbekannte schien einen Bogen um sie zu schlagen und sich dann in Richtung Hafen davonzumachen. Kurz darauf knackten rechts von ihr einige Zweige, wieder waren Schritte zu hören, ein sattes Klatschen und ein unterdrückter Schmerzensschrei. Dann war es wieder ruhig.

Lisa sah sich nach allen Seiten um, aber nun schien sie allein zu sein. Sie horchte, doch von einem Auto abgesehen, das ein Stück weiter die Straße hinunter mit aufheulendem Motor losfuhr und sich schnell entfernte, war nichts zu hören. Schließlich überlagerte das Zirpen der Zikaden alles andere, und wenn die Tierchen mal für einige Momente Ruhe gaben, drang das leise Plätschern der Löwenbrunnenkopie durch die Stille.

Vor dem Haupteingang des El Moro alegre stand nun kein Page mehr, dafür hielt Esteban die Stellung hinter dem Empfangstresen.

»Guten Abend, Esteban«, sagte Lisa und senkte ihre Stimme, als hinter ihr zwei sehr müde wirkende Urlaubsgäste in Richtung Lift schlurften. »Sagen Sie mal, gibt es hier im Hotel ein Problem mit Einbrechern?«

»Nein, Señorita Lisa, wie kommen Sie darauf?«

»Draußen im Wäldchen sind gerade zwei oder drei Typen herumgeschlichen, als würden sie das Hotel ausbaldowern.«

Esteban nickte nachdenklich. »Soll ich ein paar von den Pagen rausschicken? Die essen gerade in der Küche, aber sie finden es sicher spannend, sich diese Typen zu schnappen.«

Er machte Anstalten, nach dem Telefon zu greifen, aber Lisa winkte ab. »Die sind schon weg. Als sie mich kommen hörten, sind sie in Richtung Hafen davongeflitzt und dann wohl mit einem Wagen abgehauen.«

»Zwei, drei Burschen, die vor einer schönen Frau fliehen?« Esteban schmunzelte. »Eine allzu große Bedrohung scheinen mir diese Typen nicht zu sein. Aber ich werde natürlich die Augen offen halten.«

Er beugte sich über den Tresen und raunte ihr mit breitem Grinsen zu: »Aber das tue ich ja ohnehin. Und nun zu etwas Wichtigerem: Wie war Manuels Eintopf?«

»Ausgezeichnet. Und als ich ihn von seinem Verwandten Felix gegrüßt habe, wollte er gar nicht mehr aufhören, mir Tequila zu spendieren.«

Esteban griff sich mit einer übertrieben dramatischen Bewegung an die Stirn und stöhnte: »O ja, Manuels Tequila. Ich erinnere mich ... Na, dann schlafen Sie gut! Ich wünsche Ihnen eine erholsame Nacht, Señorita Lisa.«

– DOS –

Lisa hatte tief und gut geschlafen. Sie erwachte gegen sieben und fühlte sich auf der angenehm festen Matratze so wohl, dass sie sich noch für ein halbes Stündchen umdrehte. Das Frühstücksbüfett war üppig bestückt, und vom Kaffee bis zu den frischen Früchten blieben keine Wünsche offen. In Gedanken hakte Lisa einen Punkt nach dem anderen ab, den sich Gäste des El Moro alegre nur wünschen konnten für einen schönen Urlaub.

Als sie sich an der Rezeption Tipps für einen ersten Ausflug in die Umgebung geben lassen wollte, stand dort die schöne Maribel, die gestern Abend mit Hoteldirektor Monte ausgegangen war. Sie war gerade von einem Telefonat in Beschlag genommen, begrüßte Lisa aber trotzdem mit einem freundlichen Lächeln und gab ihr mit einer kleinen Geste zu verstehen, dass sie gleich Zeit für sie haben würde. Maribel war eine Frau wie von einem anderen Stern, und obwohl Lisa durchaus mit ihrem Aussehen und ihrer Figur zufrieden sein konnte, fühlte sie sich neben der Rezeptionistin fast wie eine graue Maus.

»Sie sind Lisa, nicht wahr?«, sagte Maribel, als sie das Telefonat mit einem fröhlichen »Hasta pronto!« beendet hatte, und reichte ihr die Hand über den Tresen. »Ich freue mich, Sie kennenzulernen. Julio hat mir gestern Abend schon von Ihnen erzählt.«

Lisa murmelte eine freundliche Erwiderung. Sie war etwas verblüfft, dass Maribel so gar kein Geheimnis um ihren Abend mit dem Hoteldirektor machte – noch mehr aber beschäftigte sie die Frage, wie diese Traumfrau so frisch wirken konnte, wo es gestern Nacht doch vermutlich recht spät geworden war.

»Wollen Sie erst mit einigen aus dem Team sprechen?«, fragte Maribel unterdessen. »Oder möchten Sie zunächst die Umgebung erkunden?«

»Ich wollte ein wenig herumfahren.«

»Eine sehr gute Wahl, Lisa.« Maribel griff lächelnd in ein Fach vor sich, das durch den Tresen vor den Blicken der Gäste verborgen war. »Ich hab da auch schon was für Sie vorbereitet.«

Sie legte Lisa eine dicke Mappe hin.

»Sie sind Reisejournalistin, nicht wahr? Dann nehmen Sie es mir bitte nicht übel, wenn Sie darin Tipps zu Sehenswürdigkeiten finden, die Sie natürlich längst kennen. Aber ich hoffe, es sind ein paar neue Infos für Sie dabei.«

Lisa klappte die Mappe auf. Das erste Blatt war eine Karte der Gegend um Alcúdia, auf der einige Stellen mit Kreuzchen markiert waren, die wiederum mit einer dünnen roten Linie zu einem Tourenvorschlag verbunden waren.

»Falls Sie die Strecke so fahren möchten, könnten Sie zwischen dreizehn und vierzehn Uhr wieder im Hotel sein. Da ist das Mittagsbüfett noch eine halbe Stunde offen. Wenn Sie mögen, kann ich Ihnen auch gerne von den Köchen eine kleine Auswahl zurücklegen lassen.«

Lisa blätterte um. Die zweite Seite enthielt die schriftliche Erläuterung der Kreuze auf der Karte. Vermutlich hatte Maribel dafür einige Textbausteine zusammenkopiert, die das Hotelteam für solche Auskünfte parat hatte. Zusätzlich waren aber in einer wunderschönen und klaren Handschrift weitere Tipps an den Rand geschrieben.

»Ich habe mir erlaubt, noch ein paar Extras einzutragen, die eher noch nicht so bekannt sind unter den auswärtigen Gästen.«

Maribel sah Lisa gespannt an, und als die ihr lächelnd zunickte, strahlte sie, als hätte jemand die Sonne angeschaltet.

»Um ehrlich zu sein: Julio hat mich darum gebeten, die üblichen Ausflugsziele für Sie auszudrucken, und ich konnte es ihm nicht ausreden. Aber Sie als Reisejournalistin muss ich vermutlich nicht darauf hinweisen, dass die Altstadt von Alcúdia besonders reizvoll ist und wie Sie mit einer kleinen Wanderung die Höhle von Sant Martí am besten erreichen. Aber er ist halt der Chef, was will man machen?«

Ihr Lächeln war umwerfend, und die Art, wie sie dazu die Nase ein wenig kraus zog, würde sicher auf keinen Mann mit Augen im Kopf seine Wirkung verfehlen.

»Danke, Maribel, das ist sehr nett von Ihnen. Ich freu mich schon darauf, mir Ihre Geheimtipps anzusehen. Ich bin übrigens noch aus einem zweiten Grund auf Mallorca: Ein Hamburger Reisemagazin hat mich um eine Reportage gebeten, in der ich weniger bekannte Sehenswürdigkeiten der Insel vorstellen soll.«

»Na, dann passt das doch!«, freute sich Maribel und senkte danach die Stimme. »Vielleicht können Sie in der Reportage ja auch unser schönes Hotel erwähnen …«

Lisa schüttelte den Kopf und versuchte ein bedauerndes Gesicht zu ziehen, obwohl sie solche Bitten seit Jahren abwehren musste und davon in der Regel eher genervt war.

»Daraus wird nichts werden, fürchte ich. Aber ich werde für das El Moro alegre eine tolle Broschüre machen, versprochen. Ich hoffe, dass Ihnen die Gäste hinterher die Tür einrennen – meine Reportagen muss ich von solchen Aufträgen allerdings strikt trennen, um nicht eines Tages von den Magazinen vor die Tür gesetzt zu werden. Schleichwerbung, Sie verstehen?«

»Ach, natürlich, wie dumm von mir! Entschuldigen Sie bitte, Lisa. Vergessen Sie am besten, dass ich so etwas Blödes je erwähnt habe!«

Lisa zwinkerte ihr zu.

»Etwas Blödes? Also *ich* habe nichts gehört.«

Maribel lachte erleichtert und legte noch eine Visitenkarte auf den Tresen.

»Hier können Sie mich erreichen, wenn ich keinen Dienst habe. Unser Hotel bietet den Gästen den Service, sie von überall auf der Insel abzuholen, sollte etwa mit dem Mietwagen etwas passieren. Aber auch wenn Sie einfach mal mit jemandem quatschen wollen, rufen Sie einfach an, okay?«

»Sehr gern, danke für das Angebot.«

»Die Visitenkarten meiner Verwandten werde ich Ihnen aber lieber nicht geben.«

»Warum das denn?«

Maribel lachte zum Dahinschmelzen.

»Die betreiben Bodegas, Celleres, Bars und Restaurants, einer hat auch eine Finca zu einem öffentlichen Museum umgebaut – nicht dass ich der lieben Verwandtschaft noch die Chance nehme, in Ihrer Reportage vorzukommen.«

Sie zwinkerte Lisa zu, dann scheuchte sie Felix auf, der neben der Eingangstür stand. Kurz nachdem Lisa in die Vormittagssonne hinausgetreten war, wurde ihr kleiner Zweisitzer vom Pagen vorgefahren.

Jorge sah Juan schon von Weitem, als dieser sich langsam an sein Haus heranarbeitete und dabei ziemlich albern von einer vermeintlichen Deckung zur nächsten huschte. Eben erst war er für eine Zigarette auf den kleinen Balkon getreten, der zur Straße hinausging. Nun rollte er die Augen, drückte die Kippe in einem Blumentopf aus, in dessen trockener Erde schon lange nichts mehr wuchs, und ging nach unten.

Jorge wollte sich für die Störung wenigstens mit einem harmlosen Spaß schadlos halten. Er entriegelte die Haustür und zog sie ein kleines Stück auf, dann stellte er sich hinter der Tür an die Wand. Durch sein luftiges Hemd spürte er den kühlen Verputz, und es war schon so früh am Morgen warm genug, dass er das als angenehm empfand. Von der Straße waren Schritte zu hören, schnell und leicht, immer zwei, drei hintereinander, dann wieder Stille. Einen Moment lang glitt ein Schatten über den Lichtstreifen, der durch den Türspalt ins Innere drang. Jorge musste sich sehr beherrschen, um nicht loszuprusten. Welche Agentenpistolen hatte dieser Schwachkopf nur gelesen oder gesehen?

Schließlich wurde die Tür noch ein wenig weiter aufgedrückt, und kurz darauf schob sich s'Orella ins Haus und schlich wie ein Storch im Salat auf die Treppe zu. Gerade als er seinen Schuh vorsichtig auf die unterste Stufe setzte, trat Jorge aus seiner Deckung und herrschte den Informanten mit leicht verstellter Stimme betont amtlich an.

»Juan José Puig Martínez, was machen Sie hier? Stehen bleiben, nicht umdrehen, und lassen Sie Ihre Hände unten!«

Jorge stellte sich direkt hinter seinem Rücken auf und drückte ihm den Zeigefinger zwischen die Schulterblätter.

»Déu meu«, stammelte Juan, und seine Beine begannen zu zittern. »Ich wollte doch nur …«

Das Lachen hinter ihm machte Juan wohl doch stutzig, denn er fragte: »Jefe, sind Sie das?«

Jorge lachte noch lauter, nahm seinen Finger wieder weg und wich zwei Schritte zurück. Juan wandte sich um und schaute ihn vorwurfsvoll an.

»Machen Sie nur Ihre Späße, Jefe, aber bitte nennen Sie mich in der Öffentlichkeit nicht bei meinem richtigen Vornamen. Sie bringen mich in Gefahr, auch wenn Sie nichts von dem ernst nehmen, was ich Ihnen seit Tagen anvertraue.«

»Du musst dir keine Sorgen machen, Juan. Hier in meinem Haus gibt es keine Spitzel, die den Leuten, vor denen du dich so sehr fürchtest, etwas verraten würden.«

Im Reflex warf Juan misstrauische Blicke in die düsteren Ecken des Vorraums, in dem sie standen. Jorge schüttelte grinsend den Kopf, dann wurde er wieder ernst.

»Und jetzt raus mit der Sprache: Was willst du eigentlich schon wieder von mir? Mit deiner stümperhaften Anschleicherei machst du mich ja bei meinen Nachbarn lächerlich. Es ist schon schlimm genug, wenn Alejandro mitbekommt, dass ich mich auch nach meiner Pensionierung noch immer mit Typen wie dir in seiner Bodega treffe – aber die Leute in meiner Straße halten mich doch für verrückt, wenn sie solche Hilfsganoven wie dich in mein Haus huschen sehen!«

Nun wirkte Juan ehrlich beleidigt. Er machte einen Schmollmund und senkte den Kopf. Wie er mit hängenden Schultern vor ihm stand wie ein Häuflein Elend, verrauchte

Jorges Ärger gleich wieder, und das Mitleid mit dieser skurrilen Figur gewann die Oberhand.

»Na, jetzt sag schon, s'Orella, was du zu berichten weißt.«

Verstockt starrte Juan weiter auf den Boden und schwieg.

»Magst du auf einen Cortado mit nach oben kommen?«

Juan zuckte lahm die Schultern.

»Ich hab auch Ensaïmades da.«

Juan hob ein wenig den Kopf.

»Natürlich frisch aus der Bäckerei gleich nebenan. Du kennst doch Bibiana, die dort verkauft, die Tochter des Bäckers?«

Natürlich kannte Juan sie, und Jorge wusste nur zu gut, dass er insgeheim für die etwas moppelige Endzwanzigerin schwärmte. Immer wieder hatte sich Bernardo, Bibianas Vater, über den jungen Mann lustig gemacht, der sich ab und zu in der Nähe seines Ladens herumtrieb, aber sich einfach nicht überwinden konnte, Bernardos Tochter anzusprechen. In der Tat besserte sich Juans Laune schlagartig, als Jorge Bibianas Namen erwähnte. Er gab sich einen Ruck und folgte dem pensionierten Jefe hinauf in den ersten Stock. Der warme Wind bauschte die Gardine neben der Balkontür auf und gab einen wunderschönen Blick auf die gepflegten Häuser auf der anderen Seite der Gasse frei, aber Juan hatte nur Augen für die achteckige Schachtel, in der erst wenige der goldgelb glänzenden Schmalzkringel fehlten.

»Greif zu, mein Freund«, ermunterte ihn Jorge, und noch während er heiße Milch in Juans Kaffee schüttete, machte sich sein Gast auch schon mit Heißhunger über die Ensaïmades her. Jorge stellte ihm den Cortado hin und machte sich selbst auch noch einen. Dann setzte er sich an den Tisch und wartete, bis Juan seinen ärgsten Appetit gestillt hatte.

Dieser kümmerte sich eine ganze Weile nicht weiter um seinen Gastgeber, sondern ließ sich einen Kringel nach dem anderen schmecken. Erst als nur noch zwei Ensaïmades in der Schachtel verblieben waren, hielt er inne, sah Jorge entschuldigend an und leckte sich genießerisch den Puderzucker von den Fingern. Dann trank er seinen Cortado in einem Zug aus und lehnte sich auf seinem Stuhl zurück.

»Du solltest dir einfach mal einen Ruck geben«, sagte Jorge.

»Was meinen Sie, Jefe?«

»Geh in die Bäckerei, kauf eine oder zwei Schachteln Ensaïmades und frag sie, ob sie nicht mal mit dir ausgehen möchte.«

»Fragen?«, versetzte Juan mit Unschuldsmiene. »Wen denn fragen?«

»Ach hör doch auf, Juan! Dass du in Bibiana verschossen bist, weiß jeder hier in der Gasse.«

Ein leichter Rotton legte sich auf die glatt rasierten Wangen des Hageren.

»Und glaube einem alten Mann, der schon alles gesehen hat im Leben: Bibiana findet dich auch nicht übel.«

»Echt?« Juan hatte die Augen aufgerissen und beugte sich vor.

»Hat sie mit Ihnen über mich gesprochen?«

»Nein, aber wenn ich vor ihrer Theke stehe und meine Bestellung aufgebe und du schleichst mal wieder durch die Gasse, um mir eine deiner wichtigen Informationen zu überbringen, schaut sie schon mal ganz versonnen zu dir hin. Letztens musste ich dreimal wiederholen, was ich kaufen wollte, bevor sie auch nur bemerkte, dass ich mit ihr gesprochen habe!«

Juan strahlte und schaute noch einmal sehnsüchtig zu den beiden letzten Ensaïmades.

»Na, nun nimm dir halt noch eine«, ermunterte Jorge seinen Gast, der sich nicht lange bitten ließ. »Und dann sag endlich, was du sagen wolltest. Ich habe nicht den ganzen Tag Zeit. Ruhestand ist kein Spaß, sage ich dir: Frühstück, Haushalt, Mittagessen, Siesta, Petanca, Bodega – an manchen Tagen ist mein Kalender voller als zu meinen Zeiten bei der Polizei.« Er lachte gutmütig und wartete, bis Juan endlich fertig war. »Also?«

»Jefe, es tut mir ja leid, wenn ich schon wieder mit dieser Geschichte komme, die da draußen in der s'Albufereta läuft, aber ... Ich habe Ihnen doch gestern von diesem Fremden erzählt, der dort mit Geld um sich wirft und Fincas und Grundstücke kaufen will.«

Juan nickte.

»Und Sie hatten selbst gesagt, ich soll wiederkommen, wenn ich handfeste Informationen habe.«

»Ja. Und? Hast du welche?«

»Ich bin gleich nach unserem Gespräch wieder rausgefahren, und nach einiger Zeit habe ich den Fremden auch entdeckt. Er hat Fotos gemacht und war dafür fast im ganzen Sumpfgebiet unterwegs.«

»Was hat er fotografiert?«

»Ich hatte den Eindruck, dass er Bilder von der Landschaft gemacht hat, Fotos von der Aussicht, die man an den verschiedensten Stellen hat. Obwohl es dort ja nicht so viele tolle Sachen gibt, außer Vögeln, den Kanälen und all dem Gestrüpp, das dazwischen wächst.«

»Na, na, Juan, Gestrüpp! Das ist ursprüngliche Natur, da darfst du ruhig etwas mehr Respekt zeigen!«

»Mein Vater hätte mir Prügel angedroht, wenn ich unsere Wiesen so hätte verwahrlosen lassen!«

»Ist ja schon gut. Der Fremde hat dort also fotografiert. Und dann?«

»Erst war sonst nichts. Er ist ordentlich zerstochen worden, und ab und zu ist er an einer besonders sumpfigen Stelle fast bis zu den Knien eingesunken – der sah vielleicht aus, als er wieder zu seinem Wagen stapfte!«

Juan lachte schadenfroh, aber Jorges genervter Blick ließ ihn wieder ernst werden.

»Dann hat er eine frische Hose und andere Schuhe angezogen und ist davongefahren.«

Jorge stöhnte. »Er hat sich umgezogen und ist davongefahren? Wow, was für eine großartige Information!«

»Jetzt warten Sie doch, Jefe, das Beste kommt noch.«

»Das will ich aber auch hoffen!«

»Also ... dieser Fremde ist nach Port d'Alcúdia gefahren und hat seinen Wagen auf dem alten Fabrikgelände gleich nach dem letzten Kreisverkehr vor dem Hafen abgestellt. Das Auto stand heute früh noch dort, ich bin extra noch einmal vorbeigefahren. Von dort aus ist der Mann dann ein Stück gelaufen und durch das Wäldchen hinauf in das neue Hotel, dieses El Moro alegre.«

»Und dort wohnt er?«

»Ich glaube, ja.«

»Du *glaubst* das? Und wieso weißt du es nicht? Wo du dich doch s'Orella nennst?«

Juan setzte eine etwas betretene Miene auf.

»Das Hotel gibt es ja erst seit einem Jahr, und ich habe dort noch niemanden, der mich etwas hören lässt. Und ich trau mich auch nicht rein. Felix arbeitet dort als Page. Er ist ein entfernter Cousin von mir, und … nun ja … ich schulde ihm Geld. Jedenfalls steht Felix immer vor dem Haupteingang und parkt die Autos der Gäste oder stellt sie ihnen bereit. Der würde mich vom Gelände jagen, sobald er mich sehen würde – und er ist leider kräftiger als ich.«

Dazu gehörte nun nicht viel, aber Jorge verkniff sich jeden Kommentar. Juan sah auch so schon bekümmert genug aus.

»Okay, du glaubst also, dass der Fremde in diesem Hotel wohnt. Er hat ein Auto, das er aber ein Stück vom Hotel entfernt versteckt. Und er schnüffelt in der s'Albufereta herum. Was, wenn er nur ein Vogelkundler ist oder einer, der halt gern Fotos von etwas weniger touristisch aussehenden Gegenden machen will?«

»Dann würde er wohl kaum sein Auto verstecken.«

»Hm.«

»Und vor allem war das noch nicht alles, was ich beobachtet habe.« In Juans Augen blitzte es triumphierend auf. »In der s'Albufereta ist es mir nicht gleich aufgefallen, weil ich mich anstrengen musste, um von dem Fremden nicht gesehen zu werden. Aber auf dem Weg zum Hafen habe ich bemerkt, dass er verfolgt wurde.«

Jorge stutzte. »Verfolgt? Von Hiesigen?«

»Ich habe die Männer nicht gekannt, und sie waren in einem Wagen unterwegs, der offenbar nach 2001 zugelassen wurde.«

Der Wagen hatte also eines der neueren Kennzeichen, deren Nummern- und Zahlenkombinationen zentral vergeben wurden und aus denen die Herkunft des Fahrzeugs oder zumindest die Provinz, in der es zuerst zugelassen wurde, nicht mehr abzulesen war. Jorge selbst hatte noch immer seinen altersschwachen Seat-Kombi aus dem Jahr 1998 und würde auf dem Schild das mit »IB« für Islas Baleares beginnende Kennzeichen stolz über die Insel spazieren fahren, bis sein Fahrzeug in die Schrottpresse kam.

»Wie weit haben die Kerle den Fremden denn verfolgt?«

Juan stellte zufrieden fest, dass die Geschichte den pensionierten Polizeichef nun wohl doch gepackt hatte.

»Zunächst bis in die Nähe des Hotels«, berichtete er. »Beim letzten Kreisverkehr davor haben sie angehalten, zwei Männer sind ausgestiegen und zu Fuß in Richtung El Moro alegre gelaufen. Der Dritte ist dem Fremden bis zum Fabrikgelände drüben beim Torre Major nachgefahren. Dort hat der Fremde seinen Wagen abgestellt, sein Verfolger hat sein Auto ebenfalls geparkt und ist ihm dann zu Fuß hinterher.«

»Bis ins Hotel?«

»Nein, die drei haben sich in dem Wäldchen getroffen, hinter dem das Hotel liegt. Ich habe sie noch eine Zeit lang beobachtet, aber sie hatten sich offenbar auf die Lauer gelegt und haben gewartet. Als es mir zu lange gedauert hat, bin ich wieder gegangen.«

»Und hast du dich noch etwas umgehört, was der Fremde in der s'Albufereta gewollt haben könnte? Und warum ihn andere Fremde dabei beobachten und ihn bis vors Hotel verfolgen?«

»Leider nicht. Von meinen Kontaktleuten wusste niemand von einem Projekt dort.«

»Also gibt es entweder kein Projekt«, dachte Jorge laut, und als Juan schon wieder ein enttäuschtes Gesicht zog, fügte er schnell hinzu: »Oder an den Strippen ziehen Leute von außerhalb.«

Die standardisierten Ausflugstipps des Hotels waren recht nett zusammengestellt, aber das meiste davon kannte Lisa schon von früheren Aufenthalten auf der Insel. Trotzdem war sie noch einmal zu den Höhlen von Campanet gefahren und hatte das Quellgebiet der Fonts Ufanes aufgesucht, aber da es schon länger nicht mehr geregnet hatte, war das waldige Gelände trocken, und sie musste auf den spektakulären Anblick der Bäche und Flüsse verzichten, die nach mehreren Regentagen scheinbar unvermittelt aus dem Erdreich hervorbrachen und die umliegenden Orte sowie das nordöstlich davon liegende Naturreservat s'Albufereta mit Wasser versorgten.

Als lohnender stellten sich Maribels Anregungen heraus, und bald hatte Lisa eine kleine Liste von Zielen im Süden und Südwesten von Alcúdia beisammen, die sie für ihre Reportage gut verwenden konnte. Nun war es fast Mittag, und sie hatte auf das Hotelbüfett keine rechte Lust. Maribel hatte ihr eine kleine Bar genannt, die an einer Nebenstraße einen knappen Kilometer von der Küste entfernt lag. Auf den Unterlagen hatte sie »Tapas!« hinter den Namen der Bar geschrieben und das Wort sicher nicht ohne Grund zweimal unterstrichen.

Lisa fuhr langsam über Land, sah immer wieder verlassene Bauernhöfe, häufiger jedoch wunderschön hergerichtete Fincas, von denen einige Zimmer vermieteten, die im Moment aber ausgebucht waren. Auf der Straße war kaum Verkehr, ab und zu überholte sie einen Traktor, oder ihr kamen vereinzelt kleine Lastautos oder ältere Kleinwagen entgegen. Auf einer längeren Gerade sah sie schon weit vor sich einen Kombi am Straßenrand stehen. Die Motorhaube war aufgeklappt, und als sie abbremste, sah sie einen Mann in den Sechzigern über den Motor gebeugt vor dem Auto stehen. Sie lenkte ebenfalls an den Rand und stellte ihren Wagen ab. Der Mann tauchte aus dem Motorraum auf, und sie musste sich nicht lange besinnen, um ihn wiederzuerkennen: Es war der Angetrunkene, der am Abend zuvor aus der Bodega gekommen und dabei fast in sie hineingelaufen war.

»Hola, Señor!«, begrüßte sie ihn. »Erinnern Sie sich noch an mich?«

Er machte ein zerknirschtes Gesicht.

»Nicht gern, muss ich zugeben«, antwortete er und grinste dabei verlegen. »Ich trinke schon mal ein Gläschen mehr als unbedingt nötig, aber ich renne danach nicht gern hübsche Frauen um …«

Lisa winkte ab und deutete auf die hochgeklappte Motorhaube.

»Kann ich Ihnen helfen?«

»Vermutlich nicht. Meine altersschwache Karre scheint keine rechte Lust auf die heutige Ausfahrt zu haben.«

Er wischte sich mit dem letzten halbwegs sauberen Zipfel eines ölverschmierten Lappens den Schweiß von der Stirn.

»Ich fahre daheim in Deutschland auch kein so neues Auto wie den kleinen Flitzer hier, da schaut man dem Pannendienst schon mal den einen oder anderen Handgriff ab, der den Wagen wieder flottmacht. Was haben Sie denn für ein Problem?«

Der Mann beschrieb die letzten Geräusche, die sein Wagen von sich gegeben hatte, und schilderte, was auf seine vergeblichen Versuche hin passiert war, den abgestorbenen Motor wieder zu starten.

»Darf ich mal?«, fragte Lisa und deutete auf den Motorraum. Er trat bereitwillig zur Seite und beobachtete interessiert, wie sie sich hierhin und dorthin beugte, an Kabeln rüttelte und Anschlüsse auf ihren festen Sitz prüfte.

»Könnten Sie sich mal reinsetzen und den Zündschlüssel drehen?«, bat sie den Mann schließlich, und der tat ihr den Gefallen.

Erst war nicht viel zu hören, und Lisa machte sich noch einmal unter der Motorhaube zu schaffen.

»Probieren Sie's bitte noch einmal!«, rief sie dann, und nun begann wenigstens ein anhaltendes Orgeln, dann schien der Motor anzuspringen, wurde aber doch sofort wieder abgewürgt, und hinter dem Kombi zeichnete sich eine dunkle Rauchwolke ab.

Lisa tauchte wieder aus dem Motorraum auf, stemmte die Fäuste in die Hüften und schaute eine Zeit lang auf die Maschine, dann schüttelte sie den Kopf und sah den Fahrer bedauernd an.

»Tut mir leid«, bedauerte sie, »das scheint nichts zu sein, was ich selbst beheben kann.«

Der Mann stieg aus, sah ihre schmutzigen Hände und holte ein löchriges, aber halbwegs sauberes Handtuch aus dem Kofferraum.

»Machen Sie sich da mal keine Sorgen«, beruhigte er sie und gab ihr das Handtuch. »Ich habe eine gute Werkstatt bei mir um die Ecke, der Mechaniker dort hat die Karre bisher immer wieder flottbekommen.«

Er streckte ihr die Hand hin.

»Und jetzt sollte ich mich vielleicht mal vorstellen. Jorge Bennàssar ist mein Name. Und ganz herzlichen Dank für Ihre Hilfe.«

»Lisa Langer«, erwiderte sie. »Und von Hilfe kann ja

nicht die Rede sein. Aber wenn ich Sie ein Stück mitnehmen kann, mach ich das gern. Wo ist denn diese tolle Werkstatt?«

»In Port d'Alcúdia.«

»Ach? Das ist ja praktisch, da liegt auch mein Hotel. Ich kann Sie gern mitnehmen, aber ...«

Sie dachte kurz an die Bar, in der sie zu Mittag essen wollte.

»Aber Sie wollten jetzt gerade ganz woanders hin, richtig?«, sagte er und hob sein Handy in die Höhe. »Kein Problem, ich ruf meinen Mechaniker kurz an, und dann holt er mich und mein Auto ab. Es wäre nicht das erste Mal.« Jorge lachte. »Wo wollten Sie denn hin?«, fragte er dann.

»Mir wurde eine Bar namens Ca seva empfohlen, nicht weit von hier, die für ihre Tapas berühmt sein soll. Und wo wollten Sie hin?«

»Ach, ich ... ich wollte ein bisschen im Naturreservat herumstromern. Eine kleine Auszeit, sozusagen.«

Lisa stutzte. Warum eierte dieser Jorge so herum, wo er doch hinfahren konnte, wohin und aus welchem Grund er immer wollte? Aber das konnte ihr ja auch egal sein, sie hatte jedenfalls Hunger, und einfach stehen lassen wollte sie ihre Zufallsbekanntschaft auch nicht.

»Ihr Mechaniker braucht doch sicher eine Weile, bis er sich in der Werkstatt loseisen kann und Sie abholen kommt, oder? Wollen Sie nicht einfach mitfahren zu dieser Bar? Kennen Sie sie vielleicht sogar? Ist die wirklich so ein Geheimtipp?«

»Das will ich meinen! Dolores, die Wirtin, nimmt den Namen ihrer Bar wörtlich: ›euer Haus‹. Wer immer Ihnen das Ca seva empfohlen hat, der hat es gut mit Ihnen gemeint.«

»Das war Maribel, eine Rezeptionistin im El Moro alegre, dem Hotel, in dem ich wohne.«

Lisa konnte sich nicht wirklich erklären, warum Jorge sie nun mit sichtlich größerem Interesse betrachtete, aber schon im nächsten Moment schlug er fröhlich vor, nur dann mitzufahren, wenn er sie als Dankeschön für ihren Reparaturversuch einladen dürfe. Wenig später war der Kombi auch schon abgeschlossen, der Mechaniker angerufen, und sie waren gemeinsam in Lisas Kleinwagen unterwegs.

Die Fahrt dauerte nicht lange. Unter Jorges munterem Geplauder wurde sie noch kurzweiliger, und ohne seine Anleitung hätte sie die Abfahrt zur Bar vermutlich verpasst. Es ging auf einem holprigen Kiesweg von der Landstraße ab und in einer scharfen Kurve um einen mit einer alten Steinmauer eingefassten Garten herum.

Dann öffnete sich vor ihr ein wahrhaft atemberaubender Blick, und sie musste mitten auf der Fahrspur abbremsen, denn ein eindrucksvolles Portal versperrte die Weiterfahrt. Das zweiflügelige Gittertor war verschlossen, und dahinter konnte man eine gepflegte Kieszufahrt sehen, die in einiger Entfernung zu einem zweigeschossigen Gebäude führte, das mehr einem kleinen Schloss als einem Wohnhaus ähnelte.

»Schön, nicht wahr?«, sagte Jorge, und als Lisa den Fotoapparat zückte und Fotos machen wollte, legte er ihr die Hand auf den Arm und schüttelte langsam den Kopf. »Privatbesitz, bitte keine Fotos.«

»Aber ...«

»Bitte nicht. Außerdem müssen wir dort hinüber.«

Er deutete auf ein hübsches, aber eher schmuckloses Häuschen rechts von ihnen, dessen Dach an einer Seite so verlängert war, dass es einer schlichten Terrasse Schatten spendete. Dort standen Stühle und Tische, und auf dem Kies davor döste ein Hund in der Sonne. Ein älteres Paar hockte bei Wasser und Wein, Brot und allerlei lecker aussehenden Kleinigkeiten an einem der Tische. Jorge zeigte Lisa, wo sie ihren Wagen parken konnte, und dann setzten sie sich an einen freien Tisch. Eine Matrone mittleren Alters kam aus dem Haus, wedelte einmal zügig über die Tischplatte und wollte schon die Bestellung aufnehmen, da erkannte sie ihren neuen Gast.

»Ah, Señor Bennàssar! Was führt denn die Policía in meine bescheidene Hütte? Oder darf ich hoffen, dass Sie privat hier sind, Señor?«

»Sie dürfen, Señora. Ich bin inzwischen überall nur noch privat. Seit dreizehndreiviertel Monaten bin ich Pensionär, und die Policía muss ohne mich auskommen.«

Er lachte und deutete auf Lisa.

»Das hier ist Señora Langer aus Alemania …«

»Señorita«, korrigierte sie ihn.

»Wie auch immer«, fuhr er fröhlich fort. »Hätten Sie einige Ihrer wunderbaren Tapas für meine Freundin und mich?«

Ein schneller Blick der Wirtin, und Jorge lachte noch lauter.

»Ein kleiner Scherz natürlich, Señora – eine so junge und hübsche Freundin hatte ich noch nie, und als alter Zausel werde ich wohl auch keine mehr bekommen. Aber Ihre Tapas dürfen wir uns doch trotzdem schmecken lassen?«

Die Matrone drohte ihm spielerisch mit dem erhobenen Zeigefinger, dann eilte sie mit einem breiten Grinsen ins Haus.

Jorge wandte sich an Lisa. »Entschuldigen Sie, aber ich konnte nicht widerstehen. Die Wirtin kennt mich von früher, und sie hat mich immer ausgeschimpft, weil ich nie heiraten wollte – ich hoffe, Sie sind mir nicht böse.«

Das war sie nicht, und die Tapasplatte, die wenig später auf ihrem Tisch stand, hätte selbst schlimmsten Ärger sofort verpuffen lassen. Sie trank etwas Wein und viel Wasser dazu, Jorge hielt es umgekehrt, und bald war die schönste Unterhaltung im Gange. Nebenbei musterte sie ihn möglichst unauffällig, und sie hatte den Eindruck, dass er sich auch von ihr ein Bild zu machen versuchte.

»Sie waren bei der Polizei?«, fragte Lisa irgendwann. »Was waren Sie denn?«

Jorge breitete die Arme aus, als solle sie aus seinem heutigen Aussehen auf seinen früheren Posten schließen. Er trug eine abgewetzte Jeans, die nackten Füße steckten in bequemen Stoffschuhen, und über seinem Bäuchlein spannte ein dünnes Hemd, dessen oberste Knöpfe offen standen. Er war nachlässig rasiert, wirkte ein wenig übernächtigt, und wenn eine Brise durch sein lichtes Haar fuhr, machte er sich nicht die Mühe, die wirr abstehenden Strähnen wieder zu ordnen. Kurzum: Der Mann sah in ihren Augen nicht bedeutender aus als jemand, der früher Knöllchen verteilt oder älteren Damen über die Straße geholfen hatte.

»Im Raten bin ich nicht so besonders gut«, behauptete Lisa, denn sie wollte nicht unhöflich wirken, indem sie ihre wenig schmeichelhafte Vermutung aussprach. »Vielleicht ja ein Beamter im mittleren Dienst?«, fuhr sie fort, und als er amüsiert den Kopf schüttelte, wurde sie etwas mutiger. »So etwas wie ein … Dorfpolizist?«

»Ja«, meinte Jorge und nickte eifrig, »so etwas in der Art.«

Dann musste sie von ihrem Beruf als Reisejournalistin erzählen. Sie vertraute ihm an, dass sie sich mit Werbebroschüren für Hotels wie das El Moro alegre ein Zubrot verdiente, und sie unterhielten sich so nett, dass sie sich um ein Haar verplappert hätte – aber von ihrem heimlichen Nebenberuf als Krimiautorin musste er nun nicht auch noch wissen. Schließlich kannte sie ihn erst seit Kurzem, und vielleicht war ein ehemaliger Polizist auf jemanden, der sich zum Spaß Verbrechen ausdachte, auch nicht besonders gut zu sprechen.

»Warum wollten Sie vorhin eigentlich nicht, dass ich dieses Herrenhaus fotografiere?«

Er zögerte einen Moment mit seiner Antwort.

»Wie gesagt, das ist Privatbesitz«, sagte er dann. »Ich werde Ihnen zwar nicht verraten, wer dort wohnt – aber glauben Sie mir: Er ist eine Berühmtheit, dessen Namen auch Sie kennen und der mit seiner Familie extra hierherkommen muss, um ein paar Wochen im Jahr seine Ruhe zu haben. Und Leuten, die auf Mallorca ihre Ruhe haben möchten und die den Einheimischen gegenüber höflich sind und nicht protzen oder sich für etwas Besseres halten, lassen wir Mallorquiner ihre Privatsphäre.«

»Schöner Zug von Ihnen«, sagte Lisa und meinte es auch so. Aber es war Jorge anzusehen, dass er ihr nicht die ganze Wahrheit gesagt hatte. Unter ihrem forschenden Blick gab er sich schließlich einen Ruck und gönnte ihr zumindest eine Andeutung.

»Nun ja … ich hatte zuletzt von jemandem gehört, der hier fotografiert – und von dem vielleicht Ärger zu erwarten ist.«

Lisa wartete darauf, dass er konkreter wurde, aber Jorge zuckte nur entschuldigend mit den Schultern. Also sprach sie das Thema an, das sie vorhin stutzig gemacht hatte.

»Und was zieht einen Mallorquiner in die s'Albufereta? Ich meine, Sie leben in Port d'Alcúdia, da werden Sie die Gegend doch kennen wie Ihre Westentasche. Und nach allem, was ich gelesen habe, ist das Naturreservat eine ziemlich sumpfige Angelegenheit, die vor allem Vögeln und Stechmücken gefällt – kann man dort denn einfach so herumstromern?«

Jorge lächelte und schien in ihrer Miene lesen zu wollen, ob er flunkern oder bei der Wahrheit bleiben sollte.

»Na, ich als armer Pensionär muss ja irgendwie meine Tage totschlagen. Mal fahre ich hierher, mal rauf nach Valldemossa oder rüber zum Cap Farrutx.«

Es war offensichtlich, dass er sich fürs Flunkern entschieden hatte. Dennoch verbrachte Lisa noch eine schöne Zeit in der Bar von Dolores, und als ein zerbeulter Abschleppwagen vor der Terrasse ausrollte und ein Mann in Mechanikermontur vom Fahrersitz zu ihnen herüberwinkte, ohne auszusteigen, klemmte Jorge ein paar Scheine unter sein Glas – »Wie besprochen: Sie sind eingeladen, Señorita Langer!« – und verabschiedete sich von Lisa. Er zog die Beifahrertür des Lasters auf, ließ sich von dem Mann am Steuer einen Zettel und einen Bleistift geben und kam wenig später zu Lisa zurück.

»Bitte sehr, meine Handynummer. Falls Sie mal wieder einen Tipp für eine Tapasbar brauchen, rufen Sie einfach an. Oder wir treffen uns mal in meiner Lieblingsbodega, da können Sie von Ihrem Hotel aus gut hinlaufen.«

Lisa zog eine Visitenkarte hervor und gab sie ihm.

»Für den Fall, dass Sie mir doch irgendwann erzählen wollen, warum Sie wirklich zur s'Albufereta wollten.«

Er erwiderte ihr Lächeln mit einem Grinsen und nickte ihr anerkennend zu. Dann tuckerte der Abschleppwagen auch schon davon, und Lisa verputzte die letzten verbliebenen Leckereien und machte sich dann ebenfalls auf den Weg.

Den Nachmittag verbrachte Lisa nach einer ausgiebigen Siesta damit, sich mit Hotelangestellten zu unterhalten. Maribel und nach dem Schichtwechsel Esteban sorgten dafür, dass sie ihre Gespräche ungestört im Garten hinter dem Hotel führen konnte, und sie schickten ihr nacheinander Mitarbeiter aus dem Service, aus der Küche, aus dem Marketing und allen anderen Abteilungen. Viele der jüngeren Angestellten baten darum, von Lisa geduzt zu werden, wo sie doch jetzt vorübergehend gewissermaßen zum Team gehörte. Sie selbst hingegen blieben ihr gegenüber bei einem höflichen »Sie«. Insbesondere die Pagen bestanden darauf, dass Lisa sie duzte und mit dem Vornamen ansprach.

»Und warum soll ich Sie ... äh ... dich einfach Pablo nennen – und du sagst weiterhin Señorita zu mir? Da komme ich mir nicht gerade höflich vor.«

»Das passt schon so, Señorita Lisa. Wir Pagen werden ja ohnehin von den meisten Gästen geduzt, das sind wir gar nicht anders gewöhnt. Und Sie als die Marketingfrau, die mit der neuen Broschüre dafür sorgen wird, dass unser Hotel ordentlich brummt, dürfen uns natürlich erst recht duzen.«

Er zwinkerte ihr fröhlich zu.

»Nur Esteban sollten Sie nicht duzen«, kam es da von der

Tür her. Lisa schaute auf: Felix schlenderte heran, er war der nächste Gesprächspartner auf ihrer Liste. »Unser Concierge legt großen Wert darauf, gesiezt zu werden. ›Plumpe Vertraulichkeit‹, wie er das nennt, lässt er auch Gästen nur selten durchgehen. Einer hat sich mal besonders anbiedernd aufgeführt und seinen Freunden ständig von seinem Kumpel Esteban vorgeschwärmt – der die Clique daraufhin in die übelste Abzockerkneipe von ganz Port d'Alcúdia schickte.«

Die beiden Jungs lachten herzhaft, aber dann flitzte Pablo auch schon wieder hinaus, Felix nahm seinen Platz ein und wartete gespannt auf Lisas erste Frage.

Alle zwanzig, dreißig Minuten wechselten Lisas Gesprächspartner, und weil jeder einen Kaffee oder ein Wasser und dazu eine Kleinigkeit zu naschen mitbrachte, war gegen halb sechs nicht nur ihr Notizblock prall gefüllt. Sie begleitete den Pagen, mit dem sie sich zuletzt unterhalten hatte, zur Rezeption.

»So«, sagte sie und stöhnte theatralisch, »jetzt passt nichts mehr rein. Nicht in den Notizblock und nicht in mich. Für heute reicht's, Esteban, vielen Dank fürs Organisieren. Ich vertrete mir jetzt mal ein bisschen die Beine.«

Er empfahl ihr einen kleinen Fußweg, der sie durch das Wäldchen und über eine kleine Gasse zum Strand hinunterführen würde.

»Da kommen Sie auch am Torre Major vorbei – und müssen möglichst wenig von den alten Fabrikanlagen ertragen.«

Die Schornsteine waren natürlich trotzdem nicht zu übersehen, und als durch eine Seitengasse ihr Blick auf die rostigen Reste der alten Fabrik fiel, beschloss sie, einen kleinen Abstecher dorthin zu machen, um Fotos für ihre Sammlung zu schießen. Natürlich würde *myJourney* keine dieser Aufnahmen abdrucken, und auch für den Werbeprospekt des Hotels waren sie nicht geeignet – aber es war schon seit Jahren ihr Hobby, marode Anlagen in aller Welt zu fotografieren. Einige Aufnahmen hatte sie sogar vergrößern lassen und als Poster in ihrem Arbeitszimmer aufgehängt.

Die alte Fabrik in Port d'Alcúdia würde in ihrer Sammlung einen Ehrenplatz bekommen. Ehemals weiß lackierte Stahltanks mit rostigen Schweißnähten, zwei sandfarbene, vor Schmutz starrende Kamine und ein stillgelegtes Förderband, das von einem mit Unkraut überwucherten Hof in ein riesiges verrostetes Gebäude führte, und überall Streben und Stützen aus Stahl, die nicht mehr besonders vertrauenerweckend aussahen. Lisa schoss eine ganze Reihe von Fotos, und als ihr auffiel, dass zwischen zwei kleineren Hütten ein neu aussehendes Auto abgestellt war, das nicht so recht in das morbide Ambiente passen wollte, machte sie noch einige weitere Aufnahmen, auf denen der Wagen ihr Motiv nicht störte.

Den alten Turm erreichte sie ein paar Minuten später. Im Grunde genommen sah der trutzige Bau nicht weniger ramponiert aus als die Reste der Fabrik, aber an einem solchen Gemäuer wirkten eine verwitterte Fassade, geborstene Mauersteine und die abgeplatzten Teile eines Erkers natürlich eher romantisch als hässlich. Lisa umrundete den Turm mit der Kamera, machte schöne Schnappschüsse mit der Sonne im Rücken und im Gegenlicht, und irgendwann hatte sie eine Perspektive gefunden, die im Vordergrund mächtig und dick den Torre Major zeigte – und seitlich dahinter zwei

Industrieschlote, wie sie sich schlank und auf diese Entfernung in recht passablem Zustand wirkend hinter den Bäumen emporreckten.

Sie stöberte noch einige schöne Motive in der Nähe auf, darunter ein aus dem felsigen Ufer ausgewaschenes natürliches Becken, in dem zwei Jugendliche lümmelten, die aufs Meer hinausschauten. Schließlich marschierte sie wieder zum Hotel hinauf, wo sie ebenfalls Fotos machte. In Gedanken notierte sie sich, wie sie diese Motive als Pluspunkte des Hotels und seiner weitläufigen und gepflegten Anlage verkaufen konnte.

Hinter dem Hauptgebäude des El Moro alegre lag der spektakuläre Garten, der breite Kieswege, verwinkelte Treppen und schmale Trampelpfade kombinierte. Hier war ein kleiner Tümpel angelegt, auf dem Seerosenblätter dümpelten und dessen Ufer auf zwei Seiten dicht mit Büschen bepflanzt war. Dort sah sie einen künstlichen Wasserfall, der über mehrere Stufen aus einem Stück Felsengarten über eine Fläche mit Blumenrabatten bis hinunter zu einer Wiese plätscherte, die sattgrün war und weich wie ein Teppich. Auf schmalen Stufen ging es in einen Bereich hinauf, auf dem Bougainvilleen und andere Pflanzen ihre verschwenderische Blütenpracht zu einer Art Baldachin über dem Spaziergänger ausbreiteten. Alles war so geschickt angelegt, dass man kaum die Pergola sehen konnte, die den Sträuchern Halt gab.

Der Garten war eine wahre Pracht in Farbe und Form. Man konnte einfach nur staunen oder sich irgendwo mit einem Buch oder einem Cocktail hinsetzen. An den meisten Stellen war man weit genug vom Pool entfernt, um die Ruhe auch genießen zu können. Der Pool mit seinen Freiluftduschen und dem Kinderbecken war von schulterhohen Sandsteinmauern in satten Ockertönen eingefasst, die dem Badebereich die Anmutung eines maurischen Innenhofs verliehen, während die Mauern nach außen hin fast völlig von Büschen, Bäumen und Rankhilfen verdeckt waren, an denen Kletterpflanzen wuchsen.

Der Außenpool mit seiner Liegeterrasse war an einer Seite mit einem niedrigen Hotelanbau verbunden. Den Innenpool und die nobel gestylten Wege zum Saunatrakt konnte man durch die Rauchglasschiebetür von außen nur erahnen. An den Grundstücksgrenzen befanden sich Mauern mit Zinnen und Ziertürmchen, an einigen Stellen waren Wehrgänge angebaut, zu denen steile Sandsteintreppen hinaufführten. Das Hauptgebäude des Hotels bildete einen mächtigen Riegel, der durch die gelungene Architektur jedoch nicht erdrückend wirkte.

Lisa schaute sich noch einmal um, dann nahm sie Kurs auf die Tür, die vom Garten in die Lobby führte. Aus dem Augenwinkel glaubte sie über sich eine Bewegung wahrzunehmen. Sie hob den Kopf und trat einen Schritt zurück.

Ein Mann in Poloshirt und kurzer Sommerhose kam auf sie zugeflogen und schlug direkt vor ihren Füßen auf den Steinplatten auf. Sie glaubte ein Splittern zu vernehmen, und während die Schultern, die Hände und die Beine nach dem Aufprall noch etwas nachfederten, breitete sich um den Schädel schnell eine dunkelrote Flüssigkeit aus. Das Blut sickerte in die Fugen der Bodenplatten und bildete bald eine kleine Pfütze, deren Farbe allmählich dunkler wurde. Die eine Hand des Mannes zuckte noch ein paar Mal, dann verebbte auch diese letzte Bewegung.

Lisa sah nach oben, aber dort war alles menschenleer,

und sie konnte nicht abschätzen, von welchem der Balkone der Mann gestürzt sein mochte. Aus dem Garten erklangen die schrillen Schreie einer älteren Dame, der Lisa vorhin auf ihrem Streifzug durch die Anlage begegnet war, und schon reckten die ersten Gäste ihre Köpfe über die Balkonbrüstungen. Nur drei Balkone blieben leer. Vermutlich hatte der Tote auf einem davon seinen kurzen Flug begonnen.

Zwischen den Schulterblättern des Mannes steckte ein Messer, der Stoff des Poloshirts war an dieser Stelle mit Blut getränkt. Damit war Selbstmord wohl auszuschließen, folgerte Lisa.

Plötzlich berührte sie jemand an den Schultern. Sie sah auf und erkannte Esteban, der sie besorgt musterte und sie dann behutsam in die Lobby schob, während ihnen Hotelangestellte und neugierige Gäste in heller Aufregung entgegenkamen. Er nahm ihr den Fotoapparat aus der Hand und legte ihn hinter dem Empfangstresen ab, anschließend geleitete er sie zu einer Sitzgruppe etwas abseits des Eingangs. Als sie ihm versichert hatte, dass sie nicht ohnmächtig werden würde, flitzte Esteban davon, verschwand durch eine Tür hinter dem Tresen und kam wenig später wieder zu ihr zurück. Er stellte eine dampfende Bechertasse vor sie auf den kleinen Tisch, der zwischen den Sitzmöbeln stand.

»Geht's wieder?«, fragte er besorgt, und Lisa nickte. Alles war gut, höchstens etwas weiche Knie hatte sie nach dem Schreck. Da ging es dem Mann im Poloshirt und der kurzen Hose draußen hinter dem Hotel deutlich schlechter.

»Trinken Sie das, Señorita Lisa«, drängte Esteban und hielt ihr die Tasse unter die Nase. »Das wird Ihnen guttun. Aber bitte langsam: Es ist heiß.«

Lisa schnupperte. Kaffee war in der Tasse, sehr starker Kaffee offenbar, aber außerdem schien etwas Alkoholisches untergemischt zu sein.

»Das ist ein Carajillo, Señorita«, erklärte Esteban und gab zwischendurch einem herbeieilenden Pagen mit einer Geste zu verstehen, dass er schnellstens nach hinten in den Garten müsse. »Na ja, zumindest so etwas Ähnliches. Es war nicht die Zeit für die ganz korrekte Zubereitung, aber Kaffee und Brandy werden Ihnen wieder auf die Beine helfen, glauben Sie mir.«

Lisa wollte widersprechen, weil sie sich auch so schon imstande fühlte, wieder aufzustehen, aber der Concierge verstand ihren Versuch falsch.

»Glauben Sie mir, der hilft Ihnen! Ich spreche aus Erfahrung …«

Esteban vergewisserte sich durch schnelle Blicke in alle Richtungen, dass nur Lisa ihn hören konnte. Dann beugte er sich etwas vor und senkte die Stimme.

»Ich mixe mir ab und zu selbst einen Carajillo, wenn wir an einem Abend allzu viele anstrengende Gäste haben. Das rüttelt einen ordentlich durch, und der Brandy macht einen auch gelassener.«

Er grinste und hielt Lisa die Tasse an den Mund, also trank sie erst einen kleinen Schluck und dann noch einen. Als Esteban die Bechertasse endlich wieder absetzte und sie auf das Tischchen stellte, war die Flüssigkeit zur Hälfte in ihrer Kehle verschwunden, und sie spürte genau, wo der heiße und ziemlich starke Mix in ihrem Körper gerade angekommen war.

»Darf ich Sie kurz allein lassen?«, fragte er dann und wartete kaum ihr Nicken ab, bevor er davonflitzte. Kurz darauf konnte sie seine laute, erregte Stimme aus dem Garten hören. Er kommandierte seine Leute, ließ die Gäste wegeskortieren sowie kleine Absperrungen improvisieren. Dann rief er irgendetwas zu den Balkonen hinauf, aber Lisa konnte sich kaum vorstellen, dass sich davon jemand vom Gaffen abhalten ließ.

Irgendwann eilte er wieder in die Lobby, huschte zu einer Tür hinaus und kam mit drei Zimmermädchen zurück, die er an den wichtigsten Zugängen zur Hotelhalle postierte. Zwischendurch hastete er hinter den Tresen, nahm Telefongespräche entgegen, rief selbst einige Nummern an, und schließlich klatschte er sich gegen die Stirn und rief einem der Zimmermädchen zu: »Schnell, Conchita, geh zu Señor Monte rauf und sag ihm Bescheid. Ihn habe ich ganz vergessen in diesem fürchterlichen Durcheinander!«

Estebans Blick fiel auf Lisa, und nun verschwand er wieder durch die Tür hinter dem Tresen. Kurz darauf brachte er ihr eine zweite Tasse und stellte sie aufs Tischchen.

»Ich kann wirklich keinen mehr trinken«, wehrte sie ab. »Ich schaff nicht mal den einen ganz. Aber lecker ist er, und ich spüre auch schon, wie er hilft.«

Das war nur halb geflunkert, und Esteban nahm ihr Lob lächelnd entgegen. Dann schaute er auf die volle Tasse, zuckte mit den Schultern und trank sie in einem langen Zug selbst leer.

»Ah«, seufzte er. »Das tut gut. Jetzt bin ich gewappnet.«

In diesem Moment stürmte Hoteldirektor Monte so schnell in die Lobby, dass ihm das Zimmermädchen kaum folgen konnte. Esteban brachte ihn aufs Laufende. Monte wurde blass und verschwand mit großen Schritten durch die Tür in Richtung Garten.

Lisa ließ sich von Esteban aufhelfen, der wieder zu ihr gekommen war. Nun war sie wirklich ein wenig wacklig auf den Beinen, doch nur sie wusste, dass daran der Brandy im Kaffee schuld war. Wenn es alle anderen dem Toten zuschrieben, der direkt vor ihr herabgefallen war, sollte es ihr recht sein. Denn etwas entspannter fühlte sie sich wirklich schon.

»Es geht wieder, danke, Esteban«, sagte sie, aber der Concierge traute dem Frieden nicht.

»Nehmen Sie doch wieder Platz und bleiben Sie ein bisschen hier sitzen«, schlug er vor. »Dann kann ich immer wieder nach Ihnen sehen und Ihnen etwas bringen, wenn Sie etwas brauchen.«

»Nein danke.«

»Oder Sie legen sich ein wenig hin. Pablo kann Sie auf Ihr Zimmer bringen.«

Er sah sich um, aber außer Felix war gerade kein Page zu sehen. Und auch ihn kostete es sichtlich Mühe, draußen neben dem Eingang auf seinem Posten zu bleiben. Er streckte sich immer wieder in die eine oder andere Richtung, um vielleicht doch noch etwas von dem zu erspähen, was sich hinter der Tür tat, die von der Lobby hinaus in den Garten führte.

Doch schon bald wurde seine volle Aufmerksamkeit von mehreren Einsatzfahrzeugen der Polizei und einem Krankenwagen beansprucht, die mit quietschenden Reifen auf der Auffahrt hielten. Türen wurden aufgestoßen, und schon rannten mehrere Beamte und ein Trio in weißen Kitteln ins Gebäude. Esteban deutete in Richtung Garten, und im nächsten Moment waren alle durch die Hintertür nach draußen verschwunden.

Weitere Einsatzwagen kamen, die Polizisten sprachen in ihre Funkgeräte und postierten sich beiderseits des Eingangs und besetzten auch einen Durchgang, der am Hauptgebäude vorbei durch ein kleines Steinportal in den Garten führte. Kurz danach traf ein Transporter ein, aus dem mehrere Männer und Frauen kletterten, die noch im Gehen in Ganzkörperanzüge schlüpften und mehrere Taschen und Kisten dabeihatten. Ganz zuletzt fuhr eine Limousine vor, der ein hochgewachsener Mann Anfang vierzig entstieg. Er blieb neben dem Wagen stehen und betrachtete kurz die Hotelfassade, dann bedeutete er seinem Fahrer mit einer eleganten Geste, wo er die Limousine zu parken habe, und ging ohne Eile durch den Haupteingang.

Esteban mit seinem gut entwickelten Spürsinn für Hierarchien entschuldigte sich bei Lisa und ging dem Neuankömmling entgegen. Der Mann musterte ihn fragend und wartete offenbar darauf, dass sich Esteban vorstellte.

»Herzlich willkommen, Señor. Ich bin Esteban, der Concierge dieses Hotels. Wie kann ich Ihnen behilflich sein?«

»Perello«, antwortete der Mann knapp. »Carlos Perello, Comisario der Guardia Civil. Ich bin mit den ersten Ermittlungen hier betraut.«

Lisa kramte aus ihrer Erinnerung hervor, was sie von einer früheren Reportage her noch über das spanische Polizeisystem und die Verteilung der Kompetenzen zwischen den verschiedenen Einrichtungen wusste.

Die Guardia Civil unterstand sowohl dem Innen- als auch dem Verteidigungsministerium, und zu ihren Aufgaben gehörten außer dem, was in Deutschland die Kriminalpolizei übernahm, auch Küstenwache und Grenzschutz, die Terrorismusbekämpfung und die Spionageabwehr. Und in kleineren Orten, in denen es keine Policía Local gab, kümmerte sie sich auch um weniger schwere Delikte.

Diese Lokalpolizei wiederum war die kommunale Polizeibehörde, die der jeweiligen Stadt oder Gemeinde unterstellt war. Sie war beispielsweise für die Sicherung von Veranstaltungen oder für Verkehrsprobleme innerhalb der Ortsgrenzen zuständig – während sich um Verkehrsunfälle außerhalb der Ortschaften die Policía Trafico kümmerte.

In einigen Regionen Spaniens gab es außerdem noch die Policía Autonómica, das waren spezielle Polizeibehörden auf den Kanaren, in Navarra, Katalonien und im Baskenland.

Und schließlich hatte das Innenministerium noch das Nationale Polizeikorps unter sich, das Cuerpo Nacional de Policía, das in den Achtzigerjahren eingerichtet worden war und sich um die Wahrung der Bürgerrechte und um die allgemeine Sicherheit in den Städten kümmern sollte.

Im Fall des Toten auf der Hotelterrasse ermittelte nun also ein Comisario Perello mit seinen Beamten von der Guardia Civil.

»Der Tote liegt hinter dem Hauptgebäude?«, fuhr er fort.

Esteban nickte. Perello ließ seinen Blick durch die Lobby schweifen. Bestimmt hatte er Lisa schon beim Hereinkommen bemerkt, schließlich war von dort auch der Concierge auf ihn zugekommen, aber er richtete es so ein, dass er sie zuletzt anschaute. Lisa erwiderte seinen Blick, und nach ein, zwei Sekunden nickte der Comisario ihr zu.

»Hat diese Dame den Toten gefunden?«, fragte er Esteban.

Lisa ging einige Schritte auf die beiden Männer zu.

»Gefunden ist wohl nicht der richtige Ausdruck dafür«,

sagte sie und hielt dem Comisario die Hand hin. »Lisa Langer. Ich bin hier zu Gast. Gerade als ich aus dem Garten zurück ins Haus wollte, stürzte der Mann direkt vor meinen Füßen auf die Steinplatten hinter dem Hotel.«

Perello nickte und drückte ihr die Hand. Dann schaute er prüfend auf Lisas Beine und nickte wieder. Sie folgte seinem Blick. In Höhe des linken Knöchels wies ihre Hose mehrere dunkle Spritzer auf.

»Oh, das ist mir noch gar nicht aufgefallen«, sagte sie.

»Das war sicher nicht sehr schön anzusehen. Darf ich Ihnen trotzdem ein paar Fragen stellen, oder wäre es Ihnen lieber, wenn wir noch ein wenig warten?«

Carlos Perello hatte eine tiefe, angenehm männliche Stimme. Seine vollen schwarzen Haare waren gerade so lang, dass sie ein kleines Stück über den Kragen seines Hemdes reichten, und nur an manchen Stellen von ergrauten Strähnen durchzogen. Sein Gesicht war eher markant als attraktiv: die Nase eine Spur zu groß, die Brauen ein bisschen zu buschig, die Augenringe etwas zu tief, und die Wangenknochen zeichneten sich eine Winzigkeit zu deutlich ab. Nur an den zwischen Graugrün und Graublau changierenden Augen, die sie wach und aufmerksam anblickten, hatte sie nichts auszusetzen.

»Señora Langer?«

Offenbar hatte sie ihn zu lange angesehen. Lisa räusperte sich verlegen und nickte.

»Ja, Comisario, Sie können mir Fragen stellen. Mir geht es so weit ganz gut. Und Señorita, bitte.«

Um Perellos Mundwinkel zuckte es ganz leicht, und Lisa hätte sich selbst ohrfeigen können. Versuchte sie hier etwa mit einem Kommissar der Guardia Civil zu flirten?

»Sollen wir uns kurz setzen?«, fragte er und ging neben ihr her zu der Sitzgruppe, wo sie eben schon gesessen hatte. Esteban folgte ihnen, und fast gleichzeitig nahmen sie Platz. Perello zückte einen kleinen Block und einen Stift, dann warf er einen kurzen Blick in Lisas halb geleerte Bechertasse und sog etwas Luft durch die Nase. »Ein Carajillo, nehme ich an?«

Esteban nickte.

»Wie gesagt, Señorita Langer, wir können mit den Fragen auch noch etwas warten. Die Tasse riecht, als wäre hier nicht am Brandy gespart worden.«

»Nein, nein, das geht schon. Fragen Sie, Comisario, bitte.«

»Der Mann ist Ihnen also vor die Füße gefallen?«

Lisa schilderte die Szene, und Perello machte sich eifrig Notizen. Als sie fertig war, überflog er das Geschriebene noch einmal. Lisa sah auf den Block und stellte fest, dass Perello eine fürchterliche Klaue hatte. Er musste nicht befürchten, dass jemand, der ihm verstohlen in die Notizen blickte, auch nur irgendetwas davon entziffern konnte.

»Sie sagten, Sie kamen gerade vom Garten zurück und wollten in die Lobby. Wo haben Sie denn hingesehen, als Sie aufs Haus zugingen?«

»Überallhin und nirgends«, antwortete Lisa und versuchte ein Lächeln. »Ich habe Fotos gemacht, und auf dem Rückweg zum Gebäude habe ich weiterhin nach lohnenden Motiven Ausschau gehalten.«

»Sie haben fotografiert?«

»Die Kamera liegt drüben am Empfang«, mischte sich Esteban ein. »Soll ich sie holen?«

»Das wäre nett, ja.« Perello sah Lisa fragend an. »Dürfen wir uns die Fotos ansehen?«

»Meinetwegen gern, aber ich glaube nicht, dass Ihnen das weiterhelfen wird.«

Sie unterbrach sich.

»Obwohl ... ich glaube, ich habe auch ein paar Fotos von der Rückseite des Hotels gemacht. Da ging es mir vor allem um das Zusammenspiel der Hotelfassade und der Balkone mit den Büschen und Bäumen im Garten. Mir ist während des Fotografierens nichts aufgefallen, aber vielleicht entdecken Sie ja auf den Aufnahmen irgendwelche Hinweise. Mir wäre es nur lieb, wenn ich die Kamera bald wiederhaben könnte.«

»Das wird kein Problem sein, sofern die Aufnahmen keine Informationen enthalten, die zunächst besser nur die Polizei kennen sollte. Was haben Sie denn mit den Fotos vor?«

»Ich bin Journalistin.«

Perello versteifte sich etwas, deshalb schob sie schnell nach: »Ich bin Reisejournalistin. Ich suche für ein deutsches Magazin nach Ausflugszielen auf Mallorca, die noch nicht so bekannt sind. Und für das Hotel arbeite ich an einer neuen Werbebroschüre.«

Perello nickte und sah sie noch einen Moment nachdenklich an.

»Kannten Sie den Toten?«, fragte er.

»Außer den Hotelangestellten kenne ich hier im Haus noch niemanden. Und ob er einer der Gäste war, die mir seit meiner Ankunft gestern mal begegnet sind, kann ich wirklich nicht sagen – ich habe nur kurz nach oben gesehen, da kam er auch schon auf mich zugeflogen, und danach lag er ja mit dem Gesicht nach unten vor mir.«

»Natürlich, Señorita Langer, natürlich. Entschuldigen Sie bitte, das war keine besonders intelligente Frage.«

Sein charmantes Lächeln war eine Wucht, und Lisa musste sich sehr beherrschen, nicht allzu erfreut zurückzulächeln.

»Haben Sie denn gesehen, von welchem Balkon er gestürzt ist?«

»Nein, tut mir leid. Das ging alles so schnell. Aber nachdem eine Dame im Garten laut gekreischt hat, lockte das eine ganze Menge Gäste an, und auch die Balkone waren danach schnell voller Menschen. Mir sind nur drei Balkone aufgefallen, auf denen auch danach niemand zu sehen war.«

Sie beschrieb ihm die Balkone, und er nickte anerkennend.

»Vielen Dank, das wird uns die Arbeit auf jeden Fall erleichtern.«

Er musterte sie, und in sein Lächeln mischte sich eine Spur Interesse.

»Und Sie sind sicher, dass Sie nur als Reisejournalistin arbeiten und nicht auch ab und zu mit Kriminalfällen zu tun haben?«

Nun lächelte sie doch und fühlte sich geschmeichelt. Einen Moment lang erwog sie, Comisario Perello von ihrem ersten Buchvertrag zu erzählen und davon, dass sie inzwischen auch über einen Mallorca-Krimi nachdachte, aber dann ließ sie es doch lieber bleiben. Eine Hobbyschriftstellerin, die in seinem Mordfall herumschnüffelte, war sicher das Letzte, worüber sich ein realer Ermittler freuen würde.

Perello erhob sich, bedankte sich für das Gespräch und gab Lisa seine Visitenkarte. Sie revanchierte sich, und er überflog ihre Kontaktdaten.

»Ihr Handy haben Sie dabei?«

»Ja, und Sie dürfen mich jederzeit anrufen«, entfuhr es ihr. Noch bevor der Satz ganz heraus war, hätte sie sich am liebsten die Zunge abgebissen.

Perellos Lächeln wurde etwas dünner, und er nickte.

»Gut. Aber ich kann Sie in den kommenden Tagen auch über das Hotel erreichen, nehme ich an?«

Lisa nickte. Der Comisario verabschiedete sich knapp und machte sich mit einem Kollegen auf den Weg in den Garten. Sie sah den beiden hinterher, doch erst als Perello durch die Tür nach draußen verschwunden war, spürte sie Estebans Blick. Der Concierge ließ ein leichtes Grinsen um seine Mundwinkel spielen.

»Was ist?«, fragte sie ihn eine Spur zu gereizt.

»Ach, nichts. Aber der Comisario ist ja sehr freundlich und charmant, nicht wahr, *Señorita* Lisa?«

Die Betonung quittierte Lisa mit einem genervten Gesichtsausdruck, und unter Estebans breiter werdendem Grinsen trollte sie sich endlich auf ihr Zimmer, um eine saubere Hose anzuziehen.

– TRES –

Jorge legte auf, zündete sich eine Zigarette an und trat auf seinen Balkon hinaus. Unten vor seinem Haus war das Leben inzwischen wieder aus seiner nachmittäglichen Schläfrigkeit erwacht, und die Nachbarn kamen vom Einkaufen zurück oder machten sich zu einer Runde Petanca auf. Einige hielten ein Schwätzchen und wichen dabei ab und zu den knatternden Gefährten aus, die auf zwei, drei oder vier Rädern durch die schmale Gasse brausten.

Andere sahen Jorge auf seinem kleinen Balkon stehen und winkten zu ihm hinauf, aber er bemerkte sie so wenig wie den übrigen Trubel. Er lehnte an der Hauswand, versuchte halbherzig, Rauchkringel in die warme Sommerluft zu pusten, scherte sich jedoch nicht weiter darum, wenn sie ihm nicht gelangen.

Seine Gedanken waren noch immer bei Diego, der ihn gerade angerufen hatte. Früher war er als Jorges Assistent an allen wichtigen Ermittlungen beteiligt gewesen, mittlerweile war er ein wenig aufs berufliche Abstellgleis geraten – nicht ohne eigene Schuld, schließlich trauerte Diego nicht nur seiner Zeit als rechte Hand des früheren Jefe Superior des Cuerpo Nacional de Policía nach, sondern er ließ Jorges Nachfolger auch spüren, dass dieser dem alten Jefe seiner Meinung nach nicht das Wasser reichen konnte. Und so hatte es nur zwei Monate gedauert, bis Diego beim neuen

Chef – übrigens einem durchaus fähigen Beamten – unten durch war und nur noch Aufgaben im Innendienst wahrnehmen durfte.

Diego hatte es Jorge schon so häufig bei Tapas und Tequila geklagt, dass dieser es eigentlich längst nicht mehr hören mochte, aber wenn es darum ging, seinen alten Vorgesetzten aufs Laufende zu bringen, war er unschlagbar. Wie immer hatte Diego seine Augen und Ohren überall, und über seinen Schreibtisch gingen alle Meldungen der Kollegen auf ganz Mallorca. Und ob es nun den Kleinkram betraf, den die Policía Local bearbeitete, oder um die Verbrechen, um die sich die Guardia Civil kümmerte: Diego war immer als einer der Ersten im Bilde – und in der Folge auch Jorge, zumindest in den Fällen, die etwas spannender waren als Fahrraddiebstahl oder ein aufgebrochenes Fischgeschäft. Und ein Mord in Port d'Alcúdia war auf jeden Fall spannend genug für einen Anruf von Jorges ehemaligem Assistenten.

Laut Diego wusste die Guardia Civil noch gar nicht, wer da tot hinter dem El Moro alegre lag – zumindest im Moment nicht. Doch das Rätsel würde schnell gelöst sein: Das Personal war noch vollzählig, was nahelegte, dass es ein Hotelgast war, und dessen Identität würde sich ja leicht feststellen lassen. Und war es nicht ein Auswärtiger gewesen, den s'Orella in ebendieses Hotel verfolgt hatte? Und der von anderen Auswärtigen beschattet worden war? Gut, natürlich waren *alle* Hotelgäste Auswärtige, aber …

Eine Weile rang Jorge noch mit sich, dann drückte er die Kippe aus, ging nach drinnen und wählte eine Telefonnummer. Juan, das Ohr, konnte kaum glauben, dass ihn der Jefe persönlich anrief. Und er war vor Freude außer sich, als

Jorge Bennàssar ihn bat, sich mit ihm in der Werkstatt zu treffen, wo inzwischen der alte Seat-Kombi wieder halbwegs flottgemacht worden war.

»Und komm bitte nicht in die Werkstatt geschlichen, als wäre die halbe Unterwelt Mallorcas hinter dir her«, bat Jorge noch, aber da hatte Juan schon aufgelegt.

Peps Deutsch war nicht halb so gut, wie es ihm lieb gewesen wäre, aber dass sein Gesprächspartner ihn lautstark einen Trottel und Versager schimpfte, das verstand er.

»Wir wollten doch nur mit ihm reden!«, versuchte er sich zu verteidigen. »Aber dieser arrogante Idiot wollte nicht auf uns hören. Er hat mich beschimpft, er hat mich beleidigt, mich und meine Leute. Und das vertrage ich nicht gut, das habe ich Ihnen schon einmal gesagt.«

»So, das verträgst du nicht gut, du Vollidiot? Und jetzt muss womöglich auch ich Angst haben, dass du mit deiner Deppentruppe nach Köln fliegst und mich ebenfalls vom Balkon wirfst?«

»Ich habe ihn nicht geworfen«, korrigierte ihn Pep. »Er ist gefallen.«

»Ja, weil du ihm vorher ein Messer in den Rücken gerammt hast! Wie blöd kann man sein?«

»Es tut mir ja auch leid, aber er hat ...«

»Er hat euch beleidigt, ich weiß, du wiederholst dich.« Eine Pause entstand, und nach einer Weile fragte Pep: »Sind Sie noch dran?«

»Natürlich bin ich noch dran, du Pfeife! Aber ich muss nachdenken. Du sollst meinem Mitarbeiter helfen und mit ihm über seinen Auftrag reden und darüber, wie ihr ihn unterstützen könnt. Stattdessen erstichst du ihn und lässt ihn vom Balkon stürzen – da werde ich doch mal kurz nachdenken dürfen, oder?«

Pep hielt das Handy ein wenig vom Ohr, bis der Wutausbruch am anderen Ende der Leitung vorüber war. Die drei anderen Männer im Auto sahen ihm besorgt beim Telefonieren zu, aber sie verstanden kein Wort und waren darauf angewiesen, dass Pep ihnen hinterher alles berichtete. Da konnte er gut hier und da ein wenig am Wortlaut drehen, um seine Position als Boss der Bande nicht zu gefährden. Aber dass El Taure, wie sich Pep von seinen Leuten nennen ließ, gerade eine ordentliche Abreibung erhielt, war ihnen trotzdem nicht verborgen geblieben.

»So eine Scheiße!«, kam es noch aus dem Hörer, dann hatte sich der Gesprächspartner wieder etwas beruhigt, und Pep hielt sich das Handy wieder direkt ans Ohr.

»Was können wir jetzt tun?«, fragte er nach einer Weile, als ihm die neuerliche Pause zu lang wurde.

»Ihr? Um Himmels willen! Nichts, gar nichts! Ihr macht euch vom Acker. Fliegt zurück nach Girona und pfuscht mir auf keinen Fall weiter in meine Geschäfte! Ich will Geld verdienen, du Möchtegerngauner, da kann ich keinen Mord und keine Polizei brauchen! Also ab mit euch, weg von der Insel, und lasst mich mit eurem bescheuerten Gangstergehabe in Ruhe.«

»Aber dieser windige Geschäftsmann aus Madrid? Wollen Sie einfach zusehen, wie der für die Zentralregierung Land aufkauft und so unseren katalanischen Brüdern auf Mallorca im Bemühen um ihre Unabhängigkeit das Wasser abgräbt?«

Pep verstand das Stöhnen am anderen Ende der Leitung falsch.

»Sehen Sie?«, triumphierte er. »Das haben Sie nicht bedacht! Lassen Sie uns weitermachen, ich werde mich noch ein bisschen auf der Insel umhören, und bis morgen arbeite ich einen Plan aus, wie wir diesem gierigen Spanier das Handwerk legen können.«

In Köln lehnte sich ein Mann in Anzug und Krawatte in seinem Bürosessel zurück und massierte sich die Schläfen. Er war allein in seinem modern eingerichteten Büro mit Blick auf den Dom, der auf der gegenüberliegenden Rheinseite in den Himmel stach. Die Tür zum Vorzimmer war dick gepolstert, also konnte er die Freisprechanlage seines Telefons auf volle Lautstärke stellen, ohne befürchten zu müssen, dass er belauscht würde. Er konnte sich also ungestört den Kopf darüber zerbrechen, wie die verfahrene Situation noch gerettet oder womöglich sogar für seine Ziele genutzt werden konnte.

Der unfähige Ganove, mit dem er gerade telefonierte, war als Handlanger nach Mallorca gekommen und hätte eigentlich seinen Mann in Port d'Alcúdia unterstützen und vielleicht auch beschützen, aber natürlich auf keinen Fall töten sollen. Pep, ein Dummkopf aus dem nordspanischen Girona, glühte für die Idee eines unabhängigen Kataloniens – zu dem seinem Verständnis nach auch Mallorca und die anderen Baleareninseln gehörten. Die Regierung in Spanien war ihm verhasst, und weil für ihn alles in Madrid des Teufels war, hatte der Kölner wenig Überredungskunst gebraucht, um diesem Pep einen Madrider Geschäftsmann als Strohmann der spanischen Regierung zu verkaufen – obwohl er den Spanier aus einem ganz anderen Grund im Visier hatte.

Aber wie er die Sache auch drehte und wendete: Pep und

seine Helfershelfer mussten von Mallorca verschwinden. Bestimmt hatten sie so viele Spuren hinterlassen, dass die Polizei sie bald dingfest machen konnte – und dann würde womöglich eine Fährte bis zu ihm nach Köln führen.

»Pass auf, Pep, ihr müsst so schnell wie möglich von der Insel verschwinden. Die Polizei wird nach euch suchen, und vermutlich habt ihr reichlich Spuren im Hotelzimmer hinterlassen.«

»Wo denken Sie hin? Wir sind Profis!«

»Aha. Also habt ihr Handschuhe getragen?«

»Sicher!«

»Und habt euch Plastikhauben über die Haare gezogen und über die Schuhe?«

»Wir ... äh ...«

Wieder ein Stöhnen. Dieser Pep war noch viel dümmer, als er befürchtet hatte.

»Siehst du? Also wird euch die Polizei bald auf den Fersen sein. Und wenn sie euch haben, dann verplappert sich einer von euch, und ich kann zusehen, wie ich da wieder rauskomme! Von den Schwierigkeiten, die das alles für meine Geschäfte bedeutet, ganz zu schweigen.«

»Keiner von uns würde auch nur einen Mucks sagen!«

Pep klang ehrlich empört, und der Kölner verlegte sich aufs Schmeicheln.

»Bitte«, drängte er, »geht zurück nach Girona! Ich kann es mir nicht leisten, einen Helfer wie meinen treuen El Taure und seine wackeren Kameraden zu verlieren!«

Pep räusperte sich, und der Kölner schob schnell noch nach: »Und vom Gefängnis aus kannst du der katalanischen Sache auch keinen Dienst mehr erweisen. Wäre das nicht ein Jammer, El Taure?«

»Das wäre ein Jammer, ganz sicher. Und wir werden auch nach Girona zurückkehren, aber vorher bügeln wir aus, was wir Ihnen eingebrockt haben.«

»Nein, ihr stellt nicht noch was an auf Mallorca! Lasst die Finger von dieser Geschichte und macht euch …«

Obwohl der Mann im Anzug hörte, wie auf Mallorca die Verbindung getrennt wurde, beendete er noch seinen Satz: »… aus dem Staub!« Dann warf er wütend den Kugelschreiber gegen die Wand, den er während des Telefonats zwischen den Fingerspitzen gedreht hatte.

Er stand schnaubend auf, tigerte im Büro auf und ab, sah mal zum Fenster hinaus und betrachtete dann wieder die vielversprechenden Pläne auf seinem Computerdisplay, nahm dabei aber weder das eine noch das andere wirklich wahr.

Nach fünf Minuten drückte er einen Knopf der Gegensprechanlage.

»Könnten Sie bitte Fred anrufen? Er soll sofort kommen. Es gibt Probleme.«

Lisa hatte die Hose ausgezogen und versucht, mit kaltem Wasser die Blutspritzer auszuwaschen. Das war noch ganz gut gegangen, und die rötlichen Schlieren, die vom nassen Hosenbein in den Ausguss liefen, ließen sie nur ein bisschen flacher und schneller atmen. Aber als sie die Hose aufgehängt und sich vor den Schrank gestellt hatte, um ein neues Kleidungsstück auszuwählen, hatte sie das Gefühl, dass ihre äußere Hülle zwar noch dastand wie eine Eins – dass sie sich tief im Inneren jedoch ganz klein zusammengekauert vor der Welt versteckte.

Ein Toter im selbsterdachten Krimi konnte ein Spaß sein, ein interessantes Gedankenspiel und der anregende Ausgangspunkt zu einer spannenden Geschichte. Aber ein echter Toter, der einem direkt vor die Füße knallte und dessen Kopf aufriss wie eine reife Melone … das war etwas ganz anderes.

Anfangs bemerkte sie es gar nicht, doch irgendwann zitterten Lisa erst nur die Gliedmaßen und schließlich der ganze Körper. Langsam ging sie rückwärts auf das Bett zu. Dabei beobachtete sie sich selbst im Spiegel, als müsse sie einen Lastwagen voller roher Eier rückwärts in eine Einfahrt rangieren. Am Ende ließ sie sich vorsichtig auf die Matratze sinken.

Wie lange sie so dasaß, reglos den Blick ins Leere gerichtet, hätte sie hinterher gar nicht zu sagen vermocht. Jedenfalls tappte sie irgendwann hinüber ins Bad, nahm eine ausgedehnte Dusche und trocknete sich wieder und wieder ab, bis ihre Haut trocken und an einigen Stellen sogar schon gerötet war.

Sie vermied es, einen Blick auf die Hose zu werfen, die im Bad zum Trocknen hing. Und als sie komplett neu eingekleidet war und auch die Haare geföhnt hatte, fühlte sie sich gewappnet dafür, auf den Balkon hinauszutreten und die Polizei bei ihrer Arbeit zu beobachten.

Viel war allerdings nicht zu sehen. Sie hätte eigentlich einen guten Blick auf die Stelle gehabt, an der der Flug des Mannes geendet hatte, nur hatte die Polizei über dem Landeplatz der Leiche inzwischen ein geräumiges Zelt aufstellen lassen, um den Gaffern an den Balkonen, im Hotelgarten und am Durchgang vom Außenpool die Sicht zu nehmen.

Trotzdem waren die Balkone auf der Rückseite des Hotels gut besetzt. Die anderen Urlauber schwatzten über die

Brüstungen hinweg miteinander und tauschten Mutmaßungen aus, wer da wohl zu Tode gekommen sein könnte und aus welchem Grund. Irgendwann fiel Lisa offenbar einem ihrer Zimmernachbarn auf, der in ihr die Frau wiedererkannte, die den Toten aus nächster Nähe gesehen hatte. Sofort wurden auch andere Gäste auf sie aufmerksam, und schon schwirrten neugierige Fragen durch die Luft. Lisa winkte nur ab und zog sich in ihre Suite zurück.

Dort blieb sie eine Weile sitzen, dann rief sie sich wieder in Erinnerung, welche drei Balkone nach dem Sturz des Mannes leer geblieben waren. Sie ging auf den Flur hinaus und machte sich daran, herauszufinden, welches der drei infrage kommenden Zimmer der Tote zu Lebzeiten wohl bewohnt hatte.

Die Frage war schnell beantwortet. Vor dem ersten Raum, den sie hatte überprüfen wollen, waren mehrere uniformierte Polizisten postiert. Die ließen sie zwar passieren, behielten sie aber im Auge, und als sie vor der betreffenden Tür stehen blieb, kam einer von ihnen zügig herbei und forderte sie mehr oder weniger höflich auf, sofort weiterzugehen. Er ließ sich ihren Zimmerschlüssel zeigen, und als die Nummer nicht zu der Etage passte, in der sie gerade waren, bestand er darauf, sie zu ihrer Suite zu begleiten, um ihre Personalien aufzunehmen. Unterwegs begegnete ihnen Esteban, der ein Tablett mit Wasserflaschen und Gläsern trug und sofort sah, dass Lisa dem Uniformierten nur ungern folgte.

»Entschuldigen Sie, Señor«, wandte er sich an den Polizisten. »Hier muss eine Verwechslung vorliegen. Señorita Langer ist die Dame, die den Sturz des Mannes auf die hintere Terrasse beobachtet hat. Sie hat bereits mit Comisario

Perello gesprochen, und ich bin mir sicher, dass sie gerade zu ihm wollte, weil ihr noch etwas eingefallen ist.«

Er zwinkerte ihr schnell zu.

»Nicht wahr, Señorita?«

»Ja, genau so ist es. Aber ich bin ja gar nicht zu Wort gekommen, so schnell wurde ich abgeführt.«

»Na ja, abgeführt habe ich Sie ja wohl nicht, Señorita«, widersprach der Uniformierte.

Es war ihm anzusehen, dass Esteban ihn verunsichert hatte. Die Anweisung seines Chefs lautete, keine Unbefugten in das Zimmer des Toten zu lassen – aber wenn er Perello um eine Zeugenaussage brachte, würde ihm das sicher nicht weniger Ärger einbringen.

»Nun gut, dann begleite ich Sie zum Comisario«, meinte er, während er das Tablett in Estebans Händen argwöhnisch musterte. »Und wohin wollen Sie damit?«

»Comisario Perello hat nichts zu trinken«, erklärte der Concierge.

Der Polizist bedeutete ihm ungnädig, ihm zu folgen, und marschierte den beiden voraus durch den Flur zurück. Er klopfte zweimal zackig an die bewachte Tür, dann öffnete er sie, trat ins Zimmer und meldete schneidig, wen er im Schlepptau hatte. Esteban drängte sich an ihm vorbei zu einer hüfthohen Kommode, während Lisa über die Schulter des Polizisten in den Raum lugte.

Hinten am Fenster und auf dem Balkon knieten zwei Gestalten in weißen Ganzkörperanzügen und sicherten Spuren. Im Zimmer verteilt standen nummerierte Täfelchen, und in einer kleinen Plastikwanne lagen einige Klarsichttüten, in denen Gegenstände verpackt waren, die Lisa von der Tür aus nicht erkennen konnte.

Perello kehrte der Tür halb den Rücken zu und hielt einen aufgeschlagenen Kalender in den Händen. Er hatte die Lektüre mit dem Klopfen unterbrochen, und nun sah er sichtlich irritiert auf den uniformierten Kollegen, den Concierge mit seinem Wassertablett und Lisa, die ihre Neugierde kaum zügeln konnte. Dann schüttelte er energisch den Kopf und machte mit ein paar wedelnden Handbewegungen deutlich, dass der Kollege die beiden Störenfriede sofort wieder mitnehmen solle.

»Perdone, Comisario«, meldete sich der Uniformierte zu Wort und zeigte hinter sich, wo er Lisa vermutete, die aber schon neben ihn getreten war. »Die Señorita meinte, sie habe schon mit Ihnen gesprochen und ihr sei noch etwas eingefallen, was sie vorhin noch nicht ausgesagt hat.«

Perello nickte. Der Polizist machte, dass er aus dem Zimmer kam, und zog die Tür leise hinter sich zu.

»Bleiben Sie bitte innerhalb des Streifens«, sagte der Comisario und deutete auf einige Markierungen, die einen schmalen Weg von der Tür bis etwa zur Mitte des Raums begrenzten. Er klappte den Kalender zu und kam auf Lisa zu.

»Ihnen ist noch etwas eingefallen, Señorita Langer?«

»Ich ...« Sie überlegte fieberhaft, aber ihr fiel auf die Schnelle nichts ein. Und die Tatsache, dass ihr in der Gegenwart dieses Comisarios die Knie weich wurden, machte es nicht besser. Schließlich lächelte sie und zuckte mit den Schultern. »Ich habe ein wenig geflunkert. Ich wollte Sie fragen, ob Sie mit meiner Kamera schon fertig sind. Haben die Bilder Ihnen weitergeholfen?«

Perello wirkte etwas gereizt, aber welcher Tadel ihm auch immer auf der Zunge gelegen haben mochte, er verkniff ihn sich.

»Wir haben die Dateien kopiert, Sie können Ihren Fotoapparat gerne wiederhaben. Aber ich darf mich doch darauf verlassen, dass Sie mit den Aufnahmen keinen Unfug anstellen?«

»Haben Sie Angst, dass ich mit den Fotos zur hiesigen Zeitung oder zum Fernsehen gehe?«

»Vielleicht.«

»Das heißt, Sie haben auf den Fotos etwas entdeckt, das für Sie von Interesse ist?«

Ein flüchtiges Lächeln huschte über Perellos Gesicht.

»Nicht schlecht, Señorita«, lobte er sie. »Aber um ehrlich zu sein, auf den ersten Blick konnten wir auf den Bildern nichts entdecken, das uns Aufschluss über den oder die Täter geben könnte. In diesem Fall hätten wir Ihre Kamera sicher noch etwas länger behalten. Ich wollte Sie nur vorsorglich darum bitten, dass Sie die Fotos einstweilen nicht verwenden – und ich hatte Sie vorhin in der Lobby auch so verstanden, dass Sie das ohnehin nicht vorhaben. Richtig?«

»Richtig.«

Perello musterte sie einen Moment lang, dann schaute er sich kurz nach den Kollegen von der Spurensicherung um. Niemand achtete auf sie, und Esteban tat an der Kommode ebenfalls sehr beschäftigt. Perello lächelte Lisa zu, und während sie ein leichtes Bauchkribbeln verspürte, senkte er seine Stimme ein wenig.

»Sie wollten nur mal nachsehen, in welchem Zimmer der Mann gewohnt hat, stimmt's?«

Sie nickte. »Ja, stimmt. Schlimm?«

»Wie man's nimmt. Neugierige Leute sind mir in der Regel nur recht, wenn ich sofort und restlos alles erfahre, was sie so aufschnappen.«

Lisa erwiderte sein Lächeln, und auch wenn sie sich insgeheim vorstellte, mit einem Mann wie Perello mehr zu teilen als ein eher berufliches Interesse an einem Mordfall, fühlte sie sich doch geschmeichelt davon, dass er sie zumindest in diesem Punkt zu einer Art Vertrauten machte.

»Das lässt sich machen, kein Problem«, versicherte sie ihm.

»Allerdings dürfen Sie mich nicht bei der Arbeit stören.« Er machte mit der freien Hand eine Geste zum Balkon hin.

»Das wäre schon schwieriger zu bewerkstelligen«, musste Lisa zugeben. »Aber …«

»Aber?«

»Aber haben Sie da gerade angedeutet, dass Sie es … wie soll ich sagen … dass Sie es zumindest nicht verhindern würden, wenn ich mich ein bisschen umhören und Ihnen für Ihre Ermittlungen ein wenig zur Hand gehen würde?«

»Na ja, zur Hand gehen … wenn Sie damit meinen, dass ich Sie zu einer Art Hilfssheriff machen werde, dann muss ich Sie enttäuschen. Das geht natürlich nicht, und wir kommen in der Guardia Civil bisher auch ganz gut ohne Amateurermittler aus. Aber ich habe mit Julio gesprochen, dem Hoteldirektor. Unsere Familien sind … nun ja … recht gut bekannt. Er schwärmte in den höchsten Tönen von Ihnen. Und dass Sie geschickt fragen können, habe ich ja selbst schon erfahren dürfen. Wenn Sie also … ich will's mal so ausdrücken … ohnehin auf der Insel unterwegs sind, um für Ihre Reportage und die Hotelbroschüre zu recherchieren, dann …«

»Dann?«

»Dann könnte es ja sein, dass Ihnen ganz zufällig und

nebenbei etwas auffällt oder zu Ohren kommt, das mir helfen könnte. Und in diesem Fall wäre es sehr freundlich von Ihnen, wenn Sie mir diese Information weiterleiten würden.«

»Bei einem Abendessen, zum Beispiel?«

Dass Esteban hinter ihr mit den Augen rollte, konnte sie nicht sehen, aber der Schatten, der sich kurz auf Perellos Gesicht legte, war Hinweis genug darauf, dass sie sich diesen Satz lieber hätte sparen sollen.

»Señorita Langer«, seufzte der Comisario nach einem kurzen Seitenblick auf den Concierge, der sein desinteressiertestes Gesicht aufgesetzt hatte, »ich will Ihnen wirklich nicht zu nahe treten, aber wenn ich mich um einen Fall kümmere, steht mir nicht der Sinn nach einem Abendessen in der Art, wie Sie es sich möglicherweise vorstellen. Ich will herausfinden, wer schuld ist am Tod dieses Mannes – mehr interessiert mich im Moment nicht. Habe ich mich deutlich genug ausgedrückt?«

Lisa räusperte sich, erwiderte aber weiter tapfer seinen Blick. »Sehr deutlich, ja.«

»Ich wollte nicht unhöflich erscheinen, aber ...«

»Kein Problem, Comisario«, versetzte Lisa, und sie schaute so unbeteiligt, wie es eben ging, wo sie doch am liebsten schon wieder im Boden versunken wäre. Dieser Comisario brachte sie eindeutig zu sehr aus dem Konzept und zu leicht aus der Fassung. »Aber Ihr Angebot steht noch, dass ich mich ein wenig umhören darf, solange ich die Informationen mit Ihnen teile?«

Er sah sie noch einen Moment lang forschend an, und als er zu dem Schluss kam, dass Lisa ihm die Abfuhr wirklich nicht krummnahm, nickte er zufrieden und lächelte.

»Ja, natürlich. Aber offiziell haben wir nie darüber gesprochen.«

»Natürlich, nie«, wiederholte sie und lächelte zurück.

Perello sah zu Esteban hinüber. Der hob nur abwehrend beide Hände und presste die Lippen zusammen.

»Gut«, sagte der Comisario und verabschiedete die beiden.

Im Hinausgehen hörten sie sein Handy klingeln, und sie waren erst ein paar Schritte über den Flur gegangen, da überholte Perello sie auch schon, hatte das Gespräch von eben offenbar beendet und rief nun seinen Fahrer an, der den Wagen vorfahren sollte.

»Wir haben es nicht weit«, kommandierte er ins Telefon. »Und die Kollegen sollen bitte auf die Kriminaltechnik warten und vorher auf keinen Fall das Gelände betreten.«

Und damit war er auch schon um die Ecke ins Treppenhaus verschwunden. Lisa sah Esteban fragend an, aber der konnte sich ebenso wenig einen Reim auf das machen, was sie soeben mit angehört hatten. Lisa lief hinunter ins Foyer, aber als sie die Glastür erreichte, sah sie nur noch, wie Perello in den Zivilwagen stieg, in dem er gekommen war. Vom Garten her eilten einige Beamte in Schutzanzügen durch die Seitenpforte und fuhren mit ihrem Transporter los.

Vor seinem Automechaniker war es Jorge mehr als peinlich gewesen, wie Juan geduckt in die Werkstatt geflitzt und noch kurz hinter einem Reifenstapel abgetaucht war, bevor er sich endlich zu den beiden beisammenstehenden Männern gesellt hatte. Am liebsten hätte Jorge ihm ordentlich den Kopf gewaschen, aber jetzt hatte er keine Zeit, ihn erst auszuschimpfen und dann wieder seinen verletzten Stolz zu besänftigen. Jetzt ging es darum, nach dem Wagen des Toten zu sehen.

Jorge stellte seinen Kombi ein Stück von der Stelle entfernt ab, die ihm Juan beschrieb. Dann brachten sie eilig die letzte Strecke zu Fuß hinter sich. Jorge ging zwar aufrecht, behielt aber die Umgebung die ganze Zeit über im Blick. Dabei störte ihn nur Juan, der immer wieder von einem Busch zum nächsten Mauervorsprung spurtete, dort geduckt hocken blieb, nach vorne lugte und Jorge dann mit aufgeregten Handbewegungen bedeutete, er könne jetzt ohne Gefahr weitergehen.

Endlich war das Schmierentheater von s'Orella ausgestanden. Sie standen vor dem Wagen, der möglicherweise jenem Mann gehörte, der vor weniger als einer Stunde im Hotel El Moro alegre von einem Balkon in den Tod gestürzt war. Jorge ließ seinen Blick noch einmal über das verlassene Industriegelände schweifen, über die Straße und das gegenüberliegende Grundstück, dann machte er einige Fotos und näherte sich dem Wagen auf einem Umweg. Er umrundete die linke Hütte neben dem Wagen und stand kurz darauf vor der Motorhaube des Fahrzeugs. Die beiden Hütten, zwischen denen das Auto geparkt war, schützten ihn vor neugierigen Blicken, und nach hinten bot ihm das Gestrüpp, das auf dem Fabrikgelände wuchs, Deckung. Von der Straße vor ihm war nur ein schmaler Streifen zu sehen – ähnlich schwer würden sie von dort entdeckt werden können.

Jorge blickte durch die Windschutzscheibe ins Innere. Auf dem Fahrersitz lagen einige Krümel verstreut, offenbar hatte der Fahrer unterwegs etwas Bröseliges gegessen. Der Beifahrersitz war leer, und auch auf der Rückbank konnte

Jorge nichts Interessantes erspähen. Einen Moment lang überlegte Jorge, ob er den Wagen öffnen und sich den Inhalt des Handschuhfachs ansehen sollte, aber das würde die Polizei nicht gut aufnehmen – vor allem wenn sie erfuhr, wer sich hier Kompetenzen angemaßt hatte. Stattdessen legte er sich neben dem linken Vorderrad auf den Boden und inspizierte den Radkasten. Die Schmutzspuren dort deuteten darauf hin, dass der Wagen wirklich in einer sumpfigen Gegend wie der s'Albufereta unterwegs gewesen war. Jorge rappelte sich wieder auf.

»Sag mal, Juan, ist das auch wirklich der Wagen, den du verfolgt hast?«

»Natürlich, Jefe, ganz sicher. Ich hab mir sogar das Kennzeichen notiert.«

Er hielt Jorge einen zerknitterten Zettel hin, den er aus der Hosentasche gekramt hatte.

»Gut«, sagte Jorge. »Dann wollen wir mal die lieben Kollegen anrufen.«

»Was? Sie wollen die Polizei anrufen? Ich dachte, wir ziehen das hier selbst durch!«

Juan wirkte enttäuscht, aber Jorge schüttelte nur den Kopf.

»Und was würden wir dann durchziehen, Juan? Spuren sichern, den Wagen klauen – aber mit welchen Mitteln, zu welchem Zweck, mit welchem Ziel?«

Juan zuckte mit den Schultern. Jorge tätschelte ihm tröstend den Oberarm.

»Wir lassen meine früheren Kollegen ihre Arbeit machen. Ich erfahre hinterher, was sie herausgefunden haben.«

Juan hatte den Kopf wieder gehoben und sah ihn hoffnungsvoll an.

»Und dann kümmern sich s'Orella und der alte Jefe um die nächsten Schritte«, fuhr Jorge fort. »Na, Juan, wie klingt das für dich?«

Das Strahlen seines Gegenübers war Antwort genug. Jorge nickte zufrieden und rief Diego an. Diesmal konnte er sich bei seinem Informanten mit einer Information revanchieren – und vielleicht konnte Diego bei seinem neuen Vorgesetzten damit endlich einmal punkten.

Jorge kundschaftete noch schnell aus, auf welchem Weg sie ungesehen verschwinden konnten, wenn nachher die Polizei eintraf, dann setzte er sich auf einen kniehohen Mauerrest ein kleines Stück entfernt, der von Büschen verdeckt war. Hier könnte er es lange aushalten und alles beobachten, was um das abgestellte Auto herum vorging, ohne selbst entdeckt zu werden. Juan suchte sich ebenfalls einen geschützten Platz, allerdings setzte er sich nicht, sondern ging in die Hocke – und schon nach einigen Minuten hörte Jorge ihn seufzen und sah, wie sich Juan immer wieder halb erhob, um seine Gliedmaßen auszustrecken.

Es war still auf dem Fabrikgelände, nur einmal war es Jorge, als hätte nicht weit entfernt ein trockener Ast oder etwas Ähnliches geknackt. Aber als er in die Richtung schaute, aus der das Geräusch gekommen war, konnte er niemanden sehen.

Wenig später waren auch schon Autos zu hören, die sich mit hoher Geschwindigkeit näherten. Mehrere Einsatzfahrzeuge der Guardia Civil kamen auf dem kleinen Weg mit einigem Getöse zum Stehen. Die Beamten sprangen aus ihren Fahrzeugen und postierten sich links und rechts der Zufahrt. Ein ziviler Wagen hielt ebenfalls an, und ein hochgewachsener Mann Anfang vierzig stieg aus, musterte die

Umgebung und lehnte sich dann mit verschränkten Armen an den Wagen, in dem er hergefahren worden war.

»Da schau her«, murmelte Jorge. »Der gute Carlos Perello hat den Fall übernommen.«

Im nächsten Moment hielt ein Transporter, aus dem die Kriminaltechniker ausstiegen. Sie machten sich sofort an die Arbeit. Jorge horchte angestrengt, aber die Gespräche der Beamten konnte er beim besten Willen nicht verstehen. Also gab er Juan einen Wink und schlich sich nach hinten vom Gelände. Wieder ließ ihn ein Geräusch zusammenzucken und in Deckung gehen – diesmal hatte es geklungen, als sei jemand auf kiesigem Untergrund ausgerutscht. Aber sosehr seine Blicke auch die Umgebung absuchten, er konnte auch jetzt niemanden entdecken.

Juan, der immer wieder ein paar Schritte rückwärts schlich, um sich nach den Polizisten umzusehen, rempelte ihn an und entschuldigte sich wortreich, wenn auch leise. Jorge herrschte ihn flüsternd an, dass er endlich die Klappe halten und ihm ohne weiteren Lärm folgen solle. In einem weiten Bogen kehrten sie zu Jorges altem Kombi zurück, und der Motor war noch nicht richtig angesprungen, als auch schon Diego anrief, sich für den guten Tipp bedankte und Jorge versprach, ihn über alles auf dem Laufenden zu halten, was die Kollegen vor Ort zu dem Hotelmord herausfinden würden. Immerhin war die Identität des Opfers inzwischen geklärt: Sebastian Reusch aus Düsseldorf, siebenundvierzig Jahre alt, freiberuflicher Immobilienmakler, Mitglied einer Reisegruppe, die im El Moro alegre logierte und Ausflüge zu Zielen auf der ganzen Insel unternahm.

»Und warum, sagtest du, kannst du dich im El Moro alegre nicht blicken lassen?«, fragte Jorge seinen Begleiter, während der Kombi durch den Kreisverkehr beim Fährhafen zuckelte.

»Weil ich meinem entfernten Cousin Felix Geld schulde.«

»Wie viel denn?«

Juan nannte ihm die Summe, und Jorge pfiff leise durch die Zähne. »So viel habe ich natürlich nicht dabei.«

Er drehte noch eine Runde im Kreisverkehr, nestelte währenddessen einige Scheine aus der Hosentasche und drückte sie Juan in die Hand. Dann bog er ab und hielt auf das kleine Wäldchen zu, hinter dem das El Moro alegre lag.

»Gib ihm das hier und sag ihm, es wäre die erste Rate. Und dann horchst du ihn ein bisschen aus.«

Juan wirkte nicht allzu glücklich.

»Und wenn Felix mir nichts erzählen will?«, wandte er ein. »Wahrscheinlich ist er ja noch sauer auf mich, weil er auf diese erste Rate ziemlich lange hat warten müssen.«

»Du machst das schon.«

Inzwischen waren sie am Wäldchen vor dem Hotel angelangt. Jorge fuhr mit seinem Wagen rückwärts in einen schmalen Seitenweg, stoppte den Motor und lehnte sich auf seinem Sitz zurück. Er schien sich auf eine längere Wartezeit einzurichten.

»Jetzt raus mit dir, Juan. Du wirst doch nicht umsonst s'Orella genannt!«

Juan gab sich einen Ruck und stieg aus. Erst eher zaghaft, dann mit kräftigeren Schritten näherte er sich dem Hoteleingang, und wirklich stand dort ein junger Mann in der Uniform eines Pagen, die Arme verschränkt, und sah dem Ankommenden gespannt entgegen. Das Gespräch der beiden konnte Jorge auf diese Entfernung natürlich nicht verstehen, aber dass es der Page Juan nicht leicht machte, war nicht zu übersehen. Doch s'Orella ließ nicht nach, und nach einer Weile gingen die beiden zu einer kleineren Pforte, die links vom Haupteingang in die Mauer eingelassen war, und verschwanden aus seinem Blickfeld.

Es hatte ein wenig gedauert, bis Pep zu Ende gedacht hatte. Er war ausgestiegen und in einem fort um den Wagen herumgetigert, und seine drei Kumpane hatten ihn aufmerksam dabei beobachtet. Keiner hätte je riskiert, ihn zu bedrängen oder mit einer Frage zu stören. El Taure mochte vorhin am Telefon von ihrem Auftraggeber in den Senkel gestellt worden sein, aber innerhalb seiner Gang war er der unumstrittene Jefe. Niemand hätte es gewagt, seine Autorität infrage zu stellen. Oder zumindest hätte es keiner von ihnen ungestraft gewagt. Pep sah mit seinen trainierten Muskeln und den Tätowierungen nicht nur aus wie einer, der ordentlich hinlangen konnte – er hatte das auch schon häufig unter Beweis gestellt. Nicht wenige in ihrer Heimatstadt Girona waren nach einer Auseinandersetzung mit El Taure ins Krankenhaus gekommen – und seine drei Helfer waren heilfroh, dass sie Pep auf ihrer Seite hatten.

Dass er nicht der Schnellste und nicht der Beste war, wenn es ans Nachdenken ging, war ihnen bisher noch nicht aufgefallen. Schneller und besser als die drei anderen war er allemal. Und so hatten sie auch diesmal geduldig darauf gewartet, bis er mit dem Denken fertig war und sich voller Tatendrang auf den Beifahrersitz fallen ließ.

»Und jetzt?«, fragte der Fahrer.

Pep klatschte sich auf die Schenkel, deutete nach vorn und wiegte seinen muskulösen Oberkörper aus lauter Vorfreude hin und her.

»Fahr los«, befahl er. »Wir holen uns jetzt die Karre, die dieser Idiot auf dem Gelände der alten Fabrik versteckt hat.«

Natürlich stellten sie unterwegs ihren Wagen ab und gingen das letzte Stück zu Fuß, und wie es sich für richtige Gauner gehörte, brachen sie ein Tor zum Gelände auf, das weit genug von dem Wagen entfernt war, damit die Einbruchsspuren nicht gleich mit dem verschwundenen Auto in Verbindung gebracht wurden. Im Gänsemarsch arbeiteten sie sich vorsichtig über das verlassene Gelände voran. Pep stellte fest, dass er sich mit der Richtung etwas vertan hatte, also orientierte er sich neu, und nach einem kurzen Umweg sahen sie den Wagen auch schon vor sich.

Einen Moment lang war es ihm, als habe er in einigen Metern Entfernung neben sich Schritte gehört, aber als er die Luft anhielt und lauschte, war alles still. Bis auf den Letzten in ihrer Reihe, der nicht gleich stehen geblieben war und nun auf einen kleinen Ast trat, der knackend unter seinem Schuh zerbrach.

»Psst!«, machte Pep, und der andere hob sofort entschuldigend die Arme.

Sie duckten sich tiefer und blieben noch eine Zeit lang in Deckung, bevor sie sich wieder auf den Weg machten. Die nächste Unterbrechung gab es, als Pep zwei Männer sah, die sich vorsichtig um das Auto herum bewegten und durch die Fenster ins Innere spähten. Als er erkannte, dass die beiden in der Nähe des Wagens Position bezogen, fluchte er leise und ließ sich ebenfalls nieder. Seine drei Begleiter brauchten einen Moment, bis sie die veränderte Situation erfasst hatten, dann setzten sie sich auch auf den Boden und warteten.

Schließlich kam die Polizei, und Pep wollte seine Leute

schon zur schnellen Flucht aufscheuchen, als er zu dem Schluss kam, dass die Beamten nicht weiter aufs Gelände vordringen würden als bis zum Wagen des Toten. Also blieb er, wo er war, und behielt das Auto im Blick. Nach einer Weile schlichen die beiden Männer, die sich in der Nähe des Fahrzeugs versteckt hatten, in ihre Richtung. Pep machte sich schon auf eine Auseinandersetzung gefasst. Er ging in die Hocke, rutschte aber mit einem seiner Schuhe auf dem kiesigen Untergrund aus. Einer der beiden anderen Männer verharrte kurz, doch zum Glück verschwanden sie bald darauf aus seinem Blickfeld.

»Und jetzt?«, flüsterte der Fahrer, der neben seinen Boss geschlichen war.

»Jetzt?« Pep kratzte sich am Kopf und ließ sich wieder auf dem Boden nieder. »Jetzt muss ich nachdenken.«

Als die Polizeifahrzeuge das Hotelgelände verlassen hatten, begegnete Lisa in der Lobby dem Hoteldirektor. Er sah ziemlich fertig aus.

»Ach, wie geht es Ihnen denn?«, begrüßte Julio Monte sie trotzdem überschwänglich, schenkte ihr ein umwerfendes Lächeln und musterte sie zugleich besorgt. »Schreckliche Sache, nicht wahr? Und dann muss er auch noch ausgerechnet Ihnen vor die Füße fallen!«

»Es geht schon wieder, vielen Dank. Esteban hat sich gleich um mich gekümmert, und danach habe ich mich ein wenig ausgeruht. Nun bin ich wieder so weit auf dem Damm. Mit dem Comisario habe ich auch schon gesprochen.«

»Mit Carlos? Gut, gut. Er war hoffentlich nett zu Ihnen?«

»Ja, war er, keine Sorge. Und Sie haben mit ihm über mich gesprochen, erzählte er mir.«

»Wir kennen uns schon ewig. Meine Familie stammt ursprünglich aus Madrid, ebenso wie seine Eltern, die 1981 nach Mallorca übergesiedelt sind. Na, und wenn die liebe Verwandtschaft, sei sie auch noch so weitläufig, sich gegenseitig zu Festen einlädt, dann begegnet man sich halt immer wieder. Carlos ist schwer in Ordnung, ein wahrer Freund, und ich hoffe, Sie hatten einen guten Eindruck von ihm.«

»Doch, er war sehr nett«, sagte sie nach kurzem Zögern. Monte hatte es bemerkt und sah sie fragend an. Lisa lächelte nur und wechselte das Thema. »Er hat mich auf Ihre Empfehlung hin auch ausdrücklich dazu eingeladen, Augen und Ohren ein wenig offen zu halten und ihm alles zu berichten, was ich womöglich aufschnappe.«

»Na ja, Sie sind Journalistin, da gehört das Hinhören und Hinsehen vermutlich zum Handwerkszeug. Aber vergessen Sie unsere Werbebroschüre nicht – nach dieser fürchterlichen Sache heute haben wir sie nötiger denn je.«

Er verabschiedete sich und eilte zum Treppenhaus. Lisa wandte sich zum Garten, wo noch immer zwei Kriminaltechniker zugange waren. Den Kreidemarkierungen auf den Steinfliesen nach zu urteilen, waren sie mit ihrer Arbeit schon recht weit gekommen. Die Zeltwand zum Hotel hin war hochgeschlagen, damit etwas frische Luft ins Zelt gelangte. Die Hotelangestellten und ein verbliebener Polizist hatten inzwischen dafür gesorgt, dass keine Unbefugten mehr zwischen dem Hinterausgang des Hotels und dem Toten standen. Lisa gelang es, durch die Tür in den Garten zu schlüpfen, als der Polizist gerade durch ein Gespräch mit einem hübschen Serviermädchen abgelenkt war. Der junge Page Pablo hatte Lisa kommen sehen, eilte nun ebenfalls an dem Beamten vorbei und gesellte sich zu ihr.

Zwei ganz in Schwarz gekleidete, ernst dreinblickende Männer standen neben einer Metallwanne, die auf einem schwarz lackierten Rollwagen platziert war, und warteten offenbar darauf, dass sie die Leiche abtransportieren durften. Die kleine hintere Pforte des Gartens stand offen, dahinter war ein Polizist zu sehen, der herbeiflanierende Gaffer verscheuchte, nebst dem Heck eines Leichenwagens.

»Weißt du, warum die anderen so schnell davongeflitzt sind?«, fragte sie Pablo.

»Einer von der Spurensicherung hatte sein Funkgerät ziemlich laut gestellt. Deshalb habe ich aufgeschnappt, dass wohl ein Auto gefunden wurde, das vielleicht dem Toten gehört.«

»Ach? Ich dachte, der Mann sei Teil einer Reisegruppe gewesen?«

»Ja, komisch, oder? Aber ich habe mir von Teresa, der Reiseleiterin seiner Gruppe, sagen lassen, dass er längst nicht an allen Ausflügen teilgenommen hat. Sóller, Valldemossa, das Santuari de Lluc – nichts hat ihn interessiert. Nach Pollença dagegen ist er mitgefahren und auch zu einer Tour durch die s'Albufereta, die meiner Meinung nach ja ziemlich langweilig ist. Da soll mal einer schlau werden aus diesen Touristen!«

Er lachte und sah zu dem Zelt hinüber. Die beiden Kriminaltechniker hatten sich erhoben und den Männern in den dunklen Anzügen ein Zeichen gegeben. Daraufhin schoben diese ihren Karren ein Stück weiter ins Zelt hinein, stellten die Wanne auf den Boden und hoben den Deckel ab. Einen Moment lang gaben sie dabei den Blick auf den Toten frei, dessen Kopf in der inzwischen angetrockneten Blutlache lag. Pablo schluckte, und sein Blick flackerte ein wenig.

»Komm lieber da weg, Pablo«, sagte Lisa und schob ihn sanft zur Seite. »Das musst du dir nicht anschauen, wirklich nicht.«

»Ach, das geht schon«, widersprach er tapfer, ließ sich aber gern beiseiteschieben. »Und Ihnen macht das nichts aus?«

»Nein, zumindest in meiner Fantasie habe ich schon mit Leichen zu tun gehabt.«

Pablo sah sie verwundert an, und sie biss sich auf die Lippen, aber nun war es schon heraus.

»Ich schreibe in meiner Freizeit Krimis, Pablo«, vertraute sie ihm mit gesenkter Stimme an. »Und direkt nach meiner Ankunft im Hotel habe ich erfahren, dass mein erster Krimi in einem großen deutschen Verlag erscheinen wird.«

»Wie aufregend!«

Pablo sah sie mit großen Augen an, die echte Leiche war für den Moment vergessen.

»Und jetzt machen Sie aus unserem Toten Ihren nächsten Krimi?«

Lisa zuckte mit den Schultern und sah zu den Bestattern hinüber, die den Leichnam jetzt auf eine Folie und danach samt der Folie in die Metallwanne legten.

»Das müssen Sie unbedingt machen, Señorita! Und ... könnte da nicht ein junger, gut aussehender Page eine wichtige Rolle spielen?«, schlug er grinsend vor.

»Und der könnte Pablo heißen, oder?«, erwiderte sie lächelnd und beobachtete nebenbei, wie der Deckel auf die Metallwanne kam und wie die beiden Männer in Schwarz ihren Rollwagen auf die hintere Gartenpforte zuschoben. »Schauen wir mal, Pablo.«

»Doch, das müssen Sie unbedingt machen. Und ich helf

Ihnen. Wissen Sie was? Ich kenne im Hotel und drum herum eine Menge Leute. Ich werde mich für Sie umhören und Ihnen alles sagen, was ich erfahre. Und zum Dank dafür bauen Sie mich in Ihren Krimi ein, okay?«

Lisa wollte ihn abwimmeln, aber Pablo ließ nicht locker. Und ein zusätzliches Paar Augen und Ohren konnten ja auch wirklich nicht schaden. Aber ob sie aus dem Balkonsturz im El Moro alegre wirklich ihren zweiten Urlaubskrimi machen sollte?

Pablo flitzte davon und wollte offenbar gleich jetzt mit seinen Nachforschungen beginnen. Lisa blieb stehen und wehrte sich noch gegen die aufkommenden Gedanken, aber irgendwann sah sie insgeheim ein Cover mit der Kathedrale von Palma und dem Titel »Absturz in Alcúdia« vor sich, und ein Lächeln legte sich auf ihr Gesicht.

»Eh, Señora!«, rief nun der Polizist zu ihr herüber, der eigentlich den Hintereingang im Blick behalten sollte. Das hübsche Serviermädchen war wieder auf dem Weg ins Gebäude, und der Beamte eilte mit einigen langen Schritten zu Lisa. »Sie dürfen sich hier nicht aufhalten. Würden Sie bitte wieder ins Hotel gehen?«

Sein Herz pochte noch immer bis zum Hals, dabei waren die beiden Typen schon vor zehn Minuten in ihr Auto gestiegen und davongefahren. Seine Frau lehnte schweigend am Türrahmen und sah ihn besorgt an, und ihr zuliebe versuchte er jetzt auch, sein Zittern unter Kontrolle zu bringen.

»Möchtest du schon rübergehen? Ich komme gleich nach.«

Sie zögerte, ließ ihn dann aber doch allein im Wohnzimmer zurück. Aus der Küche zog schon eine ganze Weile der herrliche Duft scharf angebratener Lamm-Costillas durchs ganze Haus, aber im Moment war ihm nicht recht nach essen zumute.

»Haben Sie verkauft?«, hatte ihn der kahlköpfige Fremde ein ums andere Mal gefragt. Es war egal gewesen, ob er stumm den Kopf geschüttelt oder wahrheitsgemäß mit »Ja« geantwortet hatte – in beiden Fällen hatte er sich eine weitere Kopfnuss eingehandelt. Irgendwann war der zweite Eindringling neben den ersten getreten, hatte ihn böse angegrinst und zwischen seinen dünnen Lippen eine Goldkrone aufblitzen lassen. Dazu hatte er mit seinem gefährlich aussehenden Klappmesser jongliert.

»Sie haben an den Falschen verkauft«, erklärte der Glatzkopf, während der Goldzahn kleine Kunststücke mit seinem Messer machte.

Schließlich war der Glatzkopf so nah vor ihn getreten, dass er dessen sauren Atem riechen konnte. Sie standen Bauch an Bauch, und der Kahle schob ihn vor sich her bis an den Türstock. Als kein Platz mehr war, noch weiter zurückzuweichen, legte der Glatzkopf die rechte Hand um seinen Hals und drückte zu. Dabei hielt ihm der Goldzahn mit blödem Grinsen seine Messerspitze vors Gesicht. Der Kahlkopf drückte etwas fester zu. Zwar bekam sein Opfer noch Luft, aber die Angst schnürte ihm die Kehle immer weiter zu, und am Ende konnte er einem schweren Hustenanfall nicht widerstehen. Der Glatzkopf ließ los, trat einen Schritt zurück und sah zufrieden, wie sich der Besitzer der alten Finca vor ihm hustend, keuchend und nach Atem ringend vorbeugte und am ganzen Körper schlotterte.

»Sie haben an den Falschen verkauft«, wiederholte der Kahle. »Das sehen Sie jetzt ein, oder?«

Als der Hausbesitzer nicht gleich nickte, hob der Glatzkopf die rechte Hand und ballte die Finger zur Faust. Jetzt fiel das Nicken umso schneller und deutlicher aus.

»Gut«, sagte der Kahle. »Jetzt haben wir eine gemeinsame Basis. Holen Sie bitte den Kaufvertrag.«

Der Besitzer zögerte einen Moment zu lange. Es folgte eine Kopfnuss, die ihm noch immer im Schädel dröhnte, als er an den Wohnzimmerschrank trat und den Kaufvertrag aus einer Schublade holte.

»Aber es bringt Ihnen doch gar nichts, wenn Sie den Vertrag zerreißen«, brachte der Hausbesitzer hervor, während der Glatzkopf die Hand nach den Unterlagen ausstreckte. »Der Käufer hat ja auch ein Exemplar.«

»Zerbrechen Sie sich mal nicht unseren Kopf«, antwortete ihm der Kahle in höhnischem Tonfall. »Und wer sagt denn, dass wir ihn zerreißen werden?«

Der Besitzer wartete bang, was als Nächstes passieren würde. Er hätte es sich denken können.

»Das Geld«, knurrte der Glatzkopf.

»Aber ... ich habe noch gar kein ...«

»Halten Sie uns nicht für blöd«, zischte der Kahle. »Sie haben garantiert eine Anzahlung bekommen. Und die holen Sie jetzt!«

»Aber ...«

»Nichts aber. Sie holen jetzt die Anzahlung, die Sie bekommen haben, oder mein Kollege kümmert sich um Ihre kleine Frau. Die ist doch drüben in der Küche und brutzelt Lamm, richtig?«

Der Goldzahn mit dem Messer machte schon Anstalten, am Hausbesitzer vorbei in Richtung Küche zu gehen, aber der Glatzkopf hielt ihn zurück.

»Also?«, fragte er.

Nun flitzte der Hausbesitzer in den Flur hinaus, zog die Scheine aus der Kassette und hielt sie dem Glatzkopf hin. Der warf einen Blick auf den kleinen Packen Hunderter, der vor seiner Nase wie Laub im Herbstwind flatterte, und quittierte das Zittern seines Opfers mit einem hämischen Grinsen. Dann schnappte er das Geld und stopfte es sich in die Hosentasche.

»Gut, dann wären wir für heute fertig. Wir kommen wieder, und Sie hören auf, Ihre Finca an den Falschen zu verkaufen, verstanden?«

Der Besitzer nickte wieder, obwohl er die Formulierung etwas seltsam fand. Man verkaufte eine Finca ja nicht fortwährend, sondern nur ein einziges Mal. Und zudem hatte er keine Ahnung, wer in den Augen des Kahlen der Richtige war.

»Ohne mich wird hier gar nichts mehr verkauft, ist das klar?«

»Klar«, antwortete der Hausbesitzer mit brüchiger Stimme.

– QUATRE –

Der Anruf erreichte Lisa gerade zur rechten Zeit. Sie hatte unschlüssig in der Lobby gestanden, dann war sie hinüber in den Speisesaal gegangen und hatte sich zwei Stück Kuchen und einen Cortado schmecken lassen. Ab und zu konnte sie Pablo erspähen, der aber sehr geschäftig wirkte und ihr höchstens kurz zuwinkte, wenn er wieder an einer der Türen vorbeikam. Nun waren Kuchenteller und Tasse leer, und Lisa versuchte, sich einen Plan für den nächsten Tag zurechtzulegen. Allerdings konnte sie kaum einen klaren Gedanken fassen, und von so etwas wie einem Plan war sie meilenweit entfernt. Deshalb war sie ganz froh, dass mitten in diese Gedanken hinein der Klingelton erklang.

»Hola, Señorita!«, war die raue Stimme von Jorge Bennàssar aus dem Handy zu vernehmen. »Hätten Sie denn einen Moment Zeit für mich?«

Das hatte sie, und wenig später war sie auf dem Weg nach draußen. Jorge wartete in seinem Kombi bei dem Wäldchen, durch das die Zufahrt zum Hotel führte. Sie schlüpfte auf den Beifahrersitz, er wendete, fuhr die schmale Straße hinunter und hielt auf den Teil von Port d'Alcúdia zu, in dem sie am Abend zuvor essen gewesen war. Er ließ seinen Wagen am Straßenrand stehen und ging mit Lisa noch um zwei Ecken, dann standen sie auch schon vor der Bodega, wo Jorge und sie sich das erste Mal begegnet waren.

Kaum zu glauben, ging es Lisa durch den Kopf, dass das erst einen Tag zurücklag.

»Sie erinnern sich, Señorita Lisa?«, fragte Jorge, und sie grinste und nickte.

Er riss die Holztür auf, an der heute kein »Geschlossen«-Schild hing, und wies mit theatralischer Geste in den Keller hinunter. Sie sah die gemütlichste Bodega vor sich, die sie sich vorstellen konnte. Während sie noch einen Augenblick auf dem obersten Absatz stehen blieb, ging Jorge ihr voraus die Treppe hinab. Hinter der Theke polierte ein Mann mit dünnem Schnurrbart und hoher Stirn Gläser. Als er sah, wer da zu ihm in den Weinkeller herunterkam, legte sich ein ehrlich erfreutes Lächeln auf sein Gesicht, und er kam ihnen mit wehendem Schurz entgegen. Jorge stellte Lisa und Alejandro einander vor, und weil im Moment noch nicht allzu viel los war in dem urigen Lokal, holte der Wirt einen Krug mit dunkel funkelndem Rotwein sowie drei Gläser und setzte sich zu ihnen.

»Sie haben es schön hier. Ich habe gestern Abend schon einen kurzen Blick hineinwerfen dürfen«, bemerkte Lisa.

Alejandro stutzte, und nachdem ihm Jorge von ihrer stürmischen Begegnung droben auf dem Gehweg erzählt hatte, lachte der Wirt so schallend, dass sich die vier anderen Gäste zu ihnen umdrehten.

»Und Esteban, der Concierge des El Moro alegre, hat mir Ihre Bodega auch schon ans Herz gelegt.« Sie sah sich um. »Aber allzu viel ist hier nicht los, oder?«

»Na, um diese Uhrzeit natürlich nicht. Vor neun muss ich eigentlich nur mit Touristen rechnen, und wenn die sich nicht gerade auf einen gut gemeinten Tipp wie den von Esteban verlassen, bleiben sie lieber draußen. Es freut mich, dass meine Bodega Ihnen gefällt, aber vielen anderen ist sie etwas *zu* urig.«

»Wenn Sie nichts dagegen haben, versuche ich gerne, das zu ändern.«

Lisa erzählte ihm von der Reportage über Geheimtipps auf Mallorca, die sie für das Hamburger Magazin schreiben sollte, und Alejandro beeilte sich, ihr ein paar uralte Flyer, eine Visitenkarte und einen handgeschriebenen Zettel zu bringen, der wohl so etwas wie eine Speisekarte darstellen sollte.

»Und jetzt mache ich Ihnen ein paar Tapas«, sagte er, »damit Sie auch wissen, worüber Sie schreiben. Das Ca na Miranda soll in Hamburg schließlich gut wegkommen, nicht wahr?«

Damit war er auch schon durch den Vorhang aus knallbunten Plastikschnüren verschwunden, der den Gastraum von der Küche trennte. Kurz darauf war allerlei Geschepper und Geklapper zu hören, und Jorge lachte.

»Jetzt können Sie sich auf etwas gefasst machen, Señorita Lisa«, warnte er sie gut gelaunt. »Auf seine Tapas lässt Alejandro nichts kommen, und er steht in seiner Kochkunst selbst Dolores nicht nach, bei der wir es uns heute Mittag haben schmecken lassen. Aber vielleicht sollten Sie vor dem Zubettgehen noch ein, zwei Tequila trinken. Gleich zweimal so lecker essen, das verträgt ein ungeübter Magen wie Ihrer vielleicht nicht ganz so gut.«

Alejandro beugte sich kurz durch die Plastikschnüre und sah nach, ob einer seiner Gäste einen Wunsch hatte. Jorge hob die linke Hand und malte mit einer schnellen Bewegung Gesten in die Luft. Alejandro lächelte, brachte zwei Tequilagläser und verschwand wieder in der Küche.

»Den ersten Tequila können wir ja eigentlich auch schon vorher trinken, Señorita Lisa. Salut!«

Sie stießen an und leerten die Gläser. Dann wurde Jorge ernst, und er rückte auf seinem Stuhl ein bisschen näher an Lisa heran.

»Ich habe von dieser scheußlichen Geschichte im El Moro alegre gehört«, begann er. »Und auch, dass Ihnen dieser Mann direkt vor die Füße gefallen ist.«

Er musterte sie, als wolle er aus ihren Augen lesen, ob sie den Zwischenfall verdaut habe. Sie zuckte nur mit den Schultern, behielt ihn aber ebenfalls im Blick, weil sie keine Ahnung hatte, worauf er hinauswollte. Dass den pensionierten Dorfpolizisten solche Vorkommnisse interessierten, war vermutlich seinem früheren Beruf geschuldet – aber was sollte er darüber hinaus für ein Interesse haben?

»Ich habe außerdem gehört, dass sich ein Hotelpage für Sie umhört und sich für alles interessiert, was über den Toten und die Umstände seines Ablebens zu erfahren ist.«

Lisa blinzelte. Der ehemalige Dorfpolizist war beängstigend gut informiert.

»Sogar der ermittelnde Comisario soll Sie eingespannt haben, damit Sie für ihn die Augen und die Ohren offen halten.«

»Woher wollen Sie das denn alles wissen?«

Er grinste. »Sagen wir es mal so: Das hier ist in gewisser Weise immer noch *meine* Insel, auch wenn ich nicht mehr offiziell im Dienst bin.«

Alejandro näherte sich ihrem Tisch und stellte eine riesige Platte mit den verschiedensten Leckereien zwischen ihnen ab, aber Jorge machte keine Anstalten, sich zu unterbrechen oder sonst wie zu vermeiden, dass der Wirt alles mit anhörte.

»Na ja, *Ihre* Insel«, wandte Lisa ein, »wie sich das anhört!«

»Siehst du, Jorge«, mischte sich Alejandro ein, »hab ich's dir nicht auch schon gesagt?«

Er wandte sich an Lisa und legte ein verschwörerisches Lächeln auf.

»Unser lieber Jorge hat Langeweile, das ist es. Sein Pensionärsleben bekommt ihm nicht, also will er weiterhin überall seine neugierige Nase hineinstecken. Und wenn er irgendwo ein Verbrechen wittert, gibt es kein Halten mehr.«

Jorge wollte protestieren, aber Alejandro beharrte: »So ist es doch! Immer musst du ermitteln und nachforschen. Aber du bist pensioniert! Akzeptier das endlich und lass die anderen ihre Arbeit machen!«

»Und vor allem hatte der Tote ein Messer zwischen den Schulterblättern stecken«, meinte Lisa. »Das ist ja vermutlich ohnehin kein Fall, wie Sie ihn in Ihrer aktiven Zeit bearbeitet hätten, Jorge.«

Alejandro schaute sie fragend an, deshalb fügte sie hinzu: »Oder kümmert sich ein Dorfpolizist auf Mallorca um Mord und Totschlag?«

»Ein Dorfpolizist?«, fragte Alejandro und sah ratlos zwischen Jorge und Lisa hin und her. »Hat er Ihnen das erzählt? Dass er Dorfpolizist war?«

»Ja, das haben Sie doch, oder? Nicht wortwörtlich, aber Sie haben gemeint, ›so etwas in der Art‹, richtig?«

Alejandro prustete, und Jorge zuckte entschuldigend mit den Schultern. Lisa sah ihn streng an.

»Sie waren kein Dorfpolizist, stimmt's?«

Jorge lächelte betreten, und Alejandro antwortete an seiner Stelle.

»Nein, Señor Jorge Bennàssar war Jefe Superior des Cuerpo Nacional de Policía auf Mallorca.«

»Chef der Nationalpolizei?«, wiederholte Lisa staunend. »Das finde ich jetzt wirklich nicht vergleichbar mit einem Dorfpolizisten!«

»Ja, ja«, beschwichtigte Jorge die beiden. »Ist ja schon gut. Ich wollte halt nicht so dick auftragen. Und der typische Jefe Superior war ich ohnehin nie. Ich habe meine Aufgaben am Schreibtisch alle ordentlich erledigt, das schon. Aber wann immer es ging, bin ich raus – und stellt man sich so nicht den Job eines Dorfpolizisten vor? Dass er immer draußen ist bei den Leuten?«

Alejandro verdrehte die Augen.

»Und jetzt hat er sich vom Jefe Superior nicht nur zum kleinen Schwindler gemausert«, setzte der Wirt noch einen drauf, »sondern er schleppt mir nach wie vor zwielichtige Gestalten in meine schöne Bodega.«

Lisa stutzte.

»Damit meine ich natürlich nicht Sie, Señorita, Déu meu! Nein, er trifft sich hier mit Spitzeln, die ihm zutragen, was sich in der Unterwelt von Mallorca so alles tut. Dabei muss man dafür nur Zeitung lesen!«

»Ach, Alejandro, mir geht es doch nicht um die Streitigkeiten dieser irischen Clans drüben an der Costa del Sol, die ab und zu auch auf unsere Insel herüberschwappen, oder um die gängigen Drogengeschichten – darum kümmern sich schon meine aktiven Kollegen. Nein, ich habe ein Auge auf das, was sonst noch passiert. Schweinereien, die lange unter der Decke gehalten werden. Mauscheleien und Machenschaften hinter den Kulissen, die großen Schaden anrichten, schon lange bevor sie aktenkundig werden. Und auf eine solche bin ich jetzt gestoßen, da bin ich mir sicher.«

»Durch den Toten im Hotel?«, hakte Lisa nach.

»Höchstwahrscheinlich ist er eine wichtige Figur in einem miesen Spiel.«

Und dann senkte er die Stimme, beugte sich vor und erzählte ihnen, was er sich aus den Informationen zusammenreimte, die er über seinen früheren Assistenten Diego und über den windigen s'Orella bekommen hatte.

»Und deshalb«, fragte Lisa, als er fertig war, »wollten Sie heute Mittag auch in die s'Albufereta, stimmt's?«

»Ja. Und jetzt, wo jemand wegen dieser Machenschaften gestorben ist, nimmt die Sache natürlich Fahrt auf. Dabei weiß ich noch gar nicht, wer hinter dieser Geschichte steckt und was genau die Drahtzieher bezwecken. Comisario Perello ist ein guter Ermittler, und Diego wird mich über seine Erkenntnisse auf dem Laufenden halten. Juan, genannt das Ohr, ist zwar ein bisschen einfach gestrickt und allzu verliebt in sein Ganovengetue, aber seinem kindischen Spitznamen macht er immer wieder alle Ehre. Und Ihr hilfsbereiter Page scheint ja auch eine Menge Leute zu kennen. Wenn wir beide uns zusammentun, Lisa, wenn Juan die Ohren offen hält und keinen Blödsinn anstellt, und wenn wir regelmäßig erfahren, was die Guardia Civil inzwischen weiß: Dann wäre es doch gelacht, wenn wir nicht dazu beitragen könnten, irgendwelchen Strippenziehern ordentlich in die kriminelle Suppe zu spucken, oder?«

Lisa war schon halb überzeugt, aber Jorge wollte offenbar auf Nummer sicher gehen.

»Und spannend wäre es ja auch ...«

»Spannend?«, fragte Lisa und klang etwas empörter, als

sie war. »Glauben Sie etwa, dass mir langweilig ist? Ich muss für die Reportage recherchieren, und außerdem muss ich an der Werbebroschüre fürs Hotel arbeiten.«

»Und Sie tüfteln an Ihrem nächsten Krimi, nicht wahr?«

Sie öffnete den Mund zu einer Antwort, aber sagte nichts, sondern klappte ihn einfach wieder zu, holte ein paar Mal tief Luft und schüttelte den Kopf.

»Ich habe Ihnen ja schon gesagt, dass Juan seinen Spitznamen s'Orella durchaus zu Recht trägt. Und es war wohl auch nicht allzu schwer, diesen Pablo über Sie auszufragen.«

Lisa trank noch einen Schluck Wein und versuchte, ihre kreisenden Gedanken zu ordnen. Einerseits war sie verblüfft und verwirrt, wie viel Jorge über sie in Erfahrung gebracht hatte – und vielleicht auch ein wenig beleidigt, dass er sie angeflunkert hatte, was seinen früheren Dienstrang betraf. Andererseits reizte es sie ja wirklich, an den Mordermittlungen mitzuwirken – an der Seite eines pensionierten Polizeichefs, der auf Mallorca offenbar beste Kontakte in alle Richtungen hatte.

»Alejandro«, sagte Jorge nach einer Weile, »jetzt bring uns doch bitte noch einen Tequila, und dann lassen wir uns deine Tapas schmecken. Danach sieht die Welt schon wieder viel freundlicher aus – und bis dahin wird Señorita Lisa auch ihre Entscheidung getroffen haben.«

Das war schon passiert, bevor sie den nächsten Schnaps getrunken hatten, aber Lisa ließ Jorge schmoren, bis nicht nur jede Paprikaschote, jeder gratinierte Kabeljau und jeder gebratene Tintenfischring vertilgt, sondern auch der letzte Krümel Meersalz, der letzte Tupfer Frischkäse und die letzte Pfütze Olivenöl mit leckerem Brot aufgestippt war. Die

Tapasplatte wirkte wie frisch gespült, und Jorge winkte den nächsten Tequila herbei, während er sich mit wohligem Seufzen auf seinem Stuhl zurücksinken ließ.

»Nein, wirklich keinen mehr!«, wehrte Lisa ab, als der Wirt auch vor sie ein Glas hinstellte. Weil sie sich nicht umstimmen ließ, zuckte Alejandro die Schultern, prostete Jorge zu und trank den Schnaps eben selbst.

»Und auch wenn ich Ihnen noch immer ein wenig böse bin«, fuhr sie fort, nachdem sie sich die Finger abgeleckt und einen kleinen Schluck Wein getrunken hatte, »möchte ich mir doch die Gelegenheit nicht entgehen lassen, mit einem echten Polizeichef in einem Mordfall zu ermitteln.«

»Na ja, ich bin pensioniert, also kein echter Polizeichef mehr, und zumindest offiziell werden wir natürlich auch nicht ermitteln – aber ich freue mich, dass Sie mitmachen, Lisa.«

Er zwinkerte ihr zu.

»Ich habe übrigens, um ehrlich zu sein, nichts anderes erwartet, aber ich bin doch froh, dass Sie sich nicht auch noch über Nacht Bedenkzeit ausgebeten haben.« Jorge hob sein Glas.

»Was hätte Sie an der Bedenkzeit gestört?«, fragte Lisa. Sein Tonfall hatte sie aufhorchen lassen.

»Weil wir gleich heute Abend loslegen«, sagte er und trank sein Glas leer.

»Wie? Heute Abend?«

»Mein Informant hat einen der Fremden, die unseren Toten zu Lebzeiten verfolgt haben, in der Nähe des Hotels herumlungern sehen. Er ist ihm nachgeschlichen, und kurz bevor ich Sie vor dem Hotel abgeholt habe, kam ein Anruf von ihm. Juan ist inzwischen westlich der s'Albufereta unterwegs, ganz in der Nähe der Stelle, wo wir uns heute Mittag begegnet sind. Dort hat sich der Fremde mit den drei Kumpanen getroffen, die das spätere Opfer ebenfalls verfolgt haben. Offenbar halten sie so etwas wie einen Kriegsrat ab. Wir haben verabredet, dass er dort bleibt und das Quartett im Blick behält.«

Jorge sah auf die Uhr.

»Das ist jetzt eine gute Stunde her, und Juan wollte mich anrufen, sobald sich etwas tut.«

In diesem Moment klingelte Jorges Handy.

»Na, wenn das kein gutes Timing ist! Hola, Juan! Ja?«

Er hörte zu, nickte immer wieder und stellte gelegentlich eine kurze Zwischenfrage. Dann beendete er das Gespräch, klatschte in die Hände und sah Lisa strahlend an.

»So, es geht los!« Er stand auf, schob seinen Stuhl unter den Tisch und strich sein Hemd glatt.

Lisa sah ihn entgeistert an. »Und was haben Sie jetzt vor?«

»Wir fahren zu Juan raus, er lotst uns zu diesen vier Typen, und dann schauen wir mal, ob wir denen nicht ein paar Fragen stellen können.«

»Kommt gar nicht infrage!«, empörte sich Lisa.

»Und warum nicht?«

»Erstens: Sie sind betrunken und fahren ganz sicher nirgendwo mehr hin.«

»Nein, ich bin nicht betrunken. Tequila und Wein vertrage ich bestens, und außerdem hatten wir reichlich Tapas dazu. Aber ich habe gar nicht vor, selbst zu fahren. Sie werden fahren!«

»Ich? Auf keinen Fall! Ich hab viel zu viel Wein und Tequila intus ...«

»Aber viel weniger als ich. Glauben Sie mir, auf den Wegen, wo wir unterwegs sind, wird uns niemand kontrollieren. Und auf mich machen Sie sowieso noch einen sehr nüchternen Eindruck. Und zweitens?«

»Wie?«

»Sie wollten doch gerade Ihre Argumente aufzählen.«

»Zweitens: Wir beide zuckeln da jetzt raus in die mallorquinische Nacht, kreisen zu zweit vier Gauner ein und machen denen so viel Angst, dass sie uns bereitwillig alle Fragen beantworten – ist das ungefähr der Plan, der Ihnen vorschwebt?«

Jorge lachte.

»Keine Angst, Lisa, wir bekommen Verstärkung.«

Und damit verabschiedete er sich auch schon von Alejandro und stürmte die Treppe hinauf. Oben angekommen, drehte er sich um und trieb Lisa zur Eile an. Zögernd setzte sie sich in Bewegung, und als sie oben ankam, hatte Jorge schon seinen Seat-Kombi vor die Tür gefahren.

»Gehen Sie wohl vom Steuer weg?«, tadelte ihn Lisa, und er lachte, stieg aus und trottete zur Beifahrertür.

»Sollen wir Ihren kleinen Flitzer aus dem Hotel holen, oder tut's für unseren nächtlichen Ausflug auch meine alte Karre?«, fragte Jorge noch.

Doch Lisa winkte nur ab, klemmte sich hinters Lenkrad und fuhr ruckelnd los.

»Die Kupplung ...«, setzte Jorge zu einer Erklärung an, aber Lisas warnender Blick ließ ihn sofort wieder verstummen.

»Und wohin fahre ich jetzt?«, wollte Lisa am Ende der Gasse wissen.

»Da runter«, wies Jorge sie an und lotste sie anschließend über kleine Straßen und schmale Seitenwege aus Port d'Alcúdia hinaus, westlich an Alcúdia vorbei und schließlich auf dieselbe Nebenstraße, auf der Jorge seine Autopanne gehabt hatte. Zwischendurch rief er immer wieder Juan an und ließ sich von ihm beschreiben, wohin die vier Männer mittlerweile gefahren waren.

Nach einer Weile kam ein Wagen mit einem hellen und einem trüben Scheinwerfer von links auf sie zugefahren und bog hinter ihnen auf die Landstraße ein. Lisa sah von Zeit zu Zeit nervös in den Rückspiegel, aber Jorge lachte nur und deutete mit dem Daumen auf das Auto hinter ihnen.

»Das ist unsere Verstärkung.«

»Das?«

Jorge nickte.

»Nach Polizei sieht der Wagen nicht gerade aus«, gab sie zu bedenken, und Jorge lachte wieder. Dann machte er sie auf ein kleines Licht aufmerksam, das ein gutes Stück vor ihnen neben dem Straßenrand geschwenkt wurde.

»Das ist Juan«, sagte er. »Halten Sie bitte bei ihm an.«

Die Lichtquelle erwies sich als eine klobige Stabtaschenlampe, und dahinter wurde allmählich das Gesicht eines Mannes sichtbar, der die Lampe unablässig hin und her bewegte. Lisa bremste und brachte den Wagen zum Stehen, doch da war ihr der Motor schon abgestorben, und der halb erstickte Knall klang erschreckend laut in der Nacht.

»Die Kupplung ...«, setzte Jorge erneut an, aber Lisas Blick ließ ihn auch diesmal verstummen.

Neben der Fahrertür stand nun die Gestalt mit der Taschenlampe. Das Licht war inzwischen gelöscht, und der Mann klopfte mit den Knöcheln gegen die Scheibe, machte eine kreisende Bewegung, als kurble er das Fenster auf, und rief dabei immer wieder: »Jefe! Jefe!«

Lisa ließ die Scheibe herunter, der Mann sah sie und stutzte.

»Ich sitze hier drüben, Juan«, ließ Jorge sich von der Beifahrerseite vernehmen. »Jetzt sag schon, wie es steht.«

Hinter ihnen hatte nun auch der zweite Wagen angehalten, drei Männer stiegen aus und scharten sich um Juan, der seinen Bericht knapp und präzise hielt.

»Die Typen sind diesen Weg hier rein, und nach fünfzig Metern haben sie die Scheinwerfer ausgeschaltet. Etwa dreihundert Meter von hier steht eine Finca. Soweit ich das in der Dunkelheit erkennen konnte, sind sie da rein. Das war vor zehn Minuten, seither ist alles ruhig.«

»Gut gemacht, Juan«, sagte Jorge, drückte die Beifahrertür auf und ging um den Wagen herum auf ihn zu.

»Sie sollen mich doch nicht ...«, flüsterte Juan ihm zischend zu.

»Gut gemacht, s'Orella, wollte ich sagen«, korrigierte sich Jorge und nahm nun die drei anderen Männer in Augenschein. »Soso«, brummte er dann. »Alles alte Bekannte.«

Er öffnete die Fahrertür und half Lisa beim Aussteigen. Sie fand die galante Geste unpassend, aber die Männer nickten Jorge nur anerkennend zu und traten einen Schritt zurück, um ihr Platz zu machen.

»Das, meine Herren, ist Señorita Lisa Langer aus Alemania«, stellte Jorge sie vor. »Journalistin, schreibt nur für die ganz großen Magazine, und ich habe sie dafür gewinnen können, mich bei meinen Nachforschungen zu unterstützen.«

Die Männer musterten sie verstohlen, und hätten sie

Schiebermützen getragen, dann hätten sie sie in diesem Moment vermutlich abgenommen und aufgeregt zwischen ihren Fingern geknetet.

»Das ist also s'Orella, von dem ich schon erzählt habe«, erklärte Jorge. »Und das ist Felipe.« Er zeigte auf einen Schrank von Mann mit Geheimratsecken, der Mitte fünfzig sein mochte. »Das ist Raul …« Jorge deutete auf einen muskulösen Enddreißiger mit straff gebundenem Pferdeschwanz und anschließend auf einen groß gewachsenen, sehr schlanken Mann Ende fünfzig, der am Gürtel einen Gummiknüppel trug. »Und der hier wird von allen immer nur Don Xalvador genannt.«

»Don reicht heute Nacht«, ließ sich der hoch aufgeschossene Mann vernehmen. Er hatte eine unangenehm hohe, dünne Stimme, und sein Gesichtsausdruck verriet, dass Lisa sich glücklich schätzen sollte, weil er ihr eine so vertraute Anrede zubilligte. Sie nickte allen zu, musste sich dabei aber sehr beherrschen, um nicht lauthals loszulachen. Jorge fing ihren Blick auf und zwinkerte ihr zu.

»Und s'Ull ist auch noch da«, meldete sich Juan freudig zu Wort. Dann bemerkte er Lisas fragenden Blick und wandte sich an den früheren Jefe: »Haben Sie der Señorita denn nichts von meinem besten Freund und treuesten Kollegen s'Ull erzählt, das Auge?«

»Nein. Ich hatte gehofft … ich wusste nicht, dass er auch da ist. Ich nehme an, er behält im Moment diese Burschen in der Finca – *im Auge*?«

»Ja, macht er«, versicherte Juan glühend vor Eifer, ohne Jorges spöttischen Tonfall zu bemerken.

Der ehemalige Polizeichef verteilte die Aufgaben, und kurz darauf waren die vier Helfer auch schon in der Dunkelheit verschwunden. Jorge und Lisa folgten dem schmalen Zufahrtsweg. Bald konnten sie am Wegesrand vor sich einen Wagen sehen und ein Stück dahinter die Umrisse einer Finca. Jorge schlich Lisa voraus quer durchs Gelände, und hinter einem Gebüsch knieten sie sich auf den Boden.

»Was sind das denn für Typen?«, fragte Lisa nach einer Weile flüsternd.

Jorge starrte unverwandt auf die Finca und harrte bewegungslos der Dinge.

»Schräge Typen«, antwortete er nach einer Weile, ebenfalls flüsternd. »Das wären alles gern Ganoven beziehungsweise es sind welche, aber keine großen Leuchten in ihrem Metier. S'Orella ist eigentlich Laufbursche für Vincente Granota, einen der hiesigen Bandenchefs, der allerdings von einem Konkurrenten aufs Abstellgleis manövriert wurde. Deshalb hat Juan seit einigen Monaten nicht mehr allzu viel zu tun und jede Menge Zeit, für mich ein bisschen zu spionieren. Felipe ist ein guter Kerl, solange er keinen Tequila bekommt – und solange ihm sein Boss, ein Hehler und Geldverleiher aus Manacor, nicht den Auftrag gibt, fällige Schulden einzutreiben. Wo Felipe hinhaut, wächst lange Zeit kein Gras mehr. Und wo Felipe ist, ist auch Raul nicht weit – er ist quasi sein Lehrling als Schläger und Geldeintreiber. Und Xalvador …«

Jorge lachte leise.

»Xalvador lässt sich mit Don ansprechen, weil er seit jeher behauptet, dass er aus einer wohlhabenden Familie aus der Gegend von Sóller stammt. Die soll ihn aber verstoßen haben, nachdem er als Jugendlicher mit Drogen auf dem Schulhof erwischt wurde. Seither, darauf schwört er jeden Eid, seither ist er ehrlich.«

Jorge malte Anführungszeichen in die Luft. Lisa blinzelte irritiert.

»Er handelt nicht mehr mit Drogen, sondern er bricht nur noch in die Urlaubsvillen reicher Festlandsspanier ein und klaut dort, was nicht niet- und nagelfest ist und sich leicht zu Geld machen lässt.«

»Dann hält er sich also für eine Art Robin Hood?«

»Gewissermaßen, nur dass er die Beute oder genauer gesagt den Erlös daraus für sich behält. Felipes Jefe verdient ganz gut an dem, was Xalvador aus den Villen holt.«

»Und das wissen Sie alles? Und lassen die Typen seelenruhig unbehelligt und holen sich diese Gauner sogar noch als Helfer mit ins Boot?«

Jorge schmunzelte.

»Das sind alles kleine Fische, und Xalvador konnte noch nie jemand nachweisen, dass er einen Einbruch verübt hat. Es wird eben hinter vorgehaltener Hand geredet, und ich habe das mitbekommen. Wenn ich zusammenzähle, was mir diese Leute schon an Tipps gegeben haben, um Drahtzieher und wirklich üble Typen dingfest zu machen, und zwar schon zu meiner Zeit als Jefe, sind die Dinger, die sie selbst gedreht haben, kaum mehr als Krümel. Aber jetzt ...«

Er legte den Finger an die Lippen und zeigte zur Finca hinüber. Die Haustür war soeben geöffnet worden, Licht fiel in einem breiten Streifen auf das Gelände vor dem Haus. Nacheinander marschierten vier Männer aus dem Gebäude, während ein fünfter in der Tür stehen blieb und sich – erleichtert oder erschöpft, das war auf die Entfernung nicht zu erkennen – gegen den Türrahmen sinken ließ.

Drei Schatten lösten sich zu beiden Seiten der Finca aus der Dunkelheit und huschten auf die vier Männer zu. Sekunden später kam es zu einem Handgemenge, und in dem Durcheinander gelang es einem der vier, zwischen den Büschen zu verschwinden, die neben der Finca wuchsen. Einer der Schatten, vermutlich Don Xalvador, verfolgte den Fliehenden eine Weile. Mit seltsam bocksbeinigen Sprüngen auf seinen elend langen Beinen kam er erstaunlich gut vom Fleck – doch schon wenig später kehrte er wieder zurück, allein, fluchend und unablässig den Kopf schüttelnd.

Jorge war mit Lisa inzwischen aus der Deckung gekommen und hatte die Gruppe vor der Finca erreicht. Felipe hielt mit jeder Hand einen Mann am Oberarm fest, und so schmerzverzerrt, wie die beiden dreinblickten, schienen sie im Moment an alles zu denken, nur nicht an Flucht. Raul hatte den dritten im Schwitzkasten. In sicherer Entfernung standen Juan und ein weiterer Mann, den Lisa bisher noch nicht gesehen hatte. Sie beschimpften die drei und drohten ihnen mit erhobenen Zeigefingern.

»Jetzt lasst es mal gut sein, s'Orella und s'Ull!«, herrschte Jorge sie an. »Hättet ihr beiden Helden euch ein wenig beeilt, wäre uns der vierte Mann nicht abgehauen! Und jetzt sag mir, sind das die Typen, die diesen Reusch verfolgt haben?«

Juan nickte. »Der vierte war der Jefe dieser Gestalten«, erklärte er. »Aber den hätten wir auch nicht zu fassen bekommen, wenn s'Ull und ich noch schneller gerannt wären.«

Jorge winkte nur ab und musterte die drei Männer.

»Ich nehme mal an, ihr wollt uns eure Namen nicht sagen, richtig?«

Zwei der drei nickten, der dritte setzte eine gelangweilte Miene auf und spuckte vor Jorge aus. Felipe verstärkte seinen Griff um den Oberarm des dritten, der daraufhin zischend die Luft zwischen den Zähnen einsog.

»So, Bürschchen«, wandte sich Juan an ihn. »Und nun spuck mal aus, was ihr hier zu suchen habt!«

»Pfff!«, machte der dritte.

Felipe packte noch fester zu, und der Mann wurde etwas blass. Jorge sah Felipe an und schüttelte langsam den Kopf. Der Schrank lockerte seinen Griff ein klein wenig.

»Er kann aber auch jederzeit wieder fester zupacken«, warnte ihn Jorge. »Ich schlage vor, du machst jetzt endlich dein Maul auf.«

Mehr als ein leises Schnauben war nicht zu hören.

»Der Letzte, der sich nicht zum Sprechen überreden ließ, bevor mein muskulöser Freund hier Ernst machte, kam ins Krankenhaus«, bemerkte Jorge. »Und soweit ich weiß, liegt er dort noch immer.«

Der Mann räusperte sich und warf dem Schrank neben sich einen kurzen Blick zu. Felipe lächelte böse auf ihn hinunter.

»Also, was habt ihr hier zu suchen?«

»Wir ... wir haben mit dem Besitzer dieser Finca gesprochen. Geschäftlich.«

»Soso, geschäftlich. Und um welches Geschäft ging es da?«

»Der Mann will verkaufen.«

»Und ihr wollt kaufen?«

»Kann man so sagen.«

»Habt ihr das Geld selbst, oder gibt euch das jemand?«

»Dazu darf ich nichts sagen.«

»Soll ich etwas fester ...?«, fragte Felipe. Die Vorfreude war seiner Stimme anzuhören.

»Dazu kann ich auch nichts sagen«, fügte der Unbekannte schnell hinzu. »Ehrlich!«

»Und das soll ich dir glauben?«

»Unbedingt, Señor! Das hat alles unser Jefe gemacht, nur der kennt alle Details. Er meint immer, je weniger wir wissen, desto weniger können wir verraten. Pah! Als würden wir etwas verraten!«

»Nein, würdet ihr natürlich nie«, schmeichelte Jorge. »Und euer Jefe hat euch allein in der Patsche sitzen lassen und ist abgehauen – nicht nett von eurem Jefe, was?«

»Der sitzt wahrscheinlich irgendwo dort hinten und lauert auf eine Gelegenheit, uns wieder freizubekommen.«

»Ganz sicher. Vor allem unseren kleinen Felipe wird er vermutlich einfach umhauen, euer großartiger Jefe!«

Felipe drückte wieder etwas fester zu.

»He!«, beschwerte sich der Mann. »Warum geht das denn schon wieder los? Ich red doch mit euch, ich sag euch doch alles, was ich weiß!«

Jorge nickte Felipe zu, und der ließ wieder ein wenig locker.

»Weißt du«, wandte sich Jorge mit einem besorgten Unterton an den Mann in Felipes Griff, »bei uns bin ich der Jefe, und ich würde meine Leute nicht im Stich lassen, wenn sie in Gefahr sind.«

Der Mann biss sich auf die Lippe und starrte auf den Boden.

»Das wird dem Ruf deines Jefe sicher nicht guttun. Wenn das rauskommt, ist er unten durch auf Mallorca.«

»Das kann ihm egal sein. In Girona bleibt El Taure trotzdem ein Name wie Donnerhall – und außerdem wird er uns schon helfen, wenn er kann.«

»Ach, El Taure? Girona?«

Die anderen beiden Unbekannten rollten mit den Augen, und erst jetzt ging dem Dritten auf, dass er gerade doch seinen Boss verraten hatte.

»Ja, El Taure. Kennen Sie seinen Namen? Dann wissen Sie ja, dass Sie sich mit dem Falschen angelegt haben.«

Er warf den Kopf in den Nacken und sah Jorge so hochmütig an, wie ihm das unter den Schmerzen im Oberarm möglich war.

»Nein, ich kenne seinen Namen nicht, und ganz ehrlich: Mit dem Falschen angelegt habt nur ihr euch!«

Jorge wandte sich an Felipe und die anderen.

»Verschnürt sie und packt sie in ihren Wagen. Und wenn ihr damit fertig seid und euch in Sicherheit gebracht habt, gebe ich der Polizei Bescheid. Vielen Dank euch allen!«

Ihre Helfer brauchten nicht lange. Schon bald hockten die drei Unbekannten geknebelt und gefesselt in ihrem Wagen und warteten auf das, was nun passieren würde. Felipe hatte die Fesseln mehrfach auf festen Sitz geprüft und außerdem den Wagen abgeschlossen – für den Fall, dass sich der Chef der Ganoven doch noch einmal hierhertrauen und versuchen würde, seine Kumpane zu befreien. Jorge steckte den Schlüssel ein, und die anderen eilten davon. Juan hatte sein Auto in der nächsten Nebenstraße abgestellt. Schon nach einigen Minuten war zu hören, wie ein Motor gestartet wurde und wie sich das Geräusch dann zügig in Richtung Norden entfernte.

Jorge zückte sein Handy und wählte die Nummer eines gespeicherten Kontakts. Danach ging er zu dem Mann hinüber, der noch immer am Türrahmen seiner Finca lehnte und alles aufmerksam beobachtet hatte. Lisa folgte ihm. Als er die beiden auf sich zukommen sah, trat der Mann einen Schritt zurück und machte Anstalten, seine Tür zu schließen.

»Nicht, Señor, warten Sie bitte!«, rief Jorge und hielt einen Ausweis hoch.

Lisa stutzte. Einen Polizeiausweis konnte der pensionierte Ex-Jefe ja wohl nicht mehr haben. In der Tat hätte die kleine Plastikkarte ebenso gut ein Personalausweis oder ein Führerschein sein können, so genau war das bei dieser Beleuchtung nicht zu sehen. Auf den Mann in der Tür schien die Geste jedenfalls beruhigend zu wirken, und er blieb stehen, wo er war.

»Bona tarda«, begrüßte ihn Jorge, als er nur noch zwei, drei Schritte von der Tür entfernt war. Dort blieb er stehen. Lisa war ihm gefolgt. »Entschuldigen Sie bitte die späte Störung.«

»Na ja, ich war ja vorher schon gestört, nämlich von diesen Typen dort drüben im Auto.« Der Fincabesitzer musterte Jorge. »Was wollen Sie von mir?«

»Zunächst möchte ich wissen, ob mit Ihnen alles in Ordnung ist.«

»Den Umständen entsprechend. Aber warum interessiert Sie das überhaupt? Kennen wir uns?« Er zeigte auf das Dokument in Jorges Hand. »Und was ist das überhaupt für ein Ausweis?«

Jorge lachte und hielt dem Mann seinen Führerschein hin.

»So einen habe ich auch«, sagte der Fincabesitzer und grinste.

»Danke, dass Sie trotzdem mit mir sprechen. Sie wirkten, als hätten Sie jetzt am liebsten Ihre Ruhe.«

»Zuerst wollte ich wirklich die Tür verbarrikadieren. Für heute hatte ich eigentlich genug Besuch. Aber Leute, die diese Deppen gefangen nehmen, fesseln und in ihr Auto setzen, müssten ja eher auf meiner Seite sein.«

Jorge nickte.

»Aber genau weiß ich es ja bisher nicht«, fügte der Fincabesitzer hinzu.

Jorge stellte erst Lisa vor und dann sich selbst, mit vollem Namen und seiner früheren Funktion. Der Mann in der Tür war sichtlich beeindruckt.

»Aber weil ich in Pension bin, ist das alles hier ... wie soll ich sagen ... eher inoffiziell passiert. Und um ehrlich zu sein: Wenn nachher die Polizei kommt und die Knallköpfe im Auto abholt, wäre es mir am liebsten, wenn Sie ... nun ja ... im Grunde genommen gar nichts gesehen hätten. Oder nur so ungefähr das, was ich der Polizei erzählen werde.«

Der Fincabesitzer lachte schallend und streckte Jorge die Hand hin.

»Ich bin Adriano Ribeira, meine Frau Calida wartet in der Küche, bis dieser ganze Irrsinn vorüber ist. Kommen Sie doch bitte herein und lassen Sie uns reden.«

Er trat zur Seite und deutete den Flur entlang.

»Immer ganz durch und die letzte Tür rechts rein.«

Sie kamen in ein einfach, aber geschmackvoll eingerichtetes Wohnzimmer.

»Calida?«, rief Adriano unterwegs. »Komm doch bitte zu uns und bring Wein und Gläser mit!«

Das Ehepaar Ribeira erwies sich als recht gesellig, und ihr Wein war wirklich sehr lecker. Doch so nett es auch war – Jorge wollte vor allem wissen, was El Taure und seine Handlanger von Ribeira gewollt hatten.

»Die Finca wollen sie kaufen, das wollen sie alle. Und langsam habe ich die Nase voll, Señor Bennàssar, glauben Sie mir.«

Jorge hob fragend die Augenbrauen und nahm einen kräftigen Schluck Roten.

»Unsere Tochter lebt mit Mann und Kindern in Pollença. Sie haben dort ein schönes Häuschen, und die Einliegerwohnung wäre noch frei – dorthin wollen meine Frau und ich ziehen, sobald wir die Finca zu Geld gemacht haben. Erst dachte ich, dass wir nicht viel für das alte Gemäuer bekommen werden. Wissen Sie, die s'Albufereta vor der Nase ist schön anzusehen, und mit den Mücken kommen wir zurecht – aber unsere Finca liegt halt doch etwas abgelegen, und Feriengäste wollen wir hier nicht haben. Zu viel Unruhe, zu viel Sonnenmilch.«

Er lachte und trank sein Glas leer. Calida schenkte ihm nach und bot auch den Gästen an. Jorge ließ sich gerne erneut das Glas füllen, Lisa lehnte dankend ab.

»Nein, im Ernst, Freunde von uns, die ein paar Kilometer weiter Richtung Süden wohnen, vermieten seit Jahren, und was die so erzählen von den Meckereien und Ansprüchen und dem ewigen Trara ... Vor allem die Engländer und die Deutschen« – er unterbrach sich und warf Lisa einen entschuldigenden Blick zu – »machen es unseren Freunden nicht leicht. Das wollten wir uns nicht aufbürden, und mit dem Hof selbst ist nicht mehr wirklich etwas zu verdienen.«

»Also haben Sie Ihre Finca zum Verkauf angeboten«, warf Jorge ein, um Adriano wieder auf das eigentliche Thema zurückzuführen.

»Genau. Meine Tochter kennt einen Makler, und der hat die Finca in seinem Schaufenster und im Internet angepriesen. Kurz darauf stand ein Typ vor der Tür, der unseren Hof unbedingt kaufen wollte. Er legte auch gleich eine Anzahlung auf den Tisch. Nur ein paar hundert Euro, aber immerhin.«

»Und das war dieser El Taure?«

»Ach was! Die erste Anzahlung haben wir vor etwa zwei Wochen bekommen. Ein Geschäftsmann aus Madrid hatte vorher einen Mitarbeiter geschickt, damit der ein Vorgespräch mit uns führt. Dieser Mitarbeiter hat dann die Scheine auf den Tisch gelegt. Zwei Tage später stand dann der Spanier selbst vor der Tür.«

Als Adriano vom »Spanier« sprach, klang eine solche Verachtung mit, dass er sicher ausgespuckt hätte, wenn sie nicht in seiner eigenen guten Stube gesessen hätten.

»Und der hat noch mehr Geld mitgebracht?«, fragte Jorge.

Adriano warf seiner Frau einen fragenden Blick zu, doch die zuckte nur mit den Schultern.

»Ja, ein bisschen«, räumte er ein.

»Hören Sie, Adriano, ich will keinen Betrag wissen, ich will mir nur einen Überblick über die Ereignisse verschaffen, und ich hab das mit dem Geld ja auch schon fast wieder vergessen – Ihr Wein, Sie verstehen?«

Er grinste und hielt das schon wieder halb geleerte Glas in die Höhe. Calida schenkte es erneut voll. Sie wirkte sehr erleichtert, und ihr Mann erzählte weiter.

»Danke, Señor. Jedenfalls hat dieser Madrilene einen Kaufvertrag mitgebracht. Ich habe mich geweigert, gleich zu unterschreiben, da ist er zwar sauer geworden, aber er konnte ja nichts machen – und dass er die Finca unbedingt haben wollte, war ihm an der Nasenspitze anzusehen. Also ist er wieder abgezogen und hat in Aussicht gestellt, nach gut zwei Wochen wiederzukommen. Das wäre irgendwann jetzt in den nächsten Tagen.«

»Er ist bisher also noch nicht wiedergekommen?«

»Nein, der nicht, aber jede Menge anderer Leute. Mir steht die ganze Geschichte inzwischen bis hier« – er hielt die flache Hand knapp über seinen Kopf – »und wenn das noch eine Weile so weitergeht, mag ich gar nicht mehr verkaufen.«

»Und was missfällt Ihnen daran so sehr?«

»Nun, erst kommt der Mitarbeiter des Typen aus Madrid, dann kommt der Typ selber, dann taucht gestern ein Deutscher auf, der mich bekniet, dass ich meine Finca auf keinen Fall dem Spanier, sondern nur ihm verkaufen soll. Er hat den Madrilenen auch gleich um eine ordentliche Summe überboten – aber erzählen kann man ja viel, nicht wahr? Das habe ich ihn spüren lassen, also hat er gleich eine schöne Anzahlung auf den Tisch geknallt. Und dann hat er mir seinen Kaufvertrag vorgelegt. Der war vom Wortlaut her – soweit ich das beim Überfliegen feststellen konnte – fast identisch mit dem Vertrag des Spaniers. Den ersten Vertrag hatte ich inzwischen vom Makler prüfen lassen, der gemeint hat, dass damit alles in Ordnung sei und dass ich den ruhig unterschreiben könne. Aber als jetzt das deutlich höhere Angebot kam …«

»… haben Sie den zweiten Vertrag unterschrieben, richtig?«

»Richtig. Und damit ging der ganze Ärger erst richtig los. Dieser Deutsche hat mir das eine unterschriebene Exemplar des Vertrags dagelassen und das andere mitgenommen. Gestern Nachmittag hat dann dieser Geschäftsmann aus Madrid angerufen – übrigens ein ziemlich windiger Kerl, selbst für einen Spanier vom Festland. Ich habe ihm mitgeteilt, dass sich unsere Verhandlungen erledigt hätten, weil ich schon verkauft hätte, und dass er sich nicht mehr weiter bemühen muss. Der ist fast an die Decke gegangen, und irgendwann habe ich halt aufgelegt. Ich muss mich ja nicht von einem aus Madrid anschreien lassen.«

»Und dann?«

»Dann sind kurz vor neun Uhr heute Abend zwei Burschen mit Gangstervisage gekommen und haben mich und meine Frau bedroht. Ich hätte an den Falschen verkauft, hat der eine ständig wiederholt, und der andere hat die ganze Zeit mit seinem Messer herumgespielt. Die beiden haben mir einen Heidenschrecken eingejagt. Der Anführer der beiden war ein Glatzkopf, der mir dauernd Kopfnüsse verpasst hat. Er hat sich den Kaufvertrag geben lassen, den ich gestern mit dem Deutschen abgeschlossen hatte. Na ja ... und den Vorschuss hat er auch eingesteckt.«

»Den des Deutschen?«

»Ja, die anderen habe ich noch.«

Jorge hob beide Hände und lachte.

»Ich weiß von nichts«, sagte er in gespieltem Ernst.

Calida wollte ihm nachschenken, aber diesmal lehnte Jorge ab.

»Und was passierte dann?«, fragte er.

»Die beiden Gauner sind raus, und keine zwei Stunden später sind die vier nächsten dahergekommen. Wissen Sie, bei dem Trubel könnte ich genauso gut auch an Feriengäste vermieten, nicht wahr?«

Er trank etwas Wein, bevor er fortfuhr.

»Die vier kreuzen auf, poltern gegen die Tür, einer von

denen geht ums Haus herum und postiert sich am Hinterausgang. Da hat sich Calida schnell in der Küche versteckt, und ich hab halt aufgemacht, bevor die noch eine Tür eintreten oder ein Fenster einschlagen. Prompt sind zwei der Typen auf mich los, haben mich gepackt und hier ins Wohnzimmer geschleift. Sie wollten wissen, ob ich meine Finca verkauft habe und an wen. Die beiden haben wild durcheinandergeredet, und ich glaube, das waren auch nicht die hellsten Kerzen im Leuchter. Dann hat der eine, den sie El Taure nannten, die Hand gehoben, und still waren sie. Muskeln hatte der wirklich wie ein Stier, besonders clever kam mir allerdings auch er nicht vor. Aber er hat mich mithilfe seiner Kumpane ordentlich in die Zange genommen. Am Ende wusste er von dem Kaufangebot aus Madrid und davon, dass ich mit dem Deutschen einen Kaufvertrag abgeschlossen habe.«

»Hieß der Deutsche Reusch? Sebastian Reusch?«

»Ja, so stand es auf dem Kaufvertrag, und ich habe mir natürlich auch seinen Personalausweis zeigen lassen. Jedenfalls war dieser El Taure mit meiner Auskunft ganz zufrieden. Er wurde zwar wütend, als ich ihm sagte, dass der Glatzkopf mir den Kaufvertrag wieder abgenommen hat – aber seine Wut hat sich offenbar nicht gegen mich gerichtet. Im Rausgehen ist ihm noch etwas eingefallen, und er fragte mich, ob ich den Vorschuss von Reusch noch hätte. Nein, sagte ich – den hatte mir der Glatzkopf ja auch wirklich abgenommen, und nach den anderen Vorschüssen hat er nicht gefragt. Die sind dann raus, tja, und dann sind Ihre Leute über die vier hergefallen.«

Während des Gesprächs hatte es an der Haustür geklingelt, und Calida Ribeira hatte geöffnet. Nun kam sie wieder herein und hatte einen schlanken Mann Anfang vierzig im Schlepptau. Jorge erkannte ihn sofort, erhob sich und ging breit grinsend auf ihn zu.

»Ah, Comisario Carlos Ignacio Perello García! Welche Freude, einen so fähigen Kollegen mit den Ermittlungen betraut zu wissen.«

Perello schenkte ihm ein etwas spöttisches Lächeln.

»Jefe Superior *im Ruhestand* Jorge Javier García Bennàssar!«, erwiderte er in demselben salbungsvollen Tonfall. »Noch immer unermüdlich im Dienste der Gerechtigkeit unterwegs, selbst zu so später Stunde. Und Sie, Señorita Langer, haben sich meinen Vorschlag, sich ein bisschen umzuhören, offenbar sehr zu Herzen genommen. Für meinen Geschmack etwas *zu* sehr, denn ich hatte damit eigentlich nicht gemeint, dass Sie mit meinem geschätzten früheren Kollegen vom Cuerpo Nacional die Unterwelt Mallorcas umpflügen und einige dieser Gauner gleich fesseln und knebeln.«

»Hier, Perello«, mischte sich Jorge ein und hielt dem Comisario den Autoschlüssel hin. »Damit Sie den Wagen nicht aufbrechen müssen, um die Gauner abzuführen.«

»Zu gütig«, versetzte dieser und schaute kopfschüttelnd zwischen Lisa und Jorge hin und her.

»Sagen Sie mal«, meldete sich Lisa zu Wort. »Sie heißen beide mit einem Ihrer Nachnamen García – sind Sie womöglich verwandt?«

»Déu meu, das fehlte mir noch«, entfuhr es Perello, aber er grinste dabei. »Wissen Sie, Señorita, wir haben hier auf der Insel so schon unsere liebe Not im Zusammenspiel von Nationalpolizei, Guardia Civil und Policía Local, da müssen nicht auch noch familiäre Verwicklungen hinzukommen.«

»García ist ein sehr gängiger Familienname in Spanien, nicht nur auf Mallorca«, ergänzte Jorge, »deshalb werden der Comisario und ich ja auch mit unseren anderen Nachnamen angesprochen, die etwas seltener sind. So wird es übrigens in ganz Spanien gehalten: Jeder Spanier und jede Spanierin bekommt den ersten Nachnamen des Vaters und den der Mutter, und im täglichen Umgang wird meistens der weniger übliche verwendet.«

Calida nötigte ihre Gäste, sich wieder zu setzen, und auch Perello schob sie einen Stuhl hin. Der Comisario musterte Jorge und nickte bedächtig.

»Ich sehe schon, Señor Bennàssar, Sie werden mir jetzt gleich eine besonders spannende Räuberpistole auftischen, die vermutlich noch den Kollegen prächtig unterhalten wird, der das Protokoll abtippen darf. Aber fragen muss ich Sie ja, der Ordnung halber. Also schießen Sie los ...«

Er zückte seinen Notizblock und machte sich bereit zum Mitschreiben.

»Ich hatte heute Mittag drüben auf der Landstraße eine Panne mit meinem Wagen, und Señorita Lisa war so freundlich, mich ein Stück mitzunehmen. Wir haben bei Dolores im Ca seva nicht weit von hier Tapas gegessen, und heute Abend habe ich mich revanchiert: Ich habe die Señorita in meine Lieblingsbodega eingeladen. Danach wollten wir noch einmal nachsehen, ob ich nicht womöglich durch die Panne hier an der Straße irgendetwas verloren hatte. Dabei sind mir vier Gestalten aufgefallen, die sich mit großem Getöse Zutritt zu dieser schönen Finca verschafft haben. Es war sofort zu erkennen, dass diese Männer nichts Gutes im Schilde führen. Señorita Lisa und ich haben vor dem Haus gewartet, bis die vier Männer wieder herausgekommen sind, und dann haben wir sie überwältigt, gefesselt, geknebelt und in ihr Auto gesetzt. Anschließend habe ich der Polizei Bescheid gegeben. Ich hätte Sie ja direkt angerufen, aber mir ist in der Aufregung keine andere Nummer eingefallen als die meines früheren Assistenten Diego.«

Perello schrieb alles gewissenhaft auf, auch wenn er sich zwischendurch ein leises Lachen nicht verkneifen konnte.

»Im Auto sitzen nur drei Männer. Sie sprachen gerade von vier.«

»Der vierte ist uns leider ausgebüxt. Das ist wohl der Anführer der Bande. Er stammt aus Girona und wird El Taure genannt. So haben uns das wenigstens die anderen erzählt.«

»Soso«, sagte Perello und wiegte bedächtig den Kopf. »Und Sie und Señorita Lisa haben diese Männer ganz allein überwältigt, gefesselt und befragt?«

»Nein, natürlich nicht. Uns haben andere Männer geholfen, die aber schon wieder weg sind.«

»Aha, die sind schon wieder weg. Selbstverständlich. Und was waren das für Männer?«

»Dazu kann ich nun leider gar nichts sagen. Die kamen nur zufällig vorbei und haben gleich tüchtig mit angepackt. Als alle Gauner verschnürt waren, sind sie wieder ihrer Wege gegangen. Wir haben uns bei ihnen bedankt, aber wir haben sie nicht nach ihren Namen gefragt.«

»Natürlich nicht«, bemerkte Perello und sah dabei Adriano Ribeira an.

»Und Sie können das alles so bestätigen?«

»Genau so war es! Ich habe mich noch gewundert, wo die anderen Männer so plötzlich ...«

Perello hob die Hand und lächelte ihn nachsichtig an.

»Bitte keine Details. Überlassen Sie das Erzählen lieber

Señor Bennàssar, der kann das am besten von uns allen, glauben Sie mir. Ohnehin sollten Sie die Nationalpolizei und ihn als deren ehemaligen Jefe Superior nicht unterschätzen – oder haben Sie schon vergessen, dass es einer seiner Inspektoren war, der in diesem Fernsehquiz neulich über dreihunderttausend Euro gewonnen hat?«

»Der junge Kollege ist aber auch ein besonders schlauer Bursche«, merkte Jorge an und grinste.

»Zurück zu Ihrer Aussage«, fuhr Perello fort. »War das alles, was ich mir notieren kann?«

Jorge nickte.

»Gut, dann hätten wir dem Protokoll Genüge getan.«

Er steckte den Notizblock weg und stand auf.

»Señor Bennàssar, würden Sie mich bitte noch zum Wagen begleiten?«

Er machte eine knappe Geste zu Lisa hin.

»Wenn Sie vielleicht noch kurz warten würden? Es wäre ja möglich, dass Ihrem Begleiter unter vier Augen doch noch etwas einfällt, das er mir anvertrauen möchte.«

Jorge lächelte ihr zu, und die beiden Männer gingen hinaus. Lisa gab den Ribeiras für alle Fälle ihre Handynummer und die von Jorge, die sie inzwischen ebenfalls gespeichert hatte, und wartete noch ein Weilchen, dann verabschiedete sie sich von den Ribeiras und trat vors Haus. Inzwischen hatten die Kollegen von der Guardia Civil die drei gefesselten Gauner in Polizeiautos verfrachtet. Alles war zur Abfahrt bereit, man wartete offenbar nur noch auf Comisario Perello. Der stand ein paar Meter abseits und nickte immer wieder, während Jorge eifrig auf ihn einredete. Schließlich gaben sich die beiden die Hand, Perello stieg in seinen Wagen, und die Polizeikolonne fuhr davon.

»So, Lisa, dann machen wir uns auch auf den Weg.«

»Was hatten Sie denn noch zu besprechen?«

»Na, ich kann den Comisario ja schlecht im Dunkeln darüber lassen, wie es sich wirklich verhalten hat. Schließlich soll er den Fall aufklären, und jetzt hat er von mir etwas fürs Protokoll – und jede Menge inoffizieller Informationen für seine Arbeit.«

»Und Ihre Helfer?«

»Da habe ich ihm natürlich keine Namen genannt. Musste ich auch nicht. Perello weiß doch eh, wer mir manchmal zur Hand geht. Er hatte sogar einen Tipp für Don Xalvador, der offenbar dabei beobachtet wurde, wie er die Villa eines Fabrikanten aus Saragossa ausbaldowert hat. Ich werde ihm also raten, dass er von dem betreffenden Anwesen fürs Erste die Finger lässt.«

Lisa lachte und ging kopfschüttelnd zu Jorges altem Kombi. Der sprang diesmal schon im zweiten Versuch an, und bald darauf ruckelte die alte Karre los. Das Ehepaar Ribeira konnten sie noch kurz im Rückspiegel winken sehen, dann hatten sie auch schon fast die Landstraße erreicht und nahmen wieder Kurs auf Port d'Alcúdia.

– CINC –

Die Nacht war kurz, aber als Lisa gegen acht Uhr morgens aufgewacht war, konnte sie aller Müdigkeit zum Trotz nicht mehr einschlafen. Also duschte sie ausgiebig und ging dann zum Frühstücksbüfett. Der Appetit kam mit dem Essen, und während sie ihre dritte Tasse Kaffee trank und dazu einen Teller Rührei verputzte, kam Pablo herein, winkte einer jungen Frau aus dem Serviceteam zu und setzte sich auf den freien Stuhl neben Lisa. Er schaute immer wieder zum Eingang und hockte auch nur ganz vorn auf der Stuhlkante, als wolle er dafür gewappnet sein, jeden Moment aufzustehen und ganz geschäftig zu tun. Dabei strahlte er allerdings über das ganze Gesicht.

»Na, gestern Nacht ein spannendes Abenteuer erlebt?«

Sie sah ihn fragend an, aber er zuckte nur mit den Schultern.

»Sie haben doch gesagt, ich soll mich ein bisschen für Sie umhören, da habe ich halt auch von Ihrem Heldenstück draußen bei dieser Finca gehört.«

Als Heldenstück hätte Lisa das Erlebnis des Vorabends nicht gerade bezeichnet, aber Pablo glühte beinahe vor Begeisterung, und sie wusste ja auch nicht, was genau er gehört hatte – also ließ sie ihn in seinem Glauben.

»Und was haben Sie sonst herausgefunden?«, fragte sie.

»Leider nicht allzu viel. Dieser Sebastian Reusch war ein

ruhiger Gast, er hat alle freundlich behandelt, nur mit dem Trinkgeld hat er offenbar ein bisschen gegeizt. Er war meistens getrennt von den anderen Mitgliedern der Reisegruppe unterwegs. Gegessen hat er am liebsten Geflügel oder mageres Schweinefleisch, eher Gemüse als Salat, nur Karotten mochte er nicht. Bier hat er kaum angerührt, und von Wein scheint er nicht viel zu verstehen. Er hat viel getrunken, sich dabei aber auf den Hauswein beschränkt, der inklusive ist. Viel mehr ist den Leuten im Hotel nicht an ihm aufgefallen.«

»Na prima! Kaum Bier und keine Karotten? Dann ist der Fall ja schon fast gelöst ...«

»Ich hab aber noch was für Sie.«

Und es war Pablo anzusehen, dass er darauf ziemlich stolz war.

»Die Einzige, die seit seiner Ankunft vor ein paar Tagen mehr als zwei, drei Worte mit ihm gewechselt hat, ist Teresa, die Reiseleiterin. Ich habe Ihnen gestern von ihr erzählt.«

Er schob Lisa einen sehr klein zusammengefalteten Zettel zu.

»Das ist ihre Handynummer.«

»Und Sie denken, dass diese Teresa mir etwas über diesen Reusch erzählen kann, was mir mehr hilft als seine Essgewohnheiten?«

»Auf jeden Fall. Aber als sie mitbekommen hat, dass ich mich für eine deutsche Journalistin umhöre – ich hab ihr das natürlich nur ganz im Vertrauen gesagt –, wollte sie Ihnen alles unbedingt persönlich erzählen.«

»Meinetwegen«, sagte Lisa, steckte den Zettel in die Hosentasche und kümmerte sich wieder um ihr Rührei. »Ich werde sie nachher mal anrufen.«

»Rufen Sie sie lieber sofort an.«

»Aha? Und warum so eilig?«

»Reuschs Reisegruppe macht heute einen Ausflug zum Cap de Formentor. Sie fahren mit Jeeps hin, dann geht es zu Fuß zu einer Badebucht und von dort mit Booten zurück nach Port d'Alcúdia.«

Er sah auf die Uhr.

»Und die Tour startet in fünfzehn Minuten.«

»Aber ihr Handy wird sie ja wohl dabeihaben, oder? Dann kann ich sie ja auch später noch erreichen.«

»Das schon, aber sie hat Sie eingeladen, die Tour mitzumachen. Reuschs Platz ist ja jetzt frei. Sie können mit Teresa reden, wenn sie unterwegs Zeit hat. Auf der Tour würden Sie auch eine etwas weniger bekannte Badebucht kennenlernen, die Sie in Ihre Reportage einbauen können. Und Sie haben einen schönen Tag. Na, klingt das nicht super?«

Zwei Minuten später war alles geregelt. Lisa aß zügig zu Ende, packte schnell eine Tasche mit dem Nötigsten für den Tag, stellte ihr Handy auf Vibrationsalarm und fand sich dann vor dem Hoteleingang ein, wo schon eine Reihe knallbunter Jeeps auf die Gruppe wartete. Die meisten davon waren bereits voll besetzt, nur im ersten Wagen gab es noch freie Plätze. Eine hübsche junge Blondine mit großer Sonnenbrille überflog noch einmal eine Liste, und Lisa steuerte auf sie zu.

»Teresa?«, fragte sie auf Deutsch.

»Ja. Und Sie sind Lisa?«

»Wir können uns übrigens gern duzen.«

»Schön«, sagte sie lächelnd und gab ihr die Hand. »Dann herzlich willkommen. Kannst gleich hier in den ersten Jeep einsteigen.«

Sie deutete auf die Rückbank. Am Steuer saß ein braun gebrannter Mann, der sehr nach einem Einheimischen aussah und sich für einen augenzwinkernd angedeuteten Handkuss erhob, als sie in den Wagen kraxelte.

»Hola! Ich bin Orlando, und ich helfe Teresa dabei, unseren Flohzirkus unfallfrei hin und wieder zurück zu bekommen.«

Orlando hatte die schwarzen Haare nach hinten gegelt, er trug eine verspiegelte Sonnenbrille, und sein breites Lächeln entblößte zwei Reihen makellos weißer Zähne. Sein Deutsch war einwandfrei, hatte aber einen deutlichen Akzent, mit dem er vermutlich kokettierte. Vor allem brachte er das Kunststück fertig, freundlich und zuvorkommend zu sein, ohne dass Lisa das Gefühl bekam, angebaggert zu werden.

Wenig später ging's auch schon los. Bald hatten sie Pollença umrundet und düsten schließlich die kurvenreiche Strecke hinauf, die durch die Hügel zum Kap führte.

Teresa war vor der Abfahrt auf den Platz neben Lisa geschlüpft, und so konnten sie sich schon unterwegs unterhalten. Sie war sechsundzwanzig, hatte aus purem Interesse Philosophie studiert und jobbte nun als Reiseleiterin, bis sie wusste, was sie mit ihrem abgeschlossenen Studium überhaupt anfangen sollte. Mit dem Gast Sebastian Reusch hatte sie sich unter anderem deshalb etwas eingehender unterhalten, weil er wie sie aus Düsseldorf stammte oder zumindest dort wohnte.

»So richtig locker geworden ist der aber nie«, erzählte Teresa. »Und er hat auch nie erzählt, wo genau in Düsseldorf er wohnt und aus welchem Stadtteil er stammt – das hab ich nicht ganz begriffen. Es gibt immer mal Gäste, die nicht gern über sich reden, aber in seinem Fall ... ich weiß nicht, irgendwie kam er mir komisch vor. Und jetzt ist er tot. Gruselig!«

Sie schauderte und strich sich eine blonde Strähne aus der Stirn.

»Pablo hat erzählt, Reusch hätte ein Messer im Rücken gehabt. Stimmt das?«

Lisa verzog etwas genervt das Gesicht.

»Sei Pablo bitte nicht böse«, verteidigte Teresa ihn lächelnd. »Er ist ganz begeistert davon, dass du ihn für deine Recherchen einspannst. Ich glaube, er hat noch nie etwas so Spannendes erlebt. Das wird er dir nie vergessen. Und ich schätze mal, dass er nicht allen gegenüber so viel ausplaudert. Der Gute ist ein bisschen in mich verliebt, oder er würde zumindest gern mal ... na ja.«

Sie zog ihr Shirt ein wenig straffer, unter dem sich ihre Brüste nun deutlich abzeichneten.

»Vor allem die beiden haben es ihm angetan, auch wenn er glaubt, dass ich es nicht bemerke, wenn er heimlich draufstarrt.«

Sie lachte, dann winkte sie ab.

»Pablo ist ein netter Junge, aber eben ... noch ein Junge. Ich steh mehr auf Männer.«

»Das hab ich gehört!«, rief Orlando, drehte sich etwas zu ihnen um und streckte den rechten Daumen in die Höhe.

»Träum weiter!«, erwiderte Teresa fröhlich und wandte sich dann wieder an Lisa. »Aber warum jemand diesen Reusch umgebracht haben soll ... keine Ahnung, ehrlich.«

»Er hat wohl nur bestimmte Touren mitgemacht, stimmt das?«

»Ja, und gar nicht mal die besten. Aber immer wenn wir

zwischen Alcúdia und Pollença unterwegs waren, hat er wie verrückt fotografiert. Vor allem das Naturreservat hatte es ihm angetan. Ich habe ihn im Spaß mal gefragt, ob er Vogelkundler ist oder etwas in der Art – aber da hat er nur gelacht und weiter fotografiert. Ich bin nicht schlau geworden aus ihm.«

»Er war kein Vogelkundler. Er war Immobilienmakler.«

»Ach, echt? Ich dachte eher, er wäre aus der Reisebranche. Um ehrlich zu sein: Ich habe auch deshalb immer wieder mit ihm geplaudert, weil ich gehofft habe, über ihn an einen besser bezahlten Job zu kommen. Na, ist ja auch egal, was einer beruflich macht – Mallorca ist für jeden ein toller Platz zum Urlauben, was? Wobei …«

Sie sah nun doch sehr nachdenklich aus.

»So richtig abgeschaltet hat er, glaube ich, nicht. Er hat ziemlich oft telefoniert. Das Handy hatte er ständig dabei, und es war eigentlich immer angeschaltet. Kein lauter Klingelton, nur so ein Summen – es hat niemanden von den anderen gestört, aber mir ist es trotzdem aufgefallen. Ich muss die ganze Bande ja immer im Auge behalten!«

Teresa lachte wieder. Sie drehte sich um und winkte den Insassen des Jeeps hinter ihnen zu. Die winkten zurück, und Teresa setzte sich wieder gerade hin. Lisa bemerkte, wie Teresa sie musterte, als versuche sie, sie einzuschätzen. Schließlich gab sie sich einen Ruck.

»Ich habe auch ein paar Mal mit angehört, was er am Telefon gesagt hat. Deshalb habe ich ja auch darauf getippt, dass er in der Reisebranche tätig ist. Nicht dass du denkst, ich würde lauschen – aber ich habe schon den Ehrgeiz, dass meine Gäste ihre freie Zeit genießen. Und wenn ich dann mitbekomme, dass der eine oder andere so gar nicht loslassen will, rede ich denen auch schon mal ganz behutsam ins Gewissen. Manchen rede ich das Telefonieren dann aus, manchen gebe ich die Gelegenheit, sich mal richtig auszuquatschen – deshalb habe ich mich manchmal in Reuschs Nähe aufgehalten, wenn er mal wieder ans Handy ging.«

»Schon gut. Bei mir musst du dich nicht entschuldigen, wenn du etwas von seinen Telefonaten aufgeschnappt hast – im Gegenteil. Was hat er denn so gesagt?«

»Ganz schlau bin ich nicht draus geworden, aber es schien um ein Hotel oder eine Ferienanlage zu gehen.«

»Hier auf Mallorca?«

»Keine Ahnung, aber ja vermutlich eher nicht, oder? Ich meine, wenn er gewissermaßen vor Ort wäre, müsste er doch nicht alles übers Telefon regeln, sondern könnte eben mal zu einem Objekt hinfahren.«

»Zum Beispiel während ihr eine Tour macht, an der er nicht teilnimmt.«

Teresa stutzte. »Stimmt, jetzt, wo du es sagst!«

Sie dachte angestrengt nach, aber nach einer Weile schüttelte sie nur bedauernd den Kopf.

»Tut mir leid, es ist kein Ortsname gefallen, zumindest habe ich keinen gehört.«

»Zusammen mit seinen Fotos und seinem Interesse an der s'Albufereta ergibt das aber natürlich schon ein bestimmtes Bild ...«

»Dort gibt's doch gar kein Hotel, nur Kanäle, sumpfiges Gelände, Gras und jede Menge Vögel.«

»Ja, bisher zumindest.«

Inzwischen hatten sie das Kap erreicht, und fürs Erste war für Lisa keine Gelegenheit mehr, in Ruhe mit Teresa zu reden. Sie unterhielt die Gruppe glänzend, machte die Urlauber auf tolle Ausblicke und interessante Details aufmerksam, und Orlando hatte nicht viel mehr zu tun, als der einen oder anderen älteren Dame damit eine Freude zu machen, dass sie sich bei ihm unterhaken durfte. Außerdem verteilte er charmante Komplimente an die weiblichen Teilnehmer, manchmal argwöhnisch beobachtet von deren männlichen Begleitern.

Die Reisegruppe bestand vorwiegend aus Best-Agern. Manche Männer trugen ihr schütteres Haupthaar mit Würde, andere kämmten die letzte verbliebene Strähne hartnäckig über ihre Glatze, wenn eine Bö die Restfrisur verwirbelt hatte. Während einige Frauen zu ihren grauen Haaren standen, hatten andere sie gefärbt, wobei die Kolorierung sich bisweilen mit dem Originalgrau zu einem abenteuerlichen, ins Lilafarbene gehenden Glanz verbunden hatte. Die Frauen waren in der Mehrheit, und einige der Paare wirkten nicht so, als wären sie aus anderen Gründen als aus purer Gewohnheit zusammen. Mal marschierte die Matrone im geblümten Sommerkleid vorneweg, und die weißen Socken in Sandalen trotteten hinterdrein, dann wieder versuchte sich ein kariertes Hemd in einer oberlehrerhaften Frage, während die schmale Frau neben ihm vor Scham am liebsten im Boden versunken wäre.

Eine schöne Ausnahme bildete ein Pärchen, das sich von Zeit zu Zeit anlächelte, einmal sogar händchenhaltend dastand, als Teresa einen kurzen Vortrag hielt. Sie war von durchschnittlicher Größe und etwas rundlich, er gut eins achtzig und schlank bis auf ein kleines Bäuchlein. Beide trugen eine zwischen Grau und Weiß schimmernde Kurzhaarfrisur. Immer wieder beobachtete Lisa das Paar möglichst unauffällig und fragte sich insgeheim, ob sie wohl auch einmal so schön mit jemandem zusammen älter werden würde.

Dann achtete sie wieder auf Teresa, die spannend von den Winden Tramuntana, Ponent, Migjorn und Llevant erzählte, welche am Cap de Formentor aufeinandertrafen. Lisa war so in den Vortrag der Reiseleiterin vertieft, dass sie gar nicht merkte, wie die beiden älteren Herrschaften auf sie zukamen.

»Na, wo haben Sie denn unseren Düsseldorfer gelassen?«, erkundigte sich die Frau.

»Wie meinen Sie?«, fragte Lisa verdattert.

»Sie beobachten uns doch schon eine ganze Zeit lang, und Sie sind heute mit dabei, während Herr Reusch fehlt. Hat er Ihnen von uns erzählt, oder kennen wir uns von irgendwoher?«

»Oh, entschuldigen Sie bitte, wenn ich Sie zu auffällig angesehen habe, aber ...« Sie beugte sich ein wenig zu der Frau hinüber und senkte ihre Stimme. »... aber Sie und Ihr Mann sind das einzige Paar in dieser Gruppe, das sich wirklich zu mögen scheint.«

Die Frau lachte schallend.

»Sie sind ja süß, junge Frau!« Sie deutete auf ihren Begleiter. »Aber wir sind nicht verheiratet, und es hat auch jeder von uns noch seine eigene Wohnung. Er ist also nicht mein Mann, sondern sozusagen nur mein Liebhaber.«

»Das will ich meinen«, brummte ihr Gefährte mit einem schelmischen Lächeln.

»Auch wenn wir nicht so aussehen, sind wir also praktisch ganz Jungverliebte, das allerdings schon seit ein paar Jahren.«

Sie zwinkerte Lisa zu.

»Und was ist nun mit Herrn Reusch?«, fragte sie dann.

»Haben Sie das denn nicht mitbekommen?«

»Nein, was denn? Ist er abgereist? Er wirkte auf mich ja ohnehin ein bisschen abwesend, als hätte er eigentlich gar keine Zeit für einen Urlaub.«

Lisa schaute die Frau verwirrt an. Reuschs Tod war doch sicher spektakulär genug gewesen, dass er keinem der Hotelgäste verborgen geblieben sein konnte.

»Siehst du?«, sagte die Frau zu ihrem Freund. »Das ist der Nachteil, wenn man nicht im Hotel wohnt und die anderen nur zu den Ausflügen trifft. Man bekommt den ganzen Klatsch und Tratsch einfach nicht mit.«

Dann wandte sie sich wieder an Lisa.

»Wir haben ein kleines Häuschen gemietet, nicht weit von Port d'Alcúdia entfernt, mit einem herrlichen Blick aufs Meer. Also bitte, spannen Sie uns nicht länger auf die Folter, was ist mit Herrn Reusch?«

»Er ist … er ist tot.«

»Tot? Ach du meine Güte! Wie ist das denn passiert?«

Lisa schilderte ihr in groben Zügen, was geschehen war und was sie damit zu tun hatte.

»Oje, Sie Arme! Und die Polizei ermittelt? Das ist ja aufregend! Ich glaube, beim nächsten Mal wohnen wir doch wieder mit allen anderen im Hotel.«

»Ich hoffe doch nicht, dass jedes Mal jemand umgebracht wird«, versetzte Lisa. »Haben Sie sich denn mit Herrn Reusch unterhalten?«

»Ja, ab und zu. So wahnsinnig sympathisch fand ich ihn nicht, aber als wir mitbekommen haben, dass er mit Immobilien zu tun hat, haben wir einige Male seine Nähe gesucht. Wir haben nämlich einige Häuschen und Wohnungen in

Deutschland, und unsere Hausbank hat uns über viele Jahre recht gut beraten, wenn mal wieder etwas zu kaufen oder zu verkaufen war. Aber unser Berater ist inzwischen in Rente gegangen, und wir haben Herrn Reusch ein bisschen auf den Zahn gefühlt, ob vielleicht er künftig eine gute Adresse wäre für uns. Aber er schien in der Branche eher ein kleines Licht zu sein. Als wir ihn nach Referenzen gefragt haben, kam er ein wenig ins Stocken, und die beiden Büros, die er uns irgendwann doch noch als frühere Arbeitgeber genannt hat, sind zwar recht groß, haben aber nicht den allerbesten Ruf.«

»Büros auf Mallorca?«

»Nein, zwei Immobilienunternehmen aus Deutschland, das eine sitzt in Köln, das andere in Düsseldorf. Aber warum interessiert Sie das eigentlich?«

Lisa überlegte, ob sie den beiden anvertrauen sollte, dass sie ein wenig im Mordfall Reusch mitermittelte – doch sie entschied sich dagegen und nahm sich stattdessen vor, Comisario Perello zu informieren. Sollte er sich doch die Namen und Adressen der deutschen Firmen geben lassen. Also wechselte sie mehr oder weniger elegant das Thema, und nach einigem Stocken kam tatsächlich ein schönes Gespräch über die Sehenswürdigkeiten der Insel und ihren Beruf als Reisejournalistin zustande.

Getrennt wurden sie erst, als es nach dem Mittagessen auf der lauschigen Terrasse eines Restaurants zum Baden ans Meer ging. Teresa teilte die Reisegruppe auf: Wer es lieber etwas gemütlich haben wollte, folgte Orlando auf dem halbstündigen Spazierweg zur Cala Murta, einem zwischen Klippen gelegenen Strand, von dem aus es schließlich wieder in Booten zurück nach Port d'Alcúdia gehen sollte.

Lisa dagegen schloss sich einer kleineren Gruppe unter der Leitung von Teresa an, mit der sie zunächst den Camí del Castellet hinaufklettern würde, um die Aussicht auf die umliegenden Hügel und auf die Cala Murta zu genießen – und auf die etwas weniger bekannte, aber traumhaft gelegene Cala en Gossalba, einen Kiesstrand, den ihr Teresa für die Reportage ans Herz gelegt hatte.

Sie waren fast oben angelangt, als Lisas Handy vibrierte. Da sie im Moment ohnehin zu sehr außer Puste war, um telefonieren zu können, ignorierte sie den Anruf und kraxelte tapfer weiter. Eine Minute später summte es erneut.

»Du weißt schon noch, was ich dir vorhin über Leute erzählt habe, die selbst im Urlaub nie ihr Handy ausschalten?«, meinte Teresa und lachte. »Aber geh ruhig dran. Wir sind gleich oben, du kannst ja nach dem Telefonat das letzte Stück gehen.«

Sie klatschte ihr auf die Schulter und scheuchte die anderen weiter. Lisa blieb stehen und zog das Handy aus der Tasche. Zwei Anrufe waren eingegangen, beide mit der Nummer, die sie unter »Jorge« abgespeichert hatte. Sie wollte das Handy schon wieder wegstecken, als es wieder summte.

»Hola! Jorge?«, meldete sie sich.

»Hier ist nicht Jorge«, antwortete eine tiefe Stimme, die sie noch nie gehört hatte, in leicht rheinisch eingefärbtem Hochdeutsch. »Und falls Sie Ihren Jorge irgendwann mal wieder sprechen wollen, sollten Sie jetzt kommen.«

»Was?«

»Jorge ist im Moment ein wenig unpässlich, und ich fürchte, das könnte noch schlimmer werden. Vor allem wenn Sie jetzt nicht die Beine in die Hand nehmen und hierherkommen.«

Er nannte ihr eine Adresse in Pollença.

»Und was soll ich da?«, beharrte Lisa.

»Wir müssen reden. Mein Auftraggeber kommt nicht mit der Unordnung zurecht, die in einem seiner Projekte herrscht. Und soweit ich es während der ... nun ja ... Unterhaltung mit Jorge verstanden habe, sind Sie an diesem Durcheinander nicht ganz unschuldig. Das möchte ich gern mit Ihnen besprechen.«

Wut kochte in ihr hoch. Hatte dieser Typ Jorge in seiner Gewalt und drohte nun auch ihr? Wieso sollte sie sich darauf einlassen? Das war eindeutig ein Fall für Comisario Perello.

»Ach, und denken Sie lieber erst gar nicht daran, diesen Comisario von der Guardia Civil anzurufen und ihm die Adresse durchzugeben«, sagte die Stimme ganz ruhig. »Falls er oder ein anderer Polizist hier aufkreuzt, können Sie Jorges Nummer aus Ihren Kontakten löschen.«

Lisa schluckte.

»Haben Sie mich verstanden?«

»Ja, ja, hab ich, aber ...«

»Nichts aber. Sie kommen jetzt hierher. Ich warte in einer der Wohnungen auf Sie.«

»Und in welcher? Wo soll ich klingeln? Wie heißen Sie?«

Leises Lachen am anderen Ende.

»Jorge hat mir schon erzählt, dass Sie Journalistin sind. Jetzt halten Sie ausnahmsweise mal den Mund, hören gut zu, und dann machen Sie sich auf den Weg! Die Adresse haben Sie. Im Erdgeschoss gibt es einen Hausmeister. Der weiß, wo ich zu finden bin. Fragen Sie nach Fred.«

– SIS –

Pep war in der Nacht noch gelaufen, bis ihm die Füße schmerzten. In einem Gebüsch hatte er sich verkrochen und bis zum Morgengrauen geschlafen. Später hatte er am Stadtrand von Alcúdia eine Bar gefunden, in der er sich ein kleines Frühstück leistete. Der Besitzer, schlecht rasiert und ähnlich übermüdet wie Pep, schielte immer wieder zu seinem einzigen Gast herüber, aber als Pep seinem Blick begegnete, deutete er kurz auf eine der Türen.

»Wir haben dort einen Waschraum«, knurrte der Wirt. »Wenn du noch einen Cortado nimmst, darfst du den gern benutzen.«

Pep hob den linken Arm und schnüffelte, das überzeugte ihn, und wenig später kam er in den alten Klamotten, aber darunter immerhin halbwegs sauber zurück in den Gastraum. Der Cortado stand schon an seinem Platz, und als er ihn ausgetrunken hatte, legte er ein paar Münzen auf den Tisch und trollte sich.

Keiner seiner Helfer war auf dem Handy zu erreichen, also waren die drei wohl noch immer in der Gewalt der Schläger, die ihnen offenbar dieses Pärchen auf den Hals gehetzt hatte. Er war erst fortgerannt, hatte sich aber gleich darauf in einem großen Bogen zurück zur Finca geschlichen und mit angehört, wie der alte Mann und die junge Frau seine Männer ins Gebet nahmen. Danach hatte er sich lieber vollends aus dem Staub gemacht. Was seitdem mit seinen Leuten passiert war, wusste er nicht.

In Alcúdias Innenstadt führte ihn sein Weg in eine üble Kaschemme, dessen Besitzer ihm vom deutschen Auftraggeber als Kontaktmann für alles empfohlen worden war, was Pep auf Mallorca für seine Arbeit brauchen würde. Vom Wirt brauchte er erst einmal ein Auto und ein paar Informationen. Beides war schnell beschafft, und wenig später brauste er mit einem klapprigen Kleinwagen nach Port d'Alcúdia, um sich diesen alten Mann vorzuknöpfen. Aus seinem Versteck hatte Pep Handyfotos von ihm und seiner hübschen Begleiterin gemacht, und selbst auf den unscharfen und schlecht ausgeleuchteten Nachtaufnahmen hatte der Wirt den alten Mann sofort erkannt: Es handelte sich um Jorge Bennàssar, den früheren Leiter der Nationalpolizei auf Mallorca, der seit seiner Pensionierung nur noch hobbymäßig damit beschäftigt war, seine Nase in illegale Angelegenheiten zu stecken. Die junge Frau kannte der Wirt zwar nicht mit Namen, aber er wusste, dass eine deutsche Journalistin als Augenzeugin in den Todesfall im Hotel El Moro alegre verwickelt war – und da Bennàssar nicht weit war, wenn es auf Mallorca ein größeres Verbrechen gab, lag die Vermutung nahe, dass die Begleiterin des Ex-Polizeichefs eben diese Deutsche war. Und die, das hatte der Wirt wiederum aufgeschnappt, wohnte im El Moro alegre. Aber zuerst wollte sich Pep um Bennàssar kümmern.

Es wäre doch gelacht, dachte er und lachte grimmig, wenn ich aus dem Alten nicht herausquetschen könnte, mit wem er da gestern zur Finca kam und was er sich eigentlich in unsere Geschäfte einzumischen hat.

Er stellte den Wagen einen Block weiter ab und knackte

das Schloss der Hintertür – aber nirgendwo im Haus war der alte Mann zu finden. Pep lugte durch ein Fenster hinaus auf die Gasse, und da sah er ihn herantappen, mit Einkaufstüten in beiden Händen. Er wollte schon zur Treppe rennen, als drunten ein Hüne von einem Mann von hinten an Bennàssar herantrat. Der Alte blieb stehen und sah stur geradeaus, der andere schien ihm etwas zuzuraunen, und so, wie die beiden mitten in der Gasse standen, konnte sich Pep gut vorstellen, dass der Hüne den pensionierten Polizisten gerade mit einer Waffe bedrohte. Dann marschierte Bennàssar langsam weiter, ging an seinem Haus vorbei und die Gasse entlang, dicht gefolgt von dem anderen.

Pep glaubte, etwas Metallisches in der Hand des Hünen aufblitzen zu sehen. Er trat schnell einen Schritt zurück ins Zimmer, aber niemand achtete auf ihn. Eilig lief er die Treppe hinunter, drückte sich zur Vordertür hinaus und folgte den beiden. Eine Zeit lang konnte er sie beschatten, ohne selbst bemerkt zu werden, dann schob der Hüne den Alten auf den Beifahrersitz einer silbernen Limousine, setzte sich selbst hinters Steuer und brauste davon.

Pep konnte mit dem Handy noch das Kennzeichen fotografieren, dann war der Wagen auch schon aus seinem Blickfeld verschwunden. Und sein eigener Wagen stand drei Straßen weiter in der Gegenrichtung.

»Merda!«, brummte Pep.

»Die meisten Jeeps sind zwar schon zurückgefahren«, entgegnete Teresa auf Lisas Frage nach einer Mitfahrgelegenheit, »aber einer wartet noch vorne an der Straße, ob er nach unserer Wanderung jemanden zum Unfallarzt bringen muss – der kann dich mitnehmen.«

Lisa hatte ihr so gut wie nichts über das Gespräch mit Fred verraten, sondern nur angedeutet, dass sie dringend nach Pollença müsse und dafür am liebsten ihren Leihwagen nehmen würde – dass sie aber zuerst jemanden brauchte, der sie ins Hotel fuhr, wo der Wagen stand.

Nach einem kurzen Telefonat war alles geregelt. Lisa machte sich auf den Fußmarsch zum wartenden Jeep, dessen Fahrer die Strecke nach Port d'Alcúdia so sportlich in Angriff nahm, dass sie kaum eine halbe Stunde zum El Moro alegre brauchten. Lisa stieg aus, der Jeep schoss mit leicht durchdrehenden Reifen davon und setzte seine Fahrt fort, und aus dem Hotel kam ihr Pablo entgegen.

»Und?«, raunte er mit Verschwörermiene. »Haben Sie was von Teresa erfahren, das Ihnen weiterhilft?«

»Das kann ich noch nicht sagen, aber ich habe gleich ein Treffen in Pollença – danach weiß ich mehr.«

Pablo hatte sich als so geschwätzig erwiesen, dass sie ihm auf keinen Fall anvertrauen konnte, in welcher Lage sich Jorge befand. Aber als der Junge jetzt ein enttäuschtes Gesicht zog, tat er ihr doch leid.

»Aber ich habe ein ganz gutes Gefühl«, versuchte sie ihn zu trösten, »nach meinem Treffen wissen wir auf jeden Fall mehr.«

»Und mit wem treffen Sie sich?«

Pablo war schon wieder Feuer und Flamme für Lisas Ermittlungen, also wechselte sie schnell das Thema und zwinkerte ihm zu.

»Teresa ist ja wirklich eine sehr Nette, nicht wahr?«

Er räusperte sich und schien plötzlich ganz froh, dass ihn vom Hotel her ein Kollege rief.

»Ich muss weiter«, sagte er und flitzte davon.

Zehn Minuten später hatte Lisa sich umgezogen und war in ihrem Kleinwagen auf dem Weg nach Pollença. Das Navi lotste sie auf der Küstenstraße an der s'Albufereta vorbei und danach ins Landesinnere. Der warme Fahrtwind fuhr ihr durch die kurzen Haare, und mit jedem Kilometer wurde sie nervöser. Ein paar Mal dachte sie daran, Comisario Perello zu Hilfe zu rufen, aber dann fiel ihr wieder die Drohung des Unbekannten ein, und sie ließ es lieber sein.

An einem Kreisverkehr, in dessen Mitte ein riesiger Hahn aus Metall stand, hielt sie sich rechts, bog gleich danach scharf nach links ab und hatte wenig später die Straße erreicht, die ihr Fred genannt hatte. Sie lag ein Stück östlich der Altstadt und gab kein besonders schönes Bild ab. Der Asphalt war an einigen Stellen nur notdürftig geflickt, und die Fassaden der meisten Häuser sahen nicht besser aus: Der Putz bröckelte, die Dachrinnen waren verrostet, und nur wenige Gebäude hatten einen halbwegs neuen Anstrich. Die Straße lief auf den Stadtrand zu. Dahinter ragte einer der bewaldeten Hügel auf, die Pollença umgaben – doch dafür hatte Lisa keinen Blick: Sie ließ den Wagen langsam an den Häusern vorbeirollen und musterte die Fassaden, bis sie schließlich die gesuchte Hausnummer entdeckte. Gegenüber war ein Parkplatz frei, und als sie etwas umständlich gewendet und eingeparkt hatte, atmete sie einige Male tief durch, bevor sie den Wagen verließ.

»Hola, Señorita!«

Adriano Ribeira, dem sie in der vorigen Nacht gegen Pep und seine Handlanger geholfen hatten, stand direkt neben ihr und strahlte sie an. Doch als er sah, dass Lisa ihn mit aufgerissenen Augen anstarrte und vor Schreck ganz blass geworden war, setzte er eine zerknirschte Miene auf.

»Ich bin's nur, Señorita. Entschuldigen Sie bitte, wenn ich Sie erschreckt habe.«

»Nein, nein, alles in Ordnung«, stammelte Lisa. »Ich war nur gerade ganz in Gedanken versunken, und leider muss ich auch gleich weiter.«

Sie hatte den Fincabesitzer nicht kommen sehen, und auf dem Weg zu Jorges Entführer konnte sie auch niemanden gebrauchen, der einen Plausch mit ihr halten wollte und den Fred, der sie sicher schon länger von seinem Versteck aus beobachtete, womöglich für einen Polizisten in Zivil halten würde.

»Wohin wollen Sie denn so eilig?«, fragte Ribeira und machte keine Anstalten weiterzugehen.

»Ach, ich … Aber was machen Sie eigentlich hier?«, versuchte sie Ribeira abzulenken.

»Unsere Tochter wohnt dort drüben.« Er deutete auf eines der wenigen Häuser mit frisch getünchter Fassade. »Und ich war einkaufen.« Er zeigte auf ein paar prall gefüllte Taschen, die er zu seinen Füßen abgestellt hatte. »Wir sind heute Abend bei ihr zu Gast – aber natürlich hat meine Calida das Kochen gleich wieder an sich gerissen, und mich hat sie zum Einkaufen geschickt.«

Er lachte gutmütig, und Lisa revanchierte sich mit einem flüchtigen Lächeln, bevor sie erneut versuchte, sich von ihm zu verabschieden. Ribeira quittierte ihre offensichtliche Hektik mit Kopfschütteln.

»Ach, ihr Deutschen – was habt ihr nur immer für eine Eile?«

Ribeira war anscheinend bester Dinge, und dass Lisa gehetzt wirkte, schien ihn nicht davon abzuhalten, mit ihr in aller Ruhe zu plaudern.

»Was haben Sie denn in Ihren Taschen?«, fragte Lisa, halb aus Höflichkeit und halb in der Hoffnung, dass ihm dadurch wieder einfallen würde, dass ein Teil seiner Einkäufe dringend in den Kühlschrank musste. Und wirklich hatte sie Glück.

»Meeresfrüchte«, sagte Ribeira. »Sie müssen unbedingt mal probieren, was meine Frau daraus zaubert!«

»Dann sollten Sie sich aber beeilen. Nicht dass Ihnen die schönen Sachen noch verderben hier in der Hitze.«

Über Ribeiras Gesicht huschte ein Schatten, dann nickte er, verabschiedete sich freundlich von Lisa und eilte über die Straße auf das Haus seiner Tochter zu. Lisa wartete einen Augenblick, dann wandte sie sich zu dem Gebäude, in dem der Hausmeister zu finden war, den sie nach Fred fragen sollte. Der Mann, der ihr öffnete, war ein schmieriger Kerl und offenbar schon zu dieser Tageszeit nicht mehr ganz nüchtern. Er tappte im muffig riechenden Hausflur zu einem großen Brett an der Wand, nahm einen klobigen Schlüssel vom Haken und schlurfte vor Lisa her auf das Nachbarhaus zu. Mit dem Schlüssel öffnete er ein Holztor, das offenbar schon seit Jahren vergeblich auf einen neuen Anstrich wartete, und deutete in das Halbdunkel dahinter.

»Hier lang, Señorita.«

Ohne ein weiteres Wort machte er kehrt. Sie hörte seine Schritte über den Gehweg schleifen, bis er die Haustür hinter sich zuschlug. Vor Lisa befand sich ein dämmriger Durchgang, der in den Hinterhof führte. Der Hof war mit alten Pflastersteinen ausgelegt, die schmutzig und vermoost waren und längst keine ebene Fläche mehr bildeten. Überall lagen und standen rostige und ramponierte Gerätschaften herum, und an der Rückseite des Hauses hing

Wäsche zum Trocknen auf engen Balkonen. Nach rechts ging eine Treppe ab, deren ausgetretene Steinstufen zur Rückseite des Nachbargebäudes führten. Und weil der Hof menschenleer war und sich kein anderer Weg anbot, stieg Lisa langsam die Stufen hinauf. Vor einer alten Holztür endete die Treppe. Während Lisa eine Klingel suchte, schwang die Tür auch schon auf. Eine kräftige Männerhand packte sie und zog sie ins Innere, dann wurde sie vorwärtsgeschoben, bis sie sich in einem schäbigen Zimmer befand, dessen Einrichtung aus einem schlichten Schrank, einer Kommode aus dunklem Holz, einem Tisch und vier Stühlen bestand.

Auf einem dieser Stühle saß Jorge Bennàssar. Er war an Händen und Füßen gefesselt. Der Unbekannte schob sie zu einem weiteren Stuhl und drückte sie auf die Sitzfläche. Dann baute er sich breitbeinig und mit verschränkten Armen vor ihr auf.

»Ich bin Fred«, sagte er mit sonorer Stimme.

Während er am Telefon Deutsch mit ihr gesprochen hatte, redete er jetzt in einem ordentlichen Spanisch mit ihr – wohl damit auch Jorge ihrer Unterhaltung folgen konnte.

Lisa blickte zu Boden. Bislang hatte sie sein Gesicht nicht gesehen, und das durfte von ihr aus gern so bleiben. Geiselnehmer hatten kein Interesse daran, dass ihre Opfer sie später wiedererkennen und verraten konnten. Wer einen Täter also beschreiben konnte, war schon so gut wie tot – zumindest war das in der Welt ihrer Krimis so.

»Sie können mich ruhig ansehen«, forderte Fred sie auf. »Falls Sie nicht tun, was ich sage, werde ich Sie und Ihren Kompagnon ohnehin verschwinden lassen müssen. Und falls Sie doch auf mich hören, habe ich keine Veranlassung,

Ihnen wehzutun – und dann, nehme ich an, werden Sie schlau genug sein, der Polizei nichts von mir zu erzählen.«

Sie reagierte nicht, und Fred trat mit einem Fuß gegen den Stuhl, auf dem der gefesselte Jorge saß.

»Er hat recht, Lisa«, brummte der daraufhin. »Sie können ihn ruhig ansehen. Fred scheint ein Profi zu sein, und er wird uns nicht mehr antun, als er für nötig hält. Und wenn er erreicht hat, was er will, lässt er uns in Ruhe und macht sich wieder aus dem Staub.«

»Wie geht es Ihnen, Jorge?«, fragte Lisa und warf ihm einen kurzen Blick zu.

Jorge zuckte mit den Schultern und brummte: »Geht schon.« Er sah übermüdet aus, schien aber unverletzt zu sein.

Dann sah sie zu dem Mann auf, der vor ihr stand. Es war ein Hüne von gut zwei Metern, unter dessen Shirt sich gewaltige Muskeln abzeichneten. Dazu trug er bequeme Schuhe und eine modische Jeans. Die Haare hatte er um seine Halbglatze herum kurz rasiert, im rechten Ohr steckte ein kleiner goldener Ring, und um seinen Mund spielte ein spöttisches Lächeln. Fred hatte Jorge entführt und gefesselt, er hatte sie bedroht, herzitiert und herumgeschubst – und trotzdem brachte er es fertig, eher gutmütig als gewalttätig zu wirken.

»Wer sind Sie?«, fragte Lisa schließlich.

»Falsche Frage«, antwortete der Hüne.

»Und was wollen Sie von uns?«

»Richtige Frage.«

Eine Zeit lang hatte Pep in immer größer werdenden Kreisen das Viertel umrundet, in dem Jorge Bennàssars Haus stand, doch von dem ehemaligen Polizisten und seinem hünenhaften Begleiter fehlte jede Spur. Und als er zum Abschluss seiner Runden noch einmal durch die Gasse fuhr, in der Bennàssar wohnte, keimte auch nur ganz kurz die Hoffnung auf, dass sich doch noch etwas ergeben würde, was ihm weiterhalf.

Ein hagerer Typ mit speckigen Haaren kam auf dem Gehweg dahergeschlendert, als Pep sich dem Gebäude auf fünfzig, sechzig Meter genähert hatte. Der andere linste so auffällig unauffällig zum Haus des Ex-Beamten, dass Pep sofort alarmiert war und seinen Wagen zwischen zwei Transportern am gegenüberliegenden Straßenrand abstellte. Doch der Hagere ging an Bennàssars Haus vorüber, wenn auch sehr gemächlich und nicht ohne einen kurzen Seitenblick zu riskieren – dann aber blieb er stattdessen vor dem Schaufenster einer Bäckerei stehen und schaute sehnsüchtig in den Laden. Pep versuchte zu erkennen, was es dort Interessantes zu besichtigen gab, doch außer einigen silbernen Tabletts mit Ensaïmades war nur eine dickliche junge Frau zu sehen, die ihre langen schwarzen Haare zu einem Pferdeschwanz gebunden hatte und hinter der Theke beschäftigt war. Nach einer Weile hob die Frau den Kopf und sah zum Schaufenster, und im selben Moment schrak der Hagere zusammen, grüßte die Verkäuferin mit einer kurzen, fahrigen Geste und eilte davon. Lächelnd schüttelte die Frau den Kopf, dann arbeitete sie weiter. Sonst passierte nichts.

Also nahm er schließlich Kurs auf das Hotel El Moro alegre, stellte seinen Wagen direkt am Straßenrand unterhalb der Hotelzufahrt ab und schlich in das kleine Wäldchen. Dort legte er sich auf die Lauer und wartete. Irgendwann musste sich diese Frau, die er zusammen mit Jorge Bennàssar gesehen hatte, ja wieder einmal blicken lassen, und dann würde er sie verfolgen – und vielleicht konnte er sie auf einer Landstraße irgendwo außerhalb von Port d'Alcúdia mit seinem Auto abdrängen und sie sich vorknöpfen.

Doch die Deutsche kam nicht. Pep dachte darüber nach, ins Hotel zu gehen, um herauszufinden, ob sie überhaupt noch hier wohnte, doch in seinem schmuddeligen und verdreckten Aufzug würde er in dem schicken Anwesen zu sehr auffallen – und nach dem Erlebnis bei Bennàssars Haus mochte er sich nicht mehr allzu weit von seinem Wagen entfernen.

Nach einer Weile brauste ein staubiger Jeep die Zufahrt zum Hotel hinauf und flitzte wenig später wieder davon. Eine schlanke Frau mit kurzen, dunkelbraunen Haaren war aus dem Jeep gesprungen und unterhielt sich recht vertraulich mit einem jungen Pagen. Pep kniff die Augen zusammen und verglich die Frau mit seinem Handyfoto – das musste diese Journalistin sein. Wo war sie gewesen? Und würde sie jetzt im Hotel verschwinden und ihn noch länger in diesem blöden Wäldchen warten lassen?

Doch er hatte Glück. Nach einer Weile fuhr ein Kleinwagen vor, die junge Frau bedankte sich bei dem Pagen, der das Auto aus der Garage geholt hatte, und fuhr langsam Richtung Wäldchen. Pep rannte geduckt zwischen den Bäumen hindurch, erreichte den Parkplatz seines Autos am Rand des Waldstücks gerade noch rechtzeitig. Als die Frau mit ihrem Kleinwagen auf die Umgehungsstraße einbog, rutschte Pep ein wenig im Fahrersitz nach unten, tauchte wieder auf, sobald sie an ihm vorbei war, und startete den Motor. Aufmerksam navigierte er so, dass sie ihn unmöglich bemerken und er sie bequem verfolgen konnte.

Er blieb hinter ihr, bis sie Pollença erreichten. Nun rückte er ein wenig auf, um sie nicht im Gewirr der innerörtlichen Straßen zu verlieren, und als sie bald darauf immer langsamer fuhr und offensichtlich nach einem ganz bestimmten Haus Ausschau hielt, ließ er den Abstand wieder etwas größer werden. Schließlich bremste sie, wendete den Wagen umständlich und stellte ihn in einer Parklücke auf der Gegenseite ab. Pep sah sich um. Niemand schien in diesem Moment auf ihn oder die Deutsche zu achten, und es war kaum jemand auf der Straße – vielleicht war das jetzt die Gelegenheit, auf die er gewartet hatte. Er holte ein kleines Fernglas hervor und nahm die Frau ins Visier. Sie saß in ihrem Auto und wirkte angespannt. Dann machte sie Anstalten auszusteigen. Wenn er jetzt schnell zu ihr hinfuhr und direkt neben ihrem Wagen anhielt, konnte er sie vielleicht überrumpeln, in sein Auto verfrachten und ihr irgendwo außerhalb der Stadt in aller Ruhe die Information entlocken, was mit seinen Leuten passiert war.

Pep steckte das Fernglas weg, drückte die Kupplung und legte den ersten Gang ein. Der Wagen rollte langsam an und wurde rasch schneller. Noch fünfzig Meter, noch vierzig, dreißig – und dann stand plötzlich ein Mann neben der Deutschen und plapperte auf sie ein. Pep erreichte die beiden und fuhr schnell vorbei, in der Hoffnung, dass sie ihn nicht erkannt hatten.

Neben der Frau hatte dieser verdammte Ribeira gestanden, der Besitzer der Finca, die ihn fürs Erste drei seiner Leute gekostet hatte. Was hatte der denn ausgerechnet hier zu suchen?

»Merda!«, brummte Pep auch diesmal und begann darüber nachzudenken, was nun zu tun sei.

Fred zog einen freien Stuhl heran und ließ sich breitbeinig darauf nieder. Das Möbelstück wirkte unter ihm geradezu mickrig. Auf die muskulösen Arme gelehnt, beugte er sich zu Lisa hinüber und nickte.

»Was ich von Ihnen will – das ist genau die richtige Frage, Señora Langer.«

»Am Telefon haben Sie von einem Auftraggeber gesprochen, der nicht damit einverstanden ist, dass seine Pläne durchkreuzt werden. Was heißt das für Señor Bennàssar und mich? Und warum müssen Sie uns dafür kidnappen und bedrohen?«

»Na ja, bedrohen ...« Fred lachte kurz auf. »Sie sind ja von selbst zu mir gekommen.«

Wie auf ein Stichwort begann Bennàssars Handy zu klingeln, das vor Fred auf dem Tisch lag. Er schaute aufs Display. Lisa konnte von ihrem Platz aus erkennen, dass keine Nummer angezeigt wurde. Fred wartete noch einen Moment, bevor er das Gespräch wegdrückte.

»Sie haben mir am Telefon damit gedroht«, fuhr Lisa nach einer kurzen Pause fort, »dass Sie Señor Bennàssar töten, wenn ich nicht sofort nach Pollença komme oder wenn ich die Polizei rufe.«

Fred zuckte mit den Schultern.

»Sie sind hier, es ist also alles gut.«

»Und andernfalls hätten Sie ...?«

»Ich kann ein netter Kerl sein, Señora Langer, und ich möchte niemandem mehr schaden als nötig, um meinen Job zu Ende zu bringen. Das schätzt Señor Bennàssar schon ganz richtig ein. Ein guter Polizist erkennt so etwas.«

»Und wenn ich nicht gekommen wäre?«

»Sie sind gekommen, und ich finde, Sie haben sich richtig entschieden. Also müssen wir uns jetzt nicht mehr den Kopf darüber zerbrechen, was andernfalls gewesen wäre, nicht wahr?«

Er lächelte Lisa an, aber es war kein freundschaftliches Lächeln – sie konnte sich gut vorstellen, dass Fred mit demselben Lächeln auch jemandem die Kehle zupressen oder einen tödlichen Messerstich verpassen konnte.

»Wobei ...«

Fred fixierte sie, und das Lächeln wurde etwas dünner.

»Wer war der Mann, mit dem Sie sich unten neben Ihrem Wagen unterhalten haben?«

»Jedenfalls kein Polizist.«

»Gut. Und was war er dann?«

»Der Besitzer einer Finca zwischen Pollença und Alcúdia.«

»Aha? Und den kennen Sie woher?«

Lisa warf Jorge einen kurzen Blick zu, und der schüttelte kaum merklich den Kopf. Das Handy klingelte erneut, wieder wurde keine Nummer angezeigt. Fred drückte das Gespräch weg und schaltete das Gerät aus.

»Zufall«, schwindelte Lisa. »Ich war gerade unterwegs zu einer Bar, die man mir für eine Mallorcareportage empfohlen hatte. Auf dem Weg dorthin habe ich Señor Bennàssar am Straßenrand stehen sehen. Er hatte nämlich eine Autopanne, und zwar ganz in der Nähe der Finca, die dem Mann gehört, mit dem ich mich vorhin auf der Straße unterhalten habe. Im Übrigen habe ich ihn auch hier nur zufällig getroffen – vielleicht haben Sie ja von Ihrem Beobachtungsposten aus sehen können, dass ich total erschrocken bin, als er mich angesprochen hat.«

Fred musterte sie, dann nickte er.

»Da wird wohl das eine oder andere Detail durchaus stimmen«, sagte er und lächelte wieder. »Ich könnte jetzt etwas Druck machen, um die wirkliche Geschichte zu erfahren – denn ohne Grund wird unser Ex-Polizist ja kaum den Kopf geschüttelt haben, als Sie ihn gerade angeschaut haben. Aber ich will Ihnen fürs Erste glauben.«

Lisa gab sich Mühe, nicht hörbar aufzuatmen, aber Fred war noch nicht fertig.

»Welche Bar war Ihnen denn empfohlen worden?«

»Was?«

»Na, zu welcher Bar waren Sie unterwegs?«

»Eine ganz kleine, Sie werden sie nicht kennen, Ca seva heißt sie.«

»Und die Bar liegt wo?«

Er zog sein Smartphone hervor, startete eine Karten-App und hielt Lisa das Gerät hin.

»Ungefähr hier«, sagte sie und deutete vage auf die Stelle, an der sie die Bar vermutete.

»Und Sie waren in Ihrem Hotel in Port d'Alcúdia losgefahren, nehme ich an.«

»Ja.«

»Schön.«

Fred legte die Finger auf den Bildschirm und wählte für die Karte eine höhere Auflösung. Nun waren die s'Albufereta und die kleine Straße zu sehen, die am Westrand des Naturreservats entlangführte.

»Dann wird die Finca, die dem Herrn von vorhin gehört, ungefähr hier liegen.«

Er beschrieb mit dem Zeigefinger einen Kreis, der den ganzen Westen des Reservats umfasste.

»Ja, so ungefähr«, gab Lisa zu und zuckte mit den Schultern. »Ich hab's nicht so mit Landkarten, aber das könnte hinkommen.«

»Sehen Sie, da sind wir also auch mit Ihrer Version der Geschichte dort angelangt, wo ich hinwollte.«

Lisa sah ihn fragend an.

»Mein Auftraggeber lässt in dieser Gegend Fincas und unbebaute Grundstücke kaufen. Es muss Sie nicht interessieren, was er damit anfangen will – aber Sie sollten wissen: Es gefällt ihm nicht, dass ihm irgendjemand in die Suppe zu spucken versucht. In diesem Zusammenhang sind auch Ihre Namen gefallen, und das gefällt meinem Auftraggeber noch weniger. In Ihrem Fall, weil Sie Deutsche sind und Journalistin. Und an Ihnen« – er wandte sich an Jorge – »stört ihn vor allem Ihre Vergangenheit als Polizist.«

»Pfff ...«, machte Jorge, und Fred quittierte es mit einem mitleidigen Grinsen.

»Schauen Sie, Señor Bennàssar, ich finde es grundsätzlich keine schlechte Sache, dass Sie Ihre alten Kontakte dazu nutzen, Ihre Insel ein wenig in Ordnung zu halten. Davon will ich Sie auch gar nicht abbringen – soweit es mich nicht von meiner Arbeit abhält. Ich weiß, dass viele meiner ... nun ja ... Kollegen nicht die Hellsten, nicht die Nettesten und nicht die Rücksichtsvollsten sind. Und ich gebe gern zu: Aufträge, für die ich mir solche Knalltüten vornehmen muss, sind mir die liebsten. Aber diesmal haben Sie beide Ihre Finger offenbar in die falsche Wunde gelegt.«

Jorge verzog das Gesicht, Lisa beobachtete den Hünen und wartete darauf, dass er endlich sagte, was er eigentlich von ihnen wollte. Ging es nur darum, sie beide für eine Weile aus dem Verkehr zu ziehen? Oder wollte er Informationen von ihnen, sollten sie womöglich etwas für ihn erledigen?

»So, genug geplaudert«, beendete Fred das Geplänkel. »Mein Auftraggeber hat Schwierigkeiten mit dem Kauf von zwei bestimmten Fincas, und eine der beiden liegt ungefähr dort, wo Señor Bennàssar angeblich seine Autopanne hatte.«

Er schaute kurz zwischen seinen beiden Gefangenen hin und her, dann heftete er seinen Blick auf Lisa.

»Wenn wir diesen Teil Ihrer Erzählung mal für wahr halten, könnten Sie vorhin den Besitzer genau dieser Finca getroffen haben.«

Lisa rührte keinen Finger und erwiderte den Blick des Hünen ohne jede Reaktion.

»Und das wäre dann Señor Adriano Ribeira.«

Wieder beherrschte sich Lisa, so gut es ging, aber ihr Blick war wohl für einen Moment etwas unstet geworden. Jedenfalls legte sich ein breites Grinsen auf Freds Gesicht.

»Sehen Sie, Señora Langer, da sind wir schon wieder einen Schritt weiter. Wollen Sie mir nicht die nächsten Informationen einfach so geben, und wir sparen uns dieses umständliche Procedere?«

»Ich sage gar nichts. Und Sie scheinen ja ohnehin schon alles zu wissen, wieso fragen Sie uns dann noch?«

»Zum Beispiel würde ich gern wissen, wo die anderen Mitarbeiter meines Auftraggebers stecken. Ich wollte heute Kontakt mit ihnen aufnehmen, aber sie scheinen wie vom Erdboden verschluckt. Natürlich habe ich noch eine Anlaufstelle, die mir da möglicherweise weiterhelfen kann – aber wo wir doch gerade so nett beisammensitzen …«

»Und woher sollen wir solche Ganoven kennen?«, fragte Lisa und reckte trotzig ihr Kinn.

»Das sieht hübsch aus, Señora Langer, aber wenn ich es drauf anlege, diese Information von Ihnen zu bekommen, wird Ihnen Ihr Widerstand nicht viel helfen, glauben Sie mir.«

»Lassen Sie die Señorita in Ruhe«, mischte sich Jorge ein. »Natürlich kenne ich hier auf der Insel viele Gauner – aber ich kann nicht wissen, wer für Ihren Auftraggeber arbeitet. Da müssen Sie mir schon ein bisschen helfen. Wie sehen diese Typen denn aus, nach denen Sie suchen?«

Fred zog sein Handy hervor und zeigte ihm die Fotos, die ihm aus Köln geschickt worden waren. Jorge musste nicht lange hinsehen.

»Drei dieser Pappnasen sitzen hinter Gittern, und der vierte ist abgehauen.«

»Soso. Und seit wann?«

»Seit gestern Nacht.«

»Und woher wissen Sie das?«

Jorge zögerte einen Moment, dann zuckte er mit den Schultern.

»Weil Señorita Langer und ich die drei der Polizei übergeben haben. Wie gesagt: Der Vierte ist leider ausgebüxt. Der da.« Er beugte sich vor, um mit seiner Nase auf Pep zu zeigen. »Der Chef dieser Trottel, er lässt sich El Taure nennen.«

Fred nickte grinsend.

»Albern, nicht wahr?«, sagte er. »Aber sei's drum. Sie haben Peps Männer also der Polizei übergeben. Und wie kam es dazu?«

Jorge schilderte ihm in groben Zügen die Ereignisse der vergangenen Nacht, er sparte auch nicht aus, dass sich das alles auf Ribeiras Finca abgespielt hatte – ließ aber die Gespräche mit Comisario Perello ebenso weg wie die Namen ihrer Helfer und das, was Ribeira ihm über die anderen Kaufinteressenten erzählt hatte.

»Aber dieser Ribeira hat den Vertrag unterschrieben, den Reusch ihm vorgelegt hatte?«

»Das hat er jedenfalls gesagt, aber der Vertrag wurde ihm abgenommen. Und bei Reusch wurde kein weiteres Exemplar gefunden. Also haben wohl die Leute, die ihn getötet haben, den Vertrag gestohlen – Pech für Ihren Auftraggeber.«

Fred lächelte melancholisch und schüttelte den Kopf.

»Nein, da hat er kein Pech gehabt, auch wenn Sie die Hintergründe nicht verstehen dürften. Den Vertrag werde ich vermutlich auftreiben können, er ist sehr wahrscheinlich an einem Ort hinterlegt, den ich kenne. Vielleicht werde ich Ihnen dieses Durcheinander sogar erklären, wenn ich mit meiner Arbeit fertig bin – aber im Moment geht das leider noch nicht.«

Jorge sah den Hünen verblüfft an. Der zuckte nur mit den Schultern.

»Es läuft manches völlig anders, als man es für möglich halten würde, glauben Sie mir. Aber das muss jetzt mal als Andeutung genügen.«

Fred klatschte in die Hände.

»Damit ist das Problem, soweit es mich und meinen Job betrifft, schon fast gelöst. Noch ein paar Gespräche, und dann werde ich den Herrschaften kräftig auf die Finger klopfen, die meinem Auftraggeber die Geschäfte erschweren. Tja, und dann geht's ab nach Hause.«

»Und was ist mit uns?«, fragte Jorge.

»Sie beide kann ich spätestens nach getaner Arbeit wieder laufen lassen. Vielleicht kann ich mit Ihnen sogar noch einen Handel abschließen – dann könnten Sie auch jetzt gleich gehen, müssten mir aber einen kleinen Gefallen tun.

Und natürlich müsste die Polizei auch weiterhin außen vor bleiben, zumindest was meine Person und meine Aufgabe hier auf Ihrer schönen Insel betrifft.«

»Das kommt natürlich ganz darauf an, um was für einen Gefallen es sich da handelt.«

Jorge behielt den Hünen genau im Auge. Wenn er sich nicht völlig täuschte, war der Mann inzwischen recht entspannt, und Jorge schätzte die Situation für Lisa und sich selbst inzwischen als relativ gefahrlos ein. Fred nickte und lächelte und wollte gerade zu erklären beginnen, was er von seinen beiden Gefangenen erwartete – da schellte im Flur ein altmodisches Telefon. Fred sprang auf, nahm den Hörer ab, ohne sich zu melden, und horchte. Lisa und Jorge konnten nichts verstehen, aber als der Hüne wieder ins Wohnzimmer zurückkam und sich vor ihnen aufbaute, war alles Gutmütige an ihm verflogen. Er hielt eine Pistole in der rechten Hand und nestelte mit der linken zwei kleine Behälter aus der Hosentasche.

– SET –

Adriano Ribeira saß im Wohnzimmer seiner Tochter und kaute an den Fingernägeln. Natürlich hatte er sofort bemerkt, dass mit Señorita Lisa irgendetwas nicht stimmte. Sie war so nervös gewesen, als er sie auf der Straße angesprochen hatte – es brauchte wirklich keine besonders gute Menschenkenntnis, um zu erkennen, dass sie unter Druck stand, dass sie einen unangenehmen Gang vor sich hatte und nichts weniger brauchen konnte, als von ihm dabei gesehen zu werden.

Also war er zwar zum Haus der Tochter gegangen, hatte Señorita Lisa dabei aber heimlich weiter beobachtet. Er hatte sich ein wenig in den Hauseingang gedrückt und von dort aus gesehen, wie sie an einer Tür klingelte, hinter der sich nichts Gutes verbarg. Seine Tochter hatte ihm schon einige Male von dem schmierigen Typen erzählt, der dort wohnte und mit allerlei illegalem Kleinkram sein Geld verdiente.

Kurz darauf wurde die Tür von genau diesem Gauner geöffnet, und Señorita Lisa folgte ihm zu einem alten Holztor neben dem Haupteingang. Ribeira schlüpfte ins Haus seiner Tochter, ging die Treppe hinauf und stellte sich im ersten Stock hinter eine Gardine ans Fenster.

Nach kurzer Zeit kehrte der schmierige Typ allein zurück. Señorita Lisa war offenbar im Hinterhof geblieben, zu dem man durch das Holztor gelangte. Auch nach zehn Minuten war sie noch nicht wieder auf der Straße erschienen, und Adriano Ribeira begann, sich um sie Sorgen zu machen.

Er schaltete sein Handy an und stellte das Gerät so ein, dass am anderen Ende seine Nummer nicht angezeigt wurde. Dann ging er die Kontaktdaten durch, die er in der Nacht bekommen hatte. Señorita Lisa konnte er schlecht anrufen, vielleicht versteckte sie sich vor jemandem, und er würde sie mit ihrem Klingelton verraten. Señor Bennàssar konnte er nicht erreichen. Zweimal wurde das Gespräch weggedrückt, danach war das Handy ausgeschaltet.

Nun war Adriano Ribeira noch besorgter als bisher, und er zögerte nur kurz, bevor er Comisario Perello anrief. Der hörte sich alles an, bedankte sich knapp und legte auf. Ribeira war es vorgekommen, als hätte er im Hintergrund das gedämpfte Geräusch eines fahrenden Wagens gehört. Durch das Fenster konnte er wenige Sekunden später mehrere zivile Fahrzeuge heranrollen sehen. Zwei Streifenwagen hatten sich nach Westen und Osten hin als Straßensperre platziert, sie standen so weit von Ribeira und dem Holztor entfernt, durch das Señorita Lisa verschwunden war, dass sie niemand bemerken würde, der nicht gerade unten auf der Straße stand.

Die zivilen Wagen parkten nicht direkt vor dem Holztor, sondern jeweils in einigen Metern Entfernung. Aus den Fahrzeugen stiegen Männer und Frauen ohne Uniform, die aber unschwer als durchtrainiert und bewaffnet zu erkennen waren. Die Beamten schwärmten aus, und Perello, der vorneweg ging, kommandierte sie lautlos mit militärisch wirkenden Gesten auf ihre Positionen.

Das Holztor, das der schmierige Typ auf dem Rückweg

wieder verschlossen hatte, leistete nicht lange Widerstand. Zwei kräftige Männer mit einem langen Werkzeug aus dunklem Metall hebelten es auf, und schon strömten ihre Kollegen in den Durchgang. Einige hielten die Stellung auf der Straße, wobei sie hinter Fahrzeugen und Hausecken Deckung suchten. Der Rest verschwand durch das aufgebrochene Tor.

Alles ging schnell und nahezu lautlos vonstatten – bis wenige Minuten nach dem Eintreffen von Perellos Leuten der erste Schuss fiel. Es folgte ein weiterer, dann noch einer und noch einer.

Als der erste Anruf kam, durfte sich Comisario Perello bestätigt fühlen. Er hatte den Ex-Jefe und die deutsche Journalistin zwar nicht dafür kritisiert, dass sie sich eigenmächtig in die Ereignisse auf dem Gelände von Ribeiras Finca eingemischt hatten – und er war ihnen ja auch dafür dankbar, dass sie mithilfe von Bennàssars zwielichtigen Helfern drei der vier Ganoven dingfest gemacht und ihm übergeben hatten. Aber dass die beiden irgendwann zu neugierig werden und deshalb in ernsthafte Schwierigkeiten geraten würden, stand für ihn fest. Und als einer der beiden Beamten, die er zu ihrer Beobachtung abgestellt hatte, meldete, dass Lisa Langer ihren Leihwagen vor dem Haus parkte, in dem einige Zeit zuvor ein unbekannter Hüne mit dem Ex-Polizeichef verschwunden war, schickte er seine Kollegen los.

Der zweite Anruf erreichte ihn kurz vor seinem Ziel. Fincabesitzer Ribeira hatte beobachtet, wie Lisa Langer einem suspekten Mann in einen Hinterhof gefolgt war, aus dem sie noch nicht wieder zurückgekommen war.

Kurz darauf stand Perello auf ebendiesem Hinterhof. Er

beschloss, mit einigen seiner Kollegen die Treppe zum Nachbarhaus hinaufzugehen, während andere unten Wache hielten.

Sie hatten die Tür am oberen Ende der Treppe beinahe erreicht, als der erste Schuss fiel. Eine Kugel durchschlug das Holz der Tür von innen, aber der Schütze hatte so schlecht gezielt, dass das Projektil steil nach oben flog. Die Polizisten mussten sich nicht einmal ducken, um nicht getroffen zu werden. Trotzdem gingen alle schnell in Deckung.

»Kommen Sie da raus!«, rief Perello, der am nächsten bei der Tür stand und sich rechts gegen die Wand drückte. »Sie haben keine Chance! Lassen Sie uns die Sache vernünftig beenden! Es ist bisher noch niemand zu Schaden gekommen, belassen wir es dabei.«

Das war, soweit es Lisa Langer und Jorge Bennàssar betraf, kaum mehr als eine vage Hoffnung, aber es konnte ja nicht schaden, die ganze Geschichte erst einmal etwas herunterzuspielen. Vielleicht sprang der unbekannte Schütze ja darauf an, und sie konnten eine weitere Eskalation verhindern.

Der nächste Schuss aus dem Haus war nicht die erhoffte Antwort, aber Perello stutzte. Der Unbekannte hatte ihn ausreden lassen und anschließend, statt wild um sich zu ballern, nur einen weiteren Schuss gesetzt – das wirkte sehr überlegt und professionell. Doch auch diese Kugel ging nicht annähernd in Perellos Richtung, obwohl der Unbekannte doch vermutlich erkannt hatte, von welcher Seite der Treppe die Stimme des Comisario gekommen war. Gab der Mann im Haus nur Warnschüsse ab, zielte er absichtlich vorbei? Einen Moment lang zögerte Perello, dann gab er doch den Befehl zum Vorrücken, schoss zweimal durch die Tür, ebenfalls so hoch angesetzt, dass er niemanden treffen würde, und Sekunden später drangen die Beamten durch die aufgebrochene Tür ins Haus ein.

Die Polizisten arbeiteten sich rasch vorwärts. Und als sie ein sperrangelweit geöffnetes Fenster entdeckten, das zur Rückseite des Hauses hinausging, teilten sie sich auf. Ein Sprung durch das Fenster auf ein stabiles Vordach einen knappen Meter tiefer, dann ein Sprung auf eine hüfthohe Ziegelmauer und anschließend auf den Boden – als schneller Fluchtweg war das kaum zu übertreffen. Sofort schwärmten die auf der Straße verbliebenen Beamten aus, um den Unbekannten im Gewirr der Hinterhöfe und Seitengassen vielleicht doch noch zu erwischen.

Perello stürmte mit den anderen ins Wohnzimmer. Mitten im Raum befanden sich zwei umgestürzte Stühle. An den einen war Jorge Bennàssar gefesselt, neben dem anderen lag Lisa Langer. Beide hatten die Augen geschlossen und regten sich nicht, doch sie schienen unverletzt. Perello beugte sich zu ihnen hinunter und fühlte erst der Journalistin, dann dem ehemaligen Polizeichef den Puls: Sie lebten. Auf dem Tisch lagen zwei leere Ampullen. Noch während Perello die Etiketten zu lesen versuchte, zückte er das Handy und rief den Notarzt.

Fred hatte die knappe Zeit gut genutzt. Gleich nach dem Anruf des Hausmeisters, der ihn vor der anrückenden Polizei gewarnt hatte, flößte er seinen Gefangenen den Inhalt der Ampullen ein. Damit war der Deal, den er gerade mit ihnen hatte einfädeln wollen, leider hinfällig. Wenigstens musste er sich nun nicht weiter um sie kümmern. Dann öffnete er das Fenster über dem Vordach und legte sich auf die Lauer.

Er musste nicht lange warten. Als er auf der Treppe Schritte hörte, schoss er das erste Mal, und nachdem ihm von draußen zum Aufgeben geraten wurde, setzte er den zweiten Schuss – weit entfernt von den Positionen, wo er die Polizisten vermutete. Dann huschte er in die enge Speisekammer, aus der eine schmale Treppe hinunter in den Vorratskeller führte. Er zog die Tür der Kammer sorgfältig hinter sich zu, rückte noch ein Holzregal vor die Tür, um sie zu blockieren, dabei aber nicht zu viel Lärm zu machen. Und schon flitzte er hinunter und beobachtete durch eine schmale Ladeluke, was auf der Straße vor sich ging.

Als die Beamten losrannten und versuchten, so schnell wie möglich hinter das Haus zu gelangen, um ihm den vermeintlichen Fluchtweg durch das Fenster abzuschneiden, kletterte er ans Tageslicht, drückte sich zwischen Häusern, Garagen und anderen Schuppen hindurch und stand schließlich vor der offenen Hintertür einer Bar. Der Wirt wunderte sich zwar, warum ein Mann von der Toilette zurück in den Gastraum kam, den er dort zuvor nicht hatte hineingehen sehen, aber dann war Fred auch schon um die nächste Ecke verschwunden und machte sich auf den Weg zu seinem Wagen, den er ein paar Straßen von seinem Versteck entfernt abgestellt hatte.

Er schaltete das Handy ein und hörte die Nachricht seines Auftraggebers ab. Thomas Hürtz hatte ihm hinterlassen, dass er per Direktflug aus Köln um 16:10 Uhr in Palma landen werde und dass Fred ihn in der Ankunftshalle erwarten solle. Er warf einen Blick auf die Uhr. Wenn er kurz nach vier am Flughafen sein sollte, hätte er vor Ort also noch zwanzig, fünfundzwanzig Minuten Zeit, um die Lage zu peilen, bevor Hürtz ausgecheckt und sein Gepäck geholt hatte.

Fred fuhr los, kaufte sich unterwegs noch eine Kleinigkeit zu essen und zu trinken, und als er sich auf den Fußweg vom Parkplatz zur Ankunftshalle machte, war er so rechtzeitig dran, dass er in aller Ruhe seine Umgebung mustern konnte.

Auf den Wegen zur Abfluglobby schienen sich mehr Polizisten als sonst aufzuhalten, aber er hatte heute nicht vor, die Insel zu verlassen, also musste er von diesen Beamten nichts befürchten. In der Ankunftshalle herrschte normaler Betrieb. Er sollte Hürtz neben dem Fundbüro treffen und schlenderte zunächst ein wenig durch die Halle, ehe er sich so postierte, dass er alle sehen konnte, selbst aber nicht auffiel. Die aktuelle Tageszeitung in spanischer Sprache, die er sich notfalls vors Gesicht halten konnte, hatte er sich schon unter den Arm geklemmt, und mit Sonnenbrille auf der Nase und Lolli im Mund sollte er halbwegs unverdächtig wirken.

Weniger Mühe hatte sich in dieser Hinsicht ein etwa fünfzig Jahre alter Mann im teuren Businessanzug gegeben. Fred schlug sofort die Zeitung auf, als er ihn entdeckte, und lehnte sich betont lässig und scheinbar völlig vertieft in seine Lektüre an die nächste Wand. Über den Rand der Zeitung hinweg behielt er den Anzugträger dabei die ganze Zeit im Blick – ihn und die beiden vierschrötigen Männer, auf die er einredete, einen muskelbepackten Glatzkopf und einen hageren Typen mit schmalen Lippen, zwischen denen ab und zu eine Goldkrone hervorblitzte.

Als Thomas Hürtz kurz darauf die Ankunftshalle betrat,

gab ihm Fred, der mittlerweile direkt neben dem Fundbüro stand, ein warnendes Zeichen und deutete auf einen anderen, besser vor Blicken geschützten Treffpunkt. Hürtz reagierte sofort. Wenig später trafen sie sich hinter einer Säule.

»Was ist denn?«, fragte Hürtz. Er wirkte genervt und übernächtigt.

»Röpelmann ist dort drüben und quatscht mit seinen Handlangern.«

Hürtz riskierte einen Blick, und ein fieses Grinsen legte sich auf sein Gesicht.

»Soso, der gute Armin ist auch vor Ort. Was hat er sich denn da für Hilfsganoven angelacht? Dass die Dreck am Stecken haben, riecht doch jeder Bulle gegen den Wind.«

»Na ja«, gab Fred zu bedenken, »dieser Pep und seine Pappnasen sind auch nicht besser.«

Hürtz zuckte mit den Schultern.

»Man findet einfach nicht so leicht gutes Personal. Und du bist mir für solche einfachen Jobs zu teuer.«

»Peps Leute haben ihren Job jedenfalls gründlich versemmelt, und jetzt müssen Sie mich doch bezahlen, nicht wahr?«

»Ja, ich weiß. Doch es hätte auch gut gehen können, Fred. Nun musste halt Reusch über die Klinge springen. Blöde Sache, aber wenn wir uns beeilen, bekomme ich meine Deals trotzdem noch in trockene Tücher, und Pep, diesen Deppen, kann die Polizei danach gerne haben.«

»Seine drei Helfer haben sie schon.«

»Echt? Und Pep?«

»Der konnte gerade noch abhauen.«

Fred berichtete, was er von dem nächtlichen Zwischenfall

auf Ribeiras Finca erfahren hatte, und schilderte seine Versuche, Lisa und Jorge als Helfer einzuspannen.

»Siehst du, Fred, auch du versuchst manches, das hätte klappen können.«

Der Hüne verzog das Gesicht, und Hürtz legte ihm besänftigend eine Hand auf die Schulter.

»Und jetzt?«, fragte Fred.

Hürtz nickte in Röpelmanns Richtung.

»Jetzt sehen wir zu, dass wir hier ungesehen rauskommen. Und dann bringst du mich zu dieser Kaschemme. Es wird Zeit, dass ich den Vertrag in die Hand bekomme.«

Die beiden Männer strebten dem Ausgang zu, beide leger gekleidet, der eine mit einer Zeitung und der andere mit einem Rollkoffer ausgestattet.

Vom anderen Ende der Ankunftshalle verfolgte Röpelmann die beiden Männer mit dem Blick. Als der Glatzkopf neben ihm etwas sagen wollte, schnitt er ihm mit einer knappen Geste das Wort ab. Dann klingelte sein Handy. Eine Minute lang hörte Röpelmann schweigend und mit zusammengepressten Lippen zu, dann blaffte er so laut und gereizt ins Telefon, dass einige Passanten erschrocken zu ihm hinübersahen.

Auch Röpelmanns Begleiter waren kurz zusammengezuckt, als ihr Chef so unvermittelt losbrüllte. Doch als er das Gespräch wegdrückte, ein paar Mal ein- und ausatmete und allmählich wieder etwas beherrschter wirkte, entspannten sie sich ein wenig.

»Was war denn, Jefe?«, wagte der Glatzkopf schließlich zu fragen.

»Dieser Trottel aus Madrid, der für mich die Grundstücke

aufkaufen soll, hat wieder mal Mist gebaut. Warum muss ich mich eigentlich immer mit irgendwelchen drittklassigen Mitarbeitern herumschlagen?«

Die Zähne des Glatzkopfs knirschten vernehmlich, dann protestierte er: »Aber Jefe, Yago und ich haben Ihnen doch immer …«

»Ja, schon recht, Gonzalo«, knurrte Röpelmann und legte ihm besänftigend die Hand auf den Arm. »Ihr beide habt mich bisher nicht enttäuscht. Das soll bitte auch so bleiben. Und jetzt …«

Er nickte in Richtung des Ausgangs, durch den kurz zuvor sein Rivale Thomas Hürtz in Begleitung seines Helfers verschwunden war.

»… und jetzt schauen wir mal, dass wir die beiden da nicht aus den Augen verlieren.«

»Geht klar, Jefe. Aber … wer war das?«

Röpelmann ging eilig los und erklärte Gonzalo unterwegs, was er wissen musste. Yago hielt nur mühsam mit ihnen Schritt und schlüpfte auf dem Parkplatz als Letzter ins Auto. Sie kamen gerade noch rechtzeitig, um Hürtz und seinen muskelbepackten Begleiter in Freds Wagen das Flughafengelände verlassen zu sehen.

»Sieht ganz so aus, als hätten sie uns in der Ankunftshalle doch bemerkt.«

Fred hatte den Leihwagen schon kurz nach der Abfahrt entdeckt. Röpelmanns Fahrer war im Beschatten keine große Leuchte, viel zu auffällig vollzog er Freds Spurwechsel nach, und er fuhr auch viel zu dicht auf. Hürtz stellte den kleinen Schminkspiegel in der Sonnenblende über dem Beifahrersitz so ein, dass er die Verfolger ebenfalls sehen konnte.

»Und jetzt?«, fragte er schließlich.

»Jetzt werde ich kurz austreten.«

»Was?«

Thomas Hürtz sah seinen Mitarbeiter verblüfft an, aber als der ihm lachend erklärt hatte, was er plante, lachte er herzlich mit und nickte Fred anerkennend zu. Der nahm die nächste Abfahrt und ließ den Wagen auf dem Parkplatz eines Fast-Food-Restaurants ausrollen. Dann eilte er in das Gebäude, als müsse er die nächstmögliche Toilette in höchster Eile erreichen – und als er kurz darauf viel entspannter zurück zum Wagen schlenderte, hatte sich Hürtz bereits auf den Fahrersitz geschoben, und Fred stieg auf der Beifahrerseite ein. Ihre Verfolger hatten ihr Auto ein paar Stellplätze entfernt geparkt, und Hürtz und sein Helfer taten so, als hätten sie sie nicht bemerkt.

Hürtz fuhr etwas langsamer als Fred, und Röpelmanns Fahrer hatte dementsprechend Probleme, deswegen nicht noch dichter zu ihnen aufzuschließen. Bei El Molinar bog Hürtz auf die MA-20 nach Norden ab und setzte schon vor der nächsten Abfahrt wieder den Blinker. Sie verließen die Schnellstraße und fuhren auf den Parkplatz eines Möbelhauses. Fred stieg aus, während Hürtz sich winkend von ihm verabschiedete und weiter in Richtung Norden fuhr.

Der Hüne konnte aus den Augenwinkeln beobachten, wie die Verfolger diskutierten, was sie nun wohl am ehesten unternehmen sollten. Unterdessen marschierte Fred auf das geöffnete Stahltor einer Spedition zu, drückte sich dahinter zwischen zwei abgestellten Anhängern hindurch und huschte dann in sicherer Deckung so weit zur Seite, bis er Röpelmann und seine Handlanger im Blick hatte. Einer der beiden Helfer, der Typ mit den schmalen Lippen und der Goldkrone, war inzwischen ausgestiegen. Der Wagen mit Röpelmann und dem Glatzkopf schoss davon und nahm wieder die Verfolgung von Hürtz auf.

Fred gönnte sich ein zufriedenes Lächeln, weil er genau auf diese Entscheidung gehofft hatte. Natürlich musste Röpelmann in Erfahrung bringen, was der Mitarbeiter seines Konkurrenten in dieser Spedition so Wichtiges zu erledigen hatte – und er konnte nicht davon ausgehen, dass Fred, ahnungslos wie er scheinbar war, mit dieser kleinen Einlage nur den ersten ihrer Verfolger aus dem Spiel nehmen wollte. Der Schmallippige näherte sich langsam den beiden Anhängern, hinter denen Fred verborgen war. Er zog aus seiner abgewetzten Kunstlederjacke den Griff eines Springmessers hervor und entriegelte die Klinge mit einem metallischen Klicken. Fred unterdrückte ein Seufzen, dann beeilte er sich, den besten Platz für seinen Hinterhalt zu suchen.

Das Gelände der Spedition war eine weitläufige Anlage, die größtenteils aus einer betonierten Fläche bestand, auf der nicht besonders akkurat die unterschiedlichsten Lastwagen abgestellt waren. Die Lagerhalle vor ihm war durch Markierungen auf dem Boden in verschiedene Bereiche unterteilt, und einige Segmente in seiner Nähe waren leer, während andere mit Paletten, großen Kartons und anderer Ladung belegt waren. In der Halle befanden sich einige Lagerarbeiter, die am anderen Ende des Gebäudes damit beschäftigt waren, zwei Sattelschlepper zu beladen. Ganz in Freds Nähe stand ein Gabelstapler und daneben eine große Gitterbox, deren Wände innen mit grobem Packpapier ausgeschlagen waren. Fred lugte in die Box: Kartonabfälle und anderer Verpackungsmüll füllten sie etwa zur Hälfte.

»Passt doch«, murmelte Fred vor sich hin. Er holte einige größere Fetzen Pappe und einen längeren Streifen Paketband aus dem Durcheinander, dazu zwei Holzstücke, die vermutlich von einer zertrümmerten Palette stammten, und ging hinter der Box in Deckung. Kurz darauf konnte er die Schritte des Schmallippigen hören. Er trug Stiefel mit harten Absätzen, und er war offenbar nicht besonders geschickt darin, damit halbwegs leise aufzutreten. Als der andere Anstalten machte, einfach an der Gitterbox vorbeizugehen, warf Fred das erste Holzstück in die Box, und wie erhofft schnellte der andere herum.

Schritt für Schritt näherte sich der andere nun Freds Versteck, und als er noch wenige Meter von ihm entfernt war, ließ Fred das zweite Holzstück so vor sich über den Boden kullern, als hätte er es versehentlich in dem Versuch losgetreten, sich besser vor seinem Verfolger zu verstecken. Der andere blieb kurz stehen, und die gleichmäßigen lauten Schritte, die danach einsetzten, zeigten ihm, dass ihn der Schmallippige für leichte Beute hielt. Er schlenderte nun zu der Ecke der Gitterbox, hinter der das Holzstück hervorgekullert war.

Fred war mittlerweile um die Box herumgeschlichen und näherte sich dem anderen von hinten, während der noch verblüfft die leere Rückseite der Gitterbox betrachtete. Nun tippte Fred ihm auf die linke Schulter. Der Schmallippige fuhr herum, das Messer in der rechten Hand. Fred hatte ihm die Schlinge mit dem Paketband nur hinhalten müssen, verlässlich fädelte die rechte Hand des anderen ein. Dann drehte Fred mit der Linken das Paketband so fest, dass der Schmallippige sein Messer mit halb ersticktem Fluchen fallen ließ, und knockte ihn mit der Rechten ansatzlos aus.

Damit sich der andere nicht ernstlich wehtat, packte Fred ihn mit einer Hand an der linken Schulter, hielt aber mit der anderen immer noch das Paketband fest. Dann warf er sich den Bewusstlosen über die Schulter und schwang ihn mit der nächsten Bewegung über den Rand der Gitterbox.

Drinnen kam der Schmallippige mit dem Gesicht nach unten auf den Kartonresten zu liegen. Fred beugte sich so weit hinein, dass er die Handgelenke des anderen zu fassen bekam. Er band sie ihm hinter dem Rücken fest und zurrte auch das Springmesser zwischen den Händen fest. Dann kletterte er auf den Sitz des Gabelstaplers, startete das Gefährt, bugsierte die Ladegabel unter die Gitterbox und hob die Box so weit an, wie es der kleine Stapler vermochte. So auffällig abgestellt, sollte niemand einfach weiteren Verpackungsmüll in die Box werfen, ohne zumindest nachzusehen, was sich dort sonst noch befand. Mindestens das Messer sollte die Arbeiter auf die Idee bringen, den Unbekannten der Polizei zu übergeben. Fred warf einen kurzen Blick zu den Lagerarbeitern, aber nach wie vor achtete niemand auf ihn. Er sprang vom Sitz des Gabelstaplers, huschte zum Ausgang der Halle und ließ sich an der nächsten Kreuzung von Hürtz aufsammeln.

»Und die anderen?«, fragte er nur kurz, als er das Auto von vorhin auch dann noch nicht im Rückspiegel entdecken konnte, als sie schon wieder auf der Schnellstraße in Richtung Alcúdia brausten.

»Abgehängt«, sagte Hürtz und grinste.

Der Anschiss am Telefon war ihm durch Mark und Bein gegangen. Erst als der Schreck allmählich wieder wich, keimte Wut in ihm auf. So ging niemand mit Camilo Alfonso

Carrasco López um. Oder zumindest niemand, dem er kein Geld schuldete. Dieser Deutsche war unverschämt genug, ihn jedes Mal spüren zu lassen, wie abhängig er von ihm war. Spanische Geschäftspartner, vor allem solche aus Madrid, hätten das nie mit ihm gemacht. In diesen Kreisen ging es subtiler zu, und er dachte wehmütig daran, dass sich aus diesen Kreisen leider niemand mehr auf Geschäfte mit ihm einließ. Ein Unternehmer in Madrid kurz vor dem Bankrott, wenn sich die leeren Kassen, die sich hinter auf Hochglanz polierten Firmenschildern verbargen, nicht mehr verheimlichen ließen – das war in diesen Kreisen das Aus für alle Geschäftsbeziehungen. Schlimmer dran war nur noch ein Unternehmer kurz vor dem Bankrott, der seinen Hals aus der Schlinge ziehen wollte, indem er seine Partner übers Ohr haute. Und weil beides auf ihn zugetroffen hatte, musste sich Camilo Carrasco nun mit unverschämten Deutschen abgeben, die ihm immerhin noch Geld für Investitionen anvertrauten.

Carrasco wusste nur zu genau, dass er selbst längst kein Unternehmer mehr war, sondern nur noch Strohmann für einen deutschen Immobilienhai, der geschickter mit Geld umgehen konnte als er. Das machte die Sache nicht besser.

Einige Minuten lang stapfte er neben seinem Wagen auf und ab, dann fasste er einen Entschluss. Zum Glück hatte er dem Deutschen nicht verraten, dass er sich gerade in Palma befand, sonst hätte der ihn womöglich zum Flughafen beordert, damit er sich die nächste Zurechtweisung unter vier Augen abholte. Mit dem Deutschen wollte er nicht zusammentreffen. Noch nicht. Erst musste er die Sache wieder selbst in die Hand nehmen und die Scharte mit dieser verdammten Finca auswetzen. Fürs Grobe hatte er Tito dabei, und für eine gütliche Einigung ein stattliches Bündel Geldscheine. Ja, dachte er, und seine Zuversicht kehrte allmählich zurück, so müsste es klappen.

Er scheuchte Tito vom Beifahrersitz auf und beorderte ihn ans Steuer, während er sich selbst in den Fond der Limousine setzte. Und los ging's in Richtung s'Albufereta. Zwischen Alcúdia und Pollença verfuhr sich Tito, und sie mussten einen Umweg über ein kleines Nebensträßchen nehmen, um anschließend wieder auf Ribeiras Finca zuzusteuern. Es war noch etwas mehr als einen Kilometer bis zu ihrem Ziel, da bog direkt vor ihnen ein zerbeulter Pick-up auf die Straße ein und fuhr ebenfalls in ihre Richtung. Carrasco verglich das Kennzeichen mit seinen Notizen, dann lehnte er sich breit grinsend zurück. Gut, dass sich Tito verfranzt hatte. Glück musste man haben.

Vor ihnen fuhr Adriano Ribeira, zu dessen Finca sie gerade unterwegs waren.

– VUIT –

Die beiden Männer hatten die schummrige Bar kaum betreten, als der Wirt auch schon hinter dem Tresen hervorkam und sie in einen kleinen Nebenraum begleitete. Er schloss die Tür hinter sich und gab dem kleineren seiner Gäste die Hand.

»Señor Hürtz, wie schön, Sie zu sehen. Der Vertrag liegt bereit, ich hole ihn eben.«

Dann war er auch schon wieder hinter dem Tresen und machte sich mit einem Schlüssel an einem Tresor zu schaffen, der neben der Zapfanlage unauffällig in die Wand eingelassen war. Einen durstigen Gast vertröstete er für den Moment und eilte zurück in den Nebenraum. Die Mappe, die er aus dem Tresor geholt hatte, reichte er Hürtz und trat respektvoll einen Schritt zurück. Hürtz klappte die Mappe auf, blätterte sie durch und schloss sie schließlich mit einem zufriedenen Nicken.

»Sehr gut, Darío, vielen Dank.«

»Darf ich Ihnen einen Cortado servieren oder einen Carajillo? Für besondere Gäste habe ich einen Brandy, den man auch ohne Café trinken kann.«

»Nein danke«, lehnte Hürtz höflich ab. »Aber wenn du ein Wasser für mich hättest und einen Café solo, das wäre schön. Und du, Fred, magst du auch was trinken?«

»Nein, ich würde mich lieber gleich wieder auf den Weg

machen. Pep hat sich hier heute früh einen Wagen geliehen, hat mir Darío vorhin am Telefon gesagt.«

»Si, si – er sah fürchterlich aus. Wäre in der Nacht um ein Haar von der Polizei geschnappt worden, deswegen hatte er seinen Wagen stehen lassen müssen. Ich habe ihm eine Karre geliehen.«

»Und wo ist er damit hin?«, fragte Hürtz.

Darío zuckte mit den Schultern, zog einen kleinen Quittungsblock und einen Stift aus der Gesäßtasche und kritzelte Buchstaben und Ziffern hin. Das oberste Blatt riss er ab und hielt es den beiden Männern hin. Fred griff zu, aber Darío wandte sich mit seinen Informationen im Folgenden an Hürtz.

»Das ist das Kennzeichen des Wagens. Ein kleiner Seat, ziemlich alt und klapprig. Weiß lackiert, jedenfalls dort, wo er noch nicht rostet. Pep hat mir nicht gesagt, wo er hinwollte, aber er hat sich nach einem Mann und einer Frau erkundigt, die ihn in der Nacht beinahe ans Messer geliefert hätten.«

»Ja, nach Jorge Bennàssar, dem früheren Polizeichef«, erklärte Hürtz, »und nach einer deutschen Journalistin namens Lisa Langer, die mit ihm zusammen ein bisschen herumschnüffelt, um Hintergründe zu Reuschs Tod herauszufinden. Das weiß ich schon, danke.«

Darío nickte ergeben.

»Aber bei denen kann er nicht sein.«

Der Wirt sah Hürtz fragend an, aber der ging nicht weiter auf das Thema ein.

»Wo könnte er sonst stecken?«, fragte er stattdessen.

»Keine Ahnung, Señor Hürtz. Aber haben Sie denn keine Handynummer von ihm?«

»Doch, aber er geht nicht ran. Wer weiß, vielleicht hat er das Handy auch in der Nacht verloren.«

»Mich hat er nicht um ein neues gebeten. Ich hätte ihm natürlich eins gegeben, und dann hätten wir auch eine Nummer, unter der wir ihn erreichen können, aber leider …«

»Na ja, Fred wird ihn schon finden, oder?«

»Ganz sicher«, sagte Fred und verabschiedete sich.

»Und ich würde mir jetzt gern den Kaffee und das Wasser schmecken lassen. Hast du denn auch was Kleines zum Essen da?«

»Aber sicher, für Sie doch immer!«, beeilte sich Darío zu sagen und flitzte in die Küche hinaus, um einen Teller für seinen deutschen Gast zu richten, der es sich bis dahin im Nebenraum gemütlich machte und es noch einmal auf gut Glück unter Peps Handynummer versuchte.

»Dass Sie da Mist gebaut haben, ist Ihnen schon klar, oder?«

Comisario Perello erwartete keine Antwort. Er schaukelte aufgebracht in seinem Bürosessel vor und zurück und bedachte Lisa und Jorge, die bedröppelt vor ihm auf den Besucherstühlen hockten, mit strengen Blicken.

»Und das hätte böse ausgehen können. Sehr böse!«

»Dieser Riese hat mir in der Gasse vor meinem Haus aufgelauert«, brummte Jorge. »Ich war einkaufen gewesen, und plötzlich habe ich seine Waffe im Rücken gespürt. Mir ist gar nichts anderes übrig geblieben, als mitzugehen.«

Das konnte ihm keiner vorwerfen, aber Jorge wusste natürlich so gut wie Perello, dass der Unbekannte ihn nie entführt hätte, wenn er sich nicht in der Nacht zuvor in die

Geschichte um Ribeiras Finca eingemischt hätte. Der ehemalige Polizeichef wirkte entsprechend zerknirscht.

»Mich hat er angerufen und damit gedroht, Señor Bennàssar etwas anzutun«, verteidigte sich Lisa. »Was hätte ich anderes tun können, als auf seine Forderung einzugehen und zu ihm zu fahren?«

»Na, zum Beispiel mich anrufen?«

»Damit er ihm was antut? Genau das hat er mir ja angedroht, für den Fall, dass ich Sie informiere!«

»Und wie hätte er erfahren sollen, dass Sie mich anrufen? Er hat ja auch nicht mitbekommen, dass Ribeira mir Bescheid gibt. Und der wusste nicht einmal mit Sicherheit, dass Sie in Gefahr waren – er hat auf den bloßen Verdacht hin angerufen.«

Lisa war mit jedem Satz des Comisario etwas mehr in sich zusammengesunken. Dass Perello trotz allem Ärger eher zurückhaltend mit ihr schimpfte und ihr gegenüber einen beinahe freundschaftlichen Ton anschlug, fiel ihr gar nicht auf, so sehr plagte sie das schlechte Gewissen.

»Vielleicht sollten Sie sich an Señor Ribeira ein Beispiel nehmen«, fügte Perello noch hinzu. »Sie beide!«

Er sah Lisa und Jorge noch einmal fest in die Augen, dann entspannten sich seine Züge, und er schenkte ihnen Wasser nach.

»Ich weiß Ihre Hilfe ja wirklich zu schätzen – diese Gauner, die Ribeira vorige Nacht zugesetzt haben, hätten wir ohne Sie beide noch nicht hinter Schloss und Riegel. Aber ab jetzt bitte keine Alleingänge mehr, ja?«

Lisa zog einen Schmollmund, Jorge räusperte sich.

»Keine Alleingänge mehr«, wiederholte Perello. »Versprochen?«

»Versprochen«, antworteten beide kleinlaut.

»Gut«, sagte der Comisario und lächelte. »Dann will ich Ihnen mal erzählen, was wir bisher zum Tod von Sebastian Reusch erfahren haben. Schließlich müssen meine Hilfssheriffs ja den Stand der Ermittlungen kennen, nicht wahr?«

Perello war sofort wieder bester Laune, und je mehr Lisa und Jorge über die Ergebnisse der bisherigen Recherchen hören durften, desto mehr entspannten auch sie sich. Von allen drei Ganoven, die vor Ribeiras Finca verhaftet worden waren, hatte die Spurensicherung DNA in Reuschs Hotelzimmer gefunden – aber die musste nicht zwingend zum Zeitpunkt seines Todes dorthin geraten sein, also war damit noch nichts bewiesen. Der Boss der kleinen Gang, Pep Antoni Escuredo Martínez, genannt El Taure, war schon in Girona ein paar Mal ins Visier der Polizei geraten, die deshalb auch seine Fingerabdrücke und seine DNA in der Datenbank hatte.

Die Genspur von Pep hatte man auf Reuschs Kleidung sichern können – auf der sich ansonsten nur DNA von Reusch selbst sowie von einigen Mitreisenden und Hotelangestellten fand, die aber für die fragliche Zeit alle ein hieb- und stichfestes Alibi hatten. Auf dem Messer, das in Reuschs Rücken steckte, konnten keine hilfreichen Spuren gesichert werden – aber auch so deutete alles darauf hin, dass Pep Reusch erstochen und danach vermutlich auch über die Balkonbrüstung gestoßen hatte.

Über Peps Motiv konnten sie bisher nur spekulieren, aber das konnten sie ihn ja selbst fragen – sobald sie ihn erwischten. Die Fahndung nach ihm lief jedenfalls, und spätestens wenn er versuchte, die Insel mit Schiff oder Flugzeug zu verlassen, würde er der Polizei ins Netz gehen.

Inzwischen hatte sich Lisa schon wieder so gründlich von der Schelte des Comisario erholt, dass sie seinen Beschreibungen auch mit dem Hintergedanken sehr aufmerksam lauschte, die aufgeschnappten Details irgendwann einmal in einem Krimi verwenden zu können.

Perello war gerade fertig und machte Anstalten aufzustehen, da klingelte Jorges Handy. Auf dem Display wurde »Juan« angezeigt.

»Kann ich kurz rangehen, Comisario?«, fragte Jorge. »Das ist s'Orella, einer meiner Informanten.«

»Das Ohr – wie nett«, spottete Perello, lehnte sich aber in seinem Sessel zurück und wartete ab, was der Anruf bringen würde.

Jorge drückte die Lautsprechertaste, und es kam ein fürchterliches Durcheinander aus dem Gerät. S'Orella musste recht laut reden, um den Trubel zu übertönen, der im Hintergrund herrschte, und mehr als einmal rief er jemanden zur Ordnung, der offenbar während des Telefonats wütend auf ihn eindrang. Er hatte eine Limousine beobachtet, die aus Palma kommend westlich von Port d'Alcúdia in Richtung Pollença abgebogen war. Der Informant war davon überzeugt, dass im Fond des Wagens ein Geschäftsmann aus Madrid gesessen hatte, der ihm schon mehrfach bei Fincabesitzern rund um die s'Albufereta aufgefallen war. Und fast ebenso sicher war er, dass am Steuer sein Mann fürs Grobe saß: ein windiger Typ, den der Madrilene gern vorschickte, wenn es galt, Leute einzuschüchtern.

»Und wohin ist er unterwegs?«, fragte Jorge.

»Keine Ahnung, Jefe. Ich war gerade auf dem Kreisverkehr, als die Limousine reinkam. Ich natürlich sofort hinterher, aber dann hat mir aus Richtung Alcúdia ein Lastwagen die Vorfahrt genommen und ist mir volle Kanne in den Wagen gekracht. Seither stehe ich hier und warte, dass die Polizei den Unfall aufnimmt. Und der Fahrer des Lasters sieht natürlich überhaupt nicht ein, dass er schuld ist. Vielleicht hören Sie ihn im Hintergrund schimpfen?«

»Ja, ich höre ihn. Dann viel Glück mit dem LKW-Fahrer und mit der Polizei.«

»Danke, darauf könnte ich gut verzichten, wie Sie wissen.«

Dann war wieder eine schimpfende Männerstimme zu hören, und schließlich legte s'Orella auf.

»Und was glauben Sie, Jorge, hat Ihr ›Ohr‹ richtig hingeschaut?«, fragte Perello.

»Ich denke schon. Er hat zwar einen Knall mit seinem Spitznamen, aber auf seine Informationen ist in aller Regel Verlass.«

»Dann werde ich die Kollegen mal anweisen, dass sie in Pollença ein Auge auf diese Limousine haben. Mal sehen, was sich ergibt.«

Lisa und Jorge verabschiedeten sich, und Perello sah ihnen nach, bis sie die Bürotür hinter sich zugezogen hatten.

Armin Röpelmann hatte von Anfang an nicht daran geglaubt, dass sich Thomas Hürtz wirklich für eine der beiden internationalen Buchhandlungen in der Innenstadt von Palma interessierte, aber sein Konkurrent war nach der Zuckelei zuvor ganz plötzlich in einen sehr sportlichen Fahrstil verfallen und war so rasant durch die schmalen Gassen geflitzt, dass sie ihn aus den Augen verloren hatten. Also blieb ihnen als einzige Spur das, was sie dem älteren

Passanten hatten entlocken können, mit dem sie Hürtz während eines kurzen Halts am Straßenrand der Carretera de Manacor sprechen gesehen hatten. Und der Alte hatte darauf beharrt, dass sich Hürtz in fürchterlichem Spanisch nach zwei Buchhandlungen erkundigt habe, die eine große Auswahl an deutschsprachigen Büchern führten. Also kutschierte Röpelmann erst in die Carrer del Carme und danach zur Rambla – natürlich ohne dort Hürtz oder seinen Wagen zu Gesicht zu bekommen.

Schließlich fuhr er frustriert zurück zu der Stelle, an der sie Yago hatten aussteigen lassen, damit er den hünenhaften Begleiter von Hürtz verfolgte – doch als Röpelmann in der Einfahrt der dortigen Spedition ein Polizeiauto stehen sah, blickte er möglichst teilnahmslos nach vorn, ließ seinen Wagen gemächlich an dem Speditionsgelände vorbeirollen und nahm nach der nächsten Kreuzung den kürzesten Weg aus Palma heraus. Einige Kilometer außerhalb der Stadt tauschten Gonzalo und sein Auftraggeber wieder die Sitzplätze, und während der Glatzkopf Kurs auf Alcúdia nahm, versuchte Röpelmann vergeblich, Carrasco ans Telefon zu bekommen. Er hatte schon befürchtet, dass der Madrilene womöglich nicht mehr rangehen würde, wenn er die Nummer des Mannes im Display sah, der ihn vorher so hart rangenommen hatte. Aber auch als er die Anruferkennung unterdrücken ließ, meldete sich Carrasco nicht.

Blieb nur noch sein Kontaktmann auf der Insel. Der ging auch schon nach dem dritten Klingeln dran, aber er gab sich sehr geheimnisvoll und bestand darauf, sich auf keinen Fall in seiner Heimatstadt mit Röpelmann zu treffen.

»Geht klar, Don Vincente«, sagte Röpelmann und verdrehte dabei die Augen, weil ihm das Getue seines Gesprächspartners auf die Nerven ging. Gonzalo kicherte rau vor sich hin, aber Röpelmann ermahnte ihn mit einer Geste, nur ja still zu sein. »Wo sollen wir uns dann treffen? Wo?! Das ist jetzt nicht Ihr Ernst, Don Vincente, oder?«

Dann war das Gespräch beendet, und Armin Röpelmann massierte sich die Nasenwurzel. Er sah müde aus und seufzte. Dann lehnte er sich in seinem Sitz zurück und deutete auf die nächste Ausfahrt.

»Fahr da vorne raus und dann auf dem schnellsten Weg nach Sóller.«

»Nach Sóller? Ich dachte, dieser Don Vincente ist aus Alcúdia.«

»Ist er ja auch, aber er will dort nicht mit mir gesehen werden.«

Gonzalo zuckte mit den Schultern, und wenig später ging es nach Norden und hinter Bunyola in die Berge der Serra de Tramuntana hinauf.

Adriano Ribeira hätte sich ohrfeigen können. Er war nach dem Polizeieinsatz in Pollença so in Sorge um seine Finca gewesen, dass er nicht auf seine Frau hören wollte und unbedingt sofort aufs Land fahren musste. Er hatte ihr versprochen, rechtzeitig zum Abendessen wieder da zu sein, und er hatte auch sein Handy mitgenommen. Aber er war so auf den Weg fixiert, dass er den Wagen nicht bemerkte, der ihm in einigem Abstand folgte. Als er gerade die Haustür aufschloss, kam ein Mann von hinten an ihn heran, drückte ihm etwas in den Rücken, das sich wie der Lauf einer Schusswaffe anfühlte, und zischte ihm ins Ohr, er solle jetzt keine Mätzchen machen und ihm ganz ruhig und ohne Widerstand ins Haus vorangehen.

Nachdem ihn der Mann bis ins Wohnzimmer vor sich hergeschubst hatte, durfte sich Ribeira setzen, und nun sah er, dass er zwei Gäste hatte – zwei Männer, die er schon kannte. Tito, der ihn bedroht hatte, hielt eine Pistole auf ihn gerichtet, und Señor Carrasco aus Madrid stand neben seinem Handlanger, lächelte Ribeira ölig an und setzte sich dann ihm gegenüber an den Wohnzimmertisch.

»Ich wollte mich noch einmal mit Ihnen unterhalten, Señor Ribeira, wegen Ihrer Finca. Schön, dass Sie sich ein wenig Zeit für mich nehmen.«

Erst jetzt bemerkte Ribeira, dass Carrasco eine schmale Ledermappe in der linken Hand trug. Die legte er jetzt vor sich auf den Tisch, klappte sie auf, nahm einige zusammengeheftete Blätter heraus und schob sie Ribeira hin. Es war der Kaufvertrag, den er ihm schon einmal angeboten hatte.

»Ich habe meine Finca bereits verkauft, Señor Carrasco«, sagte Ribeira. »Und das wissen Sie auch. Es tut mir leid, ich kann Ihnen da nicht helfen.«

Ribeira schob den Vertrag wieder zurück. Tito machte auf ein Zeichen von Carrasco ein paar Schritte, stellte sich links hinter Ribeira und hielt ihm die Waffe an die Schläfe.

»Nun, ich will es mal so sagen: Mein Mitarbeiter Tito ist überzeugt davon, dass Sie mir helfen können. Und er wäre sehr enttäuscht, wenn es anders käme. Und wenn er enttäuscht ist, macht er die entsetzlichsten Dinge. Und das wollen wir doch beide nicht, Señor Ribeira, oder?«

Er schob den Vertrag wieder zum Fincabesitzer, der jetzt ängstlich zwischen den Papieren und Carrasco hin- und herblickte. Der Madrilene zog langsam einen schönen Füllfederhalter aus der Ledermappe und schraubte gemächlich die Kappe ab. Dann ging er um den Tisch herum, stellte sich rechts hinter ihn, sodass Ribeira nun von Carrasco und seinem Helfer umgeben war, und drückte ihm den Füller in die Hand. Ribeiras Hand zitterte.

»Wollen Sie nicht unterschreiben, Señor?«, fragte Carrasco nach einer Weile.

»Ich ...« Ribeira schluckte und setzte neu an. »Ich habe bereits einen Vertrag unterschrieben, und das wissen Sie. Selbst wenn ich das hier unterschreiben würde, wäre doch der alte Vertrag gültig und der hier nichtig. Bitte, Señor Carrasco, lassen Sie mich gehen. Wenn Sie sich mit dem Käufer meiner Finca einigen können, soll es mir egal sein, wer sie am Ende bekommt. Aber lassen Sie mich bitte da raus.«

»Ach, Señor Ribeira«, raunte ihm Carrasco ins Ohr. »Es wäre wirklich besser für Sie, wenn Sie jetzt Ihre Wahl treffen würden. Die richtige Wahl, natürlich.«

»Wahl? Was ist denn das für eine Wahl? Entweder Sie erschießen mich – oder die anderen erschießen mich! Es läuft doch alles auf dasselbe hinaus: Am Ende liege ich tot irgendwo im Straßengraben oder hier auf meiner Finca. Vielen Dank auch!«

»Sie sind anstrengender, als Ihnen zusteht, Señor Ribeira. Sie unterschreiben das jetzt, um den Rest müssen Sie sich dann keine Sorgen mehr machen, glauben Sie mir.«

Ribeiras Hand zitterte noch stärker, Schweiß stand ihm auf der Stirn, aber er blieb stocksteif sitzen, die Spitze der Füllfeder einen guten Zentimeter über der Tischplatte. Carrasco wartete noch einen Moment, dann seufzte er, packte Ribeiras rechte Hand und führte sie samt Füller zum unteren Ende des Kaufvertrags. Dann malte er recht schwungvoll die Unterschrift, wie er sie sich vom ersten Mal her gemerkt hatte, an die passende Stelle. Dann schob er das obere Vertragsexemplar zur Seite und unterzeichnete mit der Hand des Fincabesitzers auch die zweite Ausführung.

Ribeira ließ alles mit sich geschehen und blieb reglos sitzen, nicht einmal seine Hand wagte er wegzuziehen. Als der Namenszug zum zweiten Mal vollendet war, nahm Carrasco ihm wieder den Füller aus der Hand, schraubte den Füllfederhalter zu und steckte ihn weg. Dann wedelte er die beiden Verträge trocken, ließ ein Exemplar vor Ribeira auf dem Tisch liegen und steckte das andere in seine Ledermappe, die er daraufhin ohne Eile wieder schloss. Schließlich nickte er Tito kurz zu.

Im nächsten Moment spürte Adriano Ribeira von der Schläfe her einen stechenden Schmerz in seinem Kopf explodieren.

Dann wurde es schwarz um ihn.

– NOU –

Sie hatten kaum das Polizeigebäude verlassen, als Jorges Handy schon wieder klingelte. Die angezeigte Nummer sagte Bennàssar auf den ersten Blick nichts, und auch die Stimme des Anrufers erkannte er nicht sofort.

»Señor Bennàssar«, krächzte Adriano Ribeira am anderen Ende der Verbindung, »bitte kommen Sie schnell. Ich wurde überfallen. Dieser Geschäftsmann aus Madrid war wieder da, diesmal zusammen mit seinem Handlanger. Die beiden ...«

Husten am anderen Ende, ein Räuspern, ein Stöhnen.

»Mir geht's nicht gut, mir platzt fast der Schädel, glauben Sie mir. Können Sie bitte schnell kommen?«

»Ja, natürlich, wir sind schon unterwegs. Sie sind auf der Finca?«

»Ja. Ich war ja in Pollença, wie Sie wissen, bei meiner Tochter, aber nach dem ganzen Trubel wollte ich unbedingt noch nach der Finca sehen. Tja, und da haben sie mich überrumpelt und ... ach, den Rest erzähle ich Ihnen, wenn Sie hier sind, okay? Bis gleich.«

Damit legte Ribeira auf, und Jorge spurtete los.

»He, Jorge!«, rief ihm Lisa hinterher. »Warten Sie! Wir müssen doch noch dem Comisario Bescheid geben.«

Jorge blieb stehen und sah sie unschlüssig an.

»Müssen wir das?«

»Wir haben es ihm eben versprochen, schon vergessen?«

Jorge verzog das Gesicht.

»Jetzt geben Sie sich schon einen Ruck, Jorge!«

»Gut, aber wir fahren jetzt los und geben ihm von unterwegs übers Handy Bescheid. Ribeira klang, als sollten wir so schnell wie möglich bei ihm sein.«

Während sie zu ihrem Wagen eilte, wo Jorge schon ungeduldig neben der verschlossenen Beifahrertür wartete, wählte Lisa die Nummer von Perello, und kurz darauf waren außer ihr und Jorge auch ein Notarztwagen und mehrere Einsatzfahrzeuge der Guardia Civil auf dem Weg zu Adriano Ribeiras Finca.

Pep war unschlüssig, was er als Nächstes tun sollte. In Pollença hatte er mitbekommen, wie plötzlich jede Menge Polizisten in das Haus gegenüber der Stelle gestürmt waren, wo er die deutsche Journalistin mit Ribeira hatte sprechen sehen. Es hatte Pep einige Mühe gekostet, ihnen nicht in die Quere zu kommen und unbemerkt wieder aus der Stadt zu gelangen. Am Ortsrand in Richtung s'Albufereta hatte er sich eine Weile versteckt gehalten, dann war er zu Ribeiras Finca rausgefahren und hatte die Büsche auf dem Grundstück nach seinem Handy abgesucht. Es musste ihm unbemerkt aus der Tasche gerutscht sein, während er in der Nacht dort herumgekrochen war.

Es dauerte mehr als eine Stunde, bis er das Gerät gefunden hatte. Zwischendurch musste er immer wieder kurz in Deckung gehen, weil gelegentlich Autos zu hören waren, die dann aber doch nur auf der Landstraße vorbeifuhren und nicht zur Finca abbogen. Er stieg in den Wagen und fuhr wieder in Richtung Pollença, wo er nachschauen wollte, ob sich dort die Lage inzwischen wieder beruhigt hatte.

Als er das Handy einschaltete, fand er mehrere neue Nachrichten vor, die ihn darüber informierten, dass sein Auftraggeber versucht hatte, ihn zu erreichen. Er fuhr rechts ran und brachte seinen Wagen zwischen Büschen zum Stehen. Aus alter Gewohnheit hatte er Deckung gesucht, nun kaute er auf seiner Unterlippe herum und dachte darüber nach, ob er Hürtz jetzt wirklich anrufen sollte oder nicht. Er hatte noch nicht zu Ende gedacht, da näherte sich von Pollença her ein zerbeulter Pick-up. Am Steuer sah er Ribeira sitzen, die Stirn sorgenvoll zerfurcht. Er sah ihm nach und überlegte, was das nun wieder zu bedeuten hatte, da kam auch schon ein zweiter Wagen vorbei: eine teure Limousine mit einem hageren Galgenvogel am Steuer und einem Mann im feinen Zwirn auf der Rückbank. Pep erkannte den Geschäftsmann aus Madrid und seinen Handlanger sofort, aber dass die beiden hier waren und offenbar Ribeira verfolgten, verwirrte ihn noch mehr. Noch bevor er einen klaren Gedanken hätte fassen können, klingelte sein Handy. Im Reflex nahm er das Gespräch an, und sofort blies ihm Thomas Hürtz ordentlich den Marsch.

»Wo steckst du gerade?«, fragte ihn der Deutsche am Ende seiner Tirade, und Pep, noch mehr verwirrt und nun auch noch verängstigt, legte wortlos auf.

Nach einer Weile kam die Limousine wieder vorbei, diesmal in Richtung Pollença. Pep erwog, den Madrilenen zu verfolgen, entschied sich dann aber doch, zu Ribeiras Finca zu fahren. Der zerbeulte Pick-up war vor dem Haus geparkt, die Tür stand einen Spalt offen, niemand war zu sehen. Langsam schlich sich Pep an das Haus heran, lugte durch die Fenster und betrat, als er nichts Ungewöhnliches sehen konnte, vorsichtig den Flur. Aus dem Wohnzimmer war ein leises Stöhnen zu hören. Pep näherte sich langsam. Unter seinen Schuhen knarzte eine Diele, und er blieb stehen, stocksteif vor Schreck.

»Sie sind schon da, Señor Bennàssar?«, hörte er aus dem Wohnzimmer die Stimme von Adriano Ribeira. »Waren Sie denn schon in der Nähe, oder warum haben Sie das so schnell geschafft?«

Ribeira verstummte, als Pep in sein Blickfeld trat.

»Scheiße!«, knurrte der Fincabesitzer und rieb sich die Schläfen.

Offenbar hatte er gewaltiges Kopfweh. Pep trat an den Tisch und musterte den Mann, dann fiel ihm der Vertrag auf, der vor ihm lag. Er überflog, was dort stand, las den Namen des eingetragenen Käufers und sah die Unterschrift.

»Spinnst du?«, fuhr er Ribeira an. »Du kannst doch deine Finca nicht immer und immer wieder verkaufen!«

»Ich ...«

»Du? Du hältst jetzt die Klappe und erklärst mir, was das soll mit diesem neuen Vertrag!«

»Kann ich ja nicht, wenn ich die Klappe halten soll.«

»Klugscheißer. Red schon, sonst ...«

Pep holte aus, als wollte er Ribeira eine Ohrfeige verpassen.

»Sie können mich bedrohen, wie Sie wollen. In ein paar Minuten ist der frühere Polizeichef hier, und wahrscheinlich bringt er die Guardia Civil gleich mit. Und dann werden Sie ...«

Die Ohrfeige schallte, und Ribeira brach mitten im Satz ab.

»Sag mir endlich, was dieser Vertrag hier soll! Los jetzt!«

Ribeira erzählte ihm von Carrascos Besuch, und wann

immer er ins Fabulieren kam, um Zeit zu schinden, schnitt ihm Pep das Wort ab und ermahnte ihn zur Eile. Dazu brauchte es unter anderem zwei weitere Ohrfeigen, und als die letzte, besonders kräftige den jammernden Ribeira vom Stuhl fegte, machte sich Pep lieber aus dem Staub und flitzte zu seinem Wagen.

Lisa und Jorge verpassten ihn nur um wenige Minuten. Ribeira war nach der letzten Ohrfeige gleich auf dem Boden liegen geblieben. Als er wieder Schritte im Hausflur hörte, krabbelte er sicherheitshalber in die Ecke hinter der Wohnzimmerkommode.

»Wir sind's, Señor Ribeira«, beruhigte ihn Jorge, als er ihn in seinem Versteck entdeckte, zitternd wie Espenlaub.

»Gott sei Dank«, seufzte der Fincabesitzer. »Mir reicht's langsam mit Gaunern, die mich bedrohen und verhauen. Gerade war Pep da, dieser Blödmann, der sich El Taure nennt. Der hat den neuen Vertrag gesehen, wollte wissen, warum es den gibt, und hat mir zwischendurch immer wieder eine runtergehauen.«

Erst jetzt sah Jorge das unterzeichnete Exemplar auf dem Tisch liegen. Lisa nahm die Papiere und blätterte sie durch.

»Dieser Mann aus Madrid war wieder da«, erklärte Ribeira, »das habe ich Ihnen ja schon am Telefon erzählt. Er wollte, dass ich diesen Vertrag unterschreibe. Allmählich ist es mir egal, wer meine Finca kauft – Hauptsache, die lassen mich irgendwann in Ruhe ...«

»Und dann haben Sie unterschrieben? Aber Sie haben die Finca doch schon verkauft.«

»Das weiß ich doch, und ich habe ja eigentlich auch nicht unterschrieben.«

»Wie eigentlich?«

»Na ja, der Madrilene hat mir den Vertrag hingelegt, und sein Handlanger hielt mir eine Pistole an den Kopf, damit ich unterschreibe. Ich wollte aber nicht. Da hat der Typ aus Madrid meine Hand genommen, hat mir einen Füller zwischen die Finger fabriziert und hat mir die Hand geführt.«

Jorge musterte die Unterschrift. Sie wirkte etwas wacklig.

»Okay. Und dann?«

»Dann hat mir der Handlanger die Pistole gegen die Schläfe geschlagen, und ich bin bewusstlos geworden. Als ich wieder zu mir kam, habe ich Sie angerufen. Kurz darauf stand dieser Pep vor mir und war natürlich stinksauer wegen des Vertrags. Ein paar Fragen, ein paar Ohrfeigen, dann war er wieder weg. Ist gerade erst hier raus. Sie müssten seinem Wagen eigentlich begegnet sein.«

»Mist«, schimpfte Jorge. »Aber uns ist kein Auto entgegengekommen, also wird er in Richtung Pollença gefahren sein. Haben Sie eine Ahnung, wohin er unterwegs sein könnte?«

Draußen raste ein Krankenwagen mit dröhnendem Signal heran und kam abrupt zum Stehen, schnelle Schritte näherten sich dem Haus. Lisa ging in den Flur und kehrte mit zwei Sanitätern und einer Ärztin zurück. Während sich die drei um Ribeira kümmerten, konnte der noch kurz von seinem Nachbarn Señor Alemany erzählen, dessen Anwesen im Norden an seine Finca angrenzte und der sich bisher noch nicht zum Verkauf seines Grundstücks entschieden hatte.

»Dem habe ich noch heute früh von Ihrer nächtlichen Hilfsaktion berichtet. Jetzt ist er wahrscheinlich selbst völlig durch den Wind, weil er auch für sich das Schlimmste befürchtet. Vielleicht sind diese Halsabschneider jetzt zu ihm gefahren.«

Vor Ribeiras Haus trafen sie Comisario Perello, der mit seinen Leuten in mehreren Fahrzeugen herangebraust war. Jorge brachte ihn aufs Laufende, und schon ging es in hohem Tempo nach Norden. Die Finca des Nachbarn war schnell erreicht. Vor dem Wohngebäude stand eine Limousine, und Lisa beschlich das Gefühl, als hätte sich hinter einem der Fenster im Erdgeschoss etwas bewegt. Offenbar wurden sie beobachtet. Sie machte Jorge und Perello darauf aufmerksam, aber die beiden hatten es auch bemerkt.

Langsam gingen sie auf das Haus zu. Sie waren ein paar Meter entfernt, als die Eingangstür einen Spaltbreit geöffnet wurde und in der schmalen Öffnung ein Mann um die sechzig erschien, schlank, mit wildem grauem Schopf, der eine ausgebleichte Stoffhose, ein helles Hemd und ramponierte Hauslatschen trug.

»Señor Alemany?«, fragte Perello und zeigte, als der Mann nickte, seinen Dienstausweis. »Wir kommen von Ihrem Nachbarn, Señor Ribeira. Er meinte, dass drei Männer, die wir suchen, womöglich bei Ihnen gewesen sein könnten.«

Perello musterte sein Gegenüber, aber Alemany rührte keine Miene, sondern zuckte nur mit den Schultern.

»Und? War jemand hier?«, hakte Perello nach, als ihm die Pause zu lang wurde.

»Ja, mehrere Männer waren da. Erst ein herausgeputzter Gockel aus Madrid mit seinem halbseidenen Gehilfen. Dann ein schmieriger Ganove, der sich wohl viel auf seine katalanische Abstammung einbildet, aber letztlich doch nur ein Windei ist.«

»Und wo sind die Männer hin?«

»Zwei liegen drüben in dieser Protzkarre, der andere ist auf und davon.«

Perello sah zur Limousine hinüber, dann kommandierte er einige seiner Beamten, die sich bisher im Hintergrund gehalten hatten, zu dem Wagen.

»Comisario!«, rief kurz darauf einer der Polizisten. »Da liegen zwei auf der Rückbank, gefesselt und geknebelt.«

Perello stutzte und sah Alemany fragend an, doch der machte keine Anstalten, etwas zu erklären, sondern stand einfach nur in der Tür.

»Jetzt reden Sie schon, Señor! Was ist hier passiert? Waren Sie das mit den beiden Männern?«

»Nein, ich ...«

Alemany zögerte einen Moment, bevor er weitersprach. Perello gab ihm mit einem Handzeichen zu verstehen, dass er bitte einen Moment warten solle. Er ging zu einem seiner Kollegen, der vor der Limousine stand, und raunte ihm zu: »Schaut euch bitte mal unauffällig um, durch die Fenster und an Alemany vorbei durch die Tür. Könnte sein, dass da drin einer steht, der ihn mit der Waffe bedroht – und dass der Mann deshalb so einsilbig ist.«

Dann trat Perello wieder vor die Tür, und einige Beamte schwärmten unauffällig aus und sahen sich um. Alemany achtete nicht weiter darauf, sondern konzentrierte sich ganz auf den Comisario.

»Bitte, Señor«, sagte der, »Sie wollten gerade erzählen, wer die Männer in den Wagen geschafft hat.«

»Das waren drei Männer, die ich nicht kannte. Die haben die beiden anderen überwältigt, gefesselt und in ihrem eigenen Wagen deponiert.«

»Aha? Und was war mit diesem anderen, den Sie noch erwähnt hatten? Diesem schmierigen Ganoven?«

»Der ist abgehauen, kurz bevor die drei anderen kamen.«

»Und was passierte, nachdem die drei anderen die beiden in der Limousine deponiert hatten?«

»Dann haben sie mich gefragt, wo der Schmierige hin ist, und dem sind sie dann hinterhergefahren.«

»Es ist also niemand mehr hier bei Ihnen?«

»Nein.«

Perello sah sich um. Die anderen Beamten gingen zur Limousine zurück und schüttelten kaum merklich den Kopf.

»Gut, Señor Alemany«, sagte Perello. »Und es geht Ihnen gut?«

»Ja, nur hätte ich irgendwann gern mal wieder meine Ruhe. Ich bin ja nicht auf diese Finca gezogen, damit ich hier denselben Trubel habe wie in Palma, nicht wahr?«

Er lachte trocken, es klang ein wenig aufgesetzt.

»Was wollten die beiden in der Limousine eigentlich von Ihnen?«, nahm Perello noch einen weiteren Anlauf.

»Die Finca kaufen wie der Dritte auch. Aber ich verkaufe nicht. Das habe ich denen schon mehrmals gesagt, doch sie wollen nicht hören. Also kommen sie immer wieder und nerven mich. Kann man eigentlich nichts dagegen unternehmen? Kann ich denen verbieten, hier aufzukreuzen?«

Perello zuckte mit den Schultern.

»Grundsätzlich können Sie auf Ihrem Grundstück alles Mögliche verbieten. Fragt sich nur, ob die sich dran halten.«

Alemany nickte brummend.

»Sie kannten die drei, die Sie belästigt haben, also schon?«

»Leider ja. Carrasco heißt der Spanier vom Festland, Tito sein Handlanger, und der Dritte nennt sich El Taure, aber als er mit seinen Leuten schon einmal da war, haben die ihn immer Pep genannt.«

»Hat Ihnen einer der drei Männer etwas angetan?«

Alemany streckte einen Arm aus, und als die Hand neben dem Türrahmen wieder zum Vorschein kam, hielten seine knochigen Finger den Lauf einer alten Flinte umklammert.

»Das soll sich einer trauen!«, knurrte er.

»Seien Sie vorsichtig mit dem Ding. Einen Waffenschein haben Sie hoffentlich?«

»Klar, sonst hätte ich Ihnen die Knarre ja wohl kaum gezeigt.«

»Gut. Ihrem Nachbarn Ribeira wurde übrigens übel mitgespielt. Erst hat ihn der Madrilene betrogen, dann hat ihn dessen Handlanger niedergeschlagen – und als er später noch benommen am Tisch saß, kam Pep rein und verpasste ihm einige Ohrfeigen. Also passen Sie bitte auf sich auf, ja?«

»Wird gemacht. Von den zwei Deppen da drüben habe ich ja wohl fürs Erste nichts mehr zu befürchten. Und dieser Taure kann gern noch einmal kommen.« Er schüttelte die Flinte und lachte böse. »Als ich ihm die vorhin gezeigt habe, ist er sofort abgehauen.«

»Und die drei anderen Männer kannten Sie nicht?«, fragte Perello.

»Nein.«

»Können Sie die drei denn beschreiben?«

Die Beschreibung kam wie aus der Pistole geschossen, und Jorges Augen wurden immer größer, als nach und nach alle Merkmale seiner nächtlichen Helfer Felipe, Raul und Don Xalvador aufgezählt wurden. Auch Perello wusste, von wem die Rede war, und er sah Jorge prüfend an. Der konnte aber nur mit den Schultern zucken.

Sehr nachdenklich verließen die drei die Finca.

Ruben Alemany blieb in der Tür stehen, bis sich nur noch zwei Beamte vor seinem Haus befanden und auf den Abschleppwagen warteten, der die Limousine zur Kriminaltechnik bringen würde. Er nickte ihnen zum Abschied zu und schloss die Tür. Dann tappte er durch den Flur und in die Küche. Er zog eine schmale Tür auf, hinter der sich ein großer Mann zwischen Einmachgläsern, einem riesigen Schinken und anderen Vorräten eingezwängt hatte.

»Sie können jetzt rauskommen. Die Luft ist rein. Zwei Polizisten sind noch draußen, aber wenn Sie nach hinten raus verschwinden, sieht Sie keiner.«

»Danke, Señor Alemany«, sagte Fred. »Danke, dass Sie mich nicht verpfiffen haben.«

»Na hören Sie mal! Da drohen mir zwei Männer allerhand an, nur damit ich ihnen meine Finca verkaufe, und dann kommt ein Fremder dahergeschlichen und setzt die beiden außer Gefecht, bevor ich auch nur die Möglichkeit habe, meine Flinte zu holen. Da kann ich Sie ja wohl schlecht verpfeifen, da muss ich mich bei Ihnen bedanken.«

»Schon recht«, wehrte Fred ab. »Nur blöd, dass mir der Dritte durch die Lappen gegangen ist.«

»Allerdings. Der hat wohl vorhin meinen Nachbarn geschlagen. Der Comisario hat was von Ohrfeigen erzählt. Ribeira soll noch ganz benommen von dem Schlag gewesen sein, den ihm dieser Tito verpasst hat.«

Alemany schüttelte den Kopf, als könne er so viel Niedertracht gar nicht verstehen. Und Fred nickte grimmig.

»Diesen Trottel nehme ich mir als Nächsten vor, keine Sorge.«

»Das ist gut. Und ... und was wollten Sie eigentlich von mir, Señor Fred?«

»Ach, ich trau's mich kaum zu sagen. Ich soll Sie ja eigentlich auch überreden, dass Sie Ihre Finca verkaufen.«

Alemany wich zwei Schritte zurück, aber Fred beruhigte ihn.

»Von mir haben Sie nichts zu befürchten. Ich glaube ohnehin, ich arbeite für den Falschen. Mein Auftraggeber ist derselbe wie der von Pep, aber den …« – er deutete grinsend mit dem Daumen hinter sich zu den Gläsern mit dem Gemüse – »… den werde ich jetzt wohl erst einmal einmachen.«

Fred drückte dem Mann die Hand. Alemany zeigte ihm die Hintertür und schaute ihm nachdenklich hinterher, bis der Hüne mit schnellen Schritten in einiger Entfernung zwischen den Büschen verschwand.

Gonzalo warf dem Mann, der neben ihm stand, immer wieder verstohlene Blicke zu, doch Röpelmann stierte die ganze Zeit nur finster vor sich hin. Auf der Fahrt nach Sóller hatte er mehrfach übers Handy versucht, seinen Kontaktmann umzustimmen und ihn zu einem weniger albernen Treffpunkt zu überreden, aber der ließ sich nicht von seinem Plan abbringen. Auf dem letzten Wegstück vom Auto zur Kirche Sant Bartomeu vertrat sich Röpelmann dann auch noch den linken Fuß, weil er nicht auf die Straßenbahnschienen geachtet hatte, die in einem eleganten Bogen zwischen den Außenbereichen der Restaurants verliefen.

Und nun saßen sie seit einer halben Stunde auf einer der dunklen Holzbänke in der Kirche und warteten auf den Mann aus Alcúdia.

»Soll ich nicht doch lieber draußen Posten beziehen und

mich im Hintergrund halten, wenn der Typ kommt?«, schlug Gonzalo vor. »Nur für alle Fälle ... Nicht dass dieser Don Vincente Sie reinlegen will.«

»Nicht nötig, Gonzalo. Dieser Depp wird es nicht wagen, mir blöd zu kommen. Ich lass ihm für diesmal sein dämliches Agentenspielchen durchgehen, aber zu befürchten haben wir von diesem Einfaltspinsel ganz sicher nichts.«

Wenig später hörten sie, wie das Portal ein weiteres Mal geöffnet wurde. Diesmal schien es sich nicht um Besucher zu handeln, die sich für den prächtigen Kronleuchter über dem Mittelgang, die große Orgel oder die zahlreichen Seitenkapellen interessierten. Die Schritte kamen direkt auf sie zu. In der Bankreihe hinter ihnen war das Knarren von Holz zu hören, dann eine zischende Stimme.

»Ist Ihnen auch niemand gefolgt?«

Röpelmann seufzte.

»Don Vincente«, sagte er dann, und Gonzalo hörte seiner Stimme an, wie sehr er sich um einen ruhigen Tonfall bemühen musste, »wer soll uns denn bitte gefolgt sein? Von Palma nach Sóller und dann hierher in diese ...« Röpelmann räusperte sich. »In diese ganz besonders schöne Kirche.«

»Gut, gut«, kam es von hinten. »Auch ich habe keine Verfolger bemerkt. Und hier ...« Der andere legte eine Pause ein, um sich nach allen Richtungen umzusehen. »Und hier scheint uns im Moment auch niemand zu beobachten. Wir können also reden.«

Röpelmann seufzte erneut und machte Anstalten, sich umzudrehen.

»Nein, nicht umdrehen, Señor!«, entfuhr es dem anderen. »Wir sollten nichts riskieren, bitte!«

Röpelmann und Gonzalo wechselten einen kurzen Blick, dann standen beide auf, arbeiteten sich zum jeweils entgegengesetzten Ende ihrer Bank vor und kamen dann von beiden Seiten auf den Mann aus Alcúdia zu. Schließlich ließen sie sich direkt neben ihm auf der Bank nieder. Der Mann war etwas blass geworden und musterte nun erst den muskulösen Glatzkopf zu seiner Linken, dann den sehr genervt wirkenden Armin Röpelmann zu seiner Rechten.

»So, Don Vincente«, begann dieser mit leiser Stimme. »Nun lassen wir den Quatsch bitte sein und kommen zum Geschäftlichen.«

»Aber Señor Röpelmann«, setzte Vincente an, doch der Deutsche hob nur die Hand und brachte ihn so zum Verstummen.

»Also, passen Sie auf, ich erklär's Ihnen gern noch einmal: Ich will Grundstücke kaufen, und ich will Geld damit verdienen – da müssen Sie nicht so tun, als wären wir kurz davor, die Banco de Sóller auszurauben. Sie sollen mir dabei helfen, und mein Informant hat mir anvertraut, dass Sie gute Kontakte haben – und dass Sie einen Auftrag gerade gut gebrauchen können.«

»Nun ja«, wand sich Vincente, »genau genommen habe ich viel zu viel zu tun, aber für Sie könnte ich mir Zeit freischaufeln, weil ich Sie so einschätze, dass Sie Hilfe zu honorieren wissen, und ich deshalb ...«

»Schwafeln Sie nicht so rum«, schnitt ihm Röpelmann das Wort ab. »Mein Informant hat mir außerdem gesagt, dass Sie mehr oder weniger raus sind aus dem Geschäft. Dass ein Konkurrent Sie ausgebootet hat und dass Sie nicht einmal mehr genug Laufbotenjobs zu vergeben haben, um Ihren Handlanger Juan zu beschäftigen.«

»Ich muss schon ...«, setzte Vincente an, aber der Deutsche unterbrach ihn erneut.

»Geschenkt, Señor Granota. Und ich werde Sie auch weiterhin Don Vincente nennen, wenn Ihnen das Freude bereitet. Aber Sie müssen mir keine Märchen erzählen, ich bin im Bilde.«

Vincente presste seine Lippen zusammen.

»Don Vincente, können Sie mir helfen?«

Dieser nickte.

»Es gibt mit dem Kauf von mindestens zwei Fincas Probleme«, fuhr Röpelmann fort. »Gonzalo gibt Ihnen die Adressen, und Sie sorgen dafür, dass die beiden Besitzer endlich verkaufen. Zu einem vernünftigen Preis und nur an mich. Verstanden?«

Vincente nickte und nahm den Zettel entgegen, den Gonzalo ihm hinhielt. Er überflog die wenigen Zeilen.

»Ah, Ribeira und Alemany ...«

»Sie kennen die beiden?«

»Ich kenne jeden in meiner Stadt und in der Gegend drum herum«, prahlte Vincente, wurde aber gleich wieder etwas kleinlauter, als er Röpelmanns strengen Blick auffing.

»Umso besser. Dann machen Sie sich jetzt am besten gleich auf den Weg und bringen für beide Fincas die Kaufverträge unter Dach und Fach«, meinte der Deutsche. »Mit Ihren Verbindungen sollte das ja keine große Sache sein.«

Vincente fühlte sich durch den letzten Satz sichtlich geschmeichelt, aber Gonzalo hatte den spöttischen Unterton bemerkt und konnte sich ein Grinsen kaum verkneifen. Der Mann aus Alcúdia bekam von beidem nichts mit, sondern schien damit zu kämpfen, wie er das, was ihm augenscheinlich auf der Zunge lag, am besten loswerden konnte.

»Das mache ich sehr gern für Sie, Señor Röpelmann«, begann er schließlich. »Aber das Honorar, das Sie mir genannt haben ...«

Röpelmann hob die Augenbrauen, und Vincente kam ins Stocken, überwand sich dann aber doch.

»Wie Sie ja selbst schon gesagt haben, Señor ... kommt es in diesem Fall sehr auf meine guten Kontakte an und ... da wäre eine etwas höhere Aufwandsentschädigung ja eigentlich nur recht und billig, nicht wahr?«

Gonzalo spannte seine Muskeln ein wenig an, aber Vincente war zu sehr auf das Gesicht von Armin Röpelmann konzentriert, um daraus eine Reaktion abzulesen. Die Miene des Deutschen machte ihm nicht viel Hoffnung auf einen Erfolg.

»Schauen Sie, Señor«, setzte Vincente neu an, und seine Stimme hatte etwas Lauerndes bekommen, »in der heutigen Zeit müssen wir doch alle schauen, wo wir bleiben, nicht wahr? Und gerade jetzt, wo ich, wie Sie vorhin richtig angemerkt haben, eine gewisse geschäftliche Flaute durchzustehen habe ...«

Röpelmanns Kiefer mahlten, aber er schwieg. Gonzalo behielt seinen Chef im Blick und war bereit, den Mallorquiner jeden Moment in seine Gewalt zu bekommen.

»Es sind schwere Zeiten, Señor«, schwadronierte der ahnungslose Vincente weiter und zog auch aus den nur noch halb geöffneten Lidern des Deutschen nicht die richtigen Schlüsse. »Und nachdem Sie so nett waren, mir die Namen der beiden Fincabesitzer zu geben, die Ihnen noch Schwierigkeiten bereiten, wäre es für mich ja auch ein Leichtes ... Ich meine ... Ich bin bekannt für meine Loyalität, aber mir ist zu Ohren gekommen, dass es ein anderer Investor, ebenfalls ein Deutscher, auf dieselben Grundstücke und Gebäude abgesehen hat wie Sie. Und vielleicht ist ja er bereit, mir mehr … Sie verstehen, Señor?«

»Ich verstehe«, presste Röpelmann heiser hervor, sah Vincente einen Moment direkt in die Augen und nickte dann Gonzalo zu.

Vincente wollte sich gerade entspannen und quittierte seinen vermeintlichen Verhandlungserfolg mit einem selbstzufriedenen Lächeln, da spürte er das Metall in seiner linken Seite.

»Wissen Sie, Don Vincente«, sagte Röpelmann, und seine Stimme war plötzlich schneidend, »für die Loyalität meiner Helfer bin ich nicht zwingend auf deren guten Willen angewiesen. Ich nehme an, Sie spüren inzwischen das recht überzeugende Argument, das der gute Gonzalo Ihnen in die Seite drückt. Es handelt sich um den Lauf einer Pistole mit Schalldämpfer, und dieser Lauf ist so ausgerichtet, dass gleich die erste Kugel Ihr Herz trifft, womit diese unangenehme Besprechung ein für alle Mal beendet wäre. Niemand wird irgendetwas Verdächtiges hören, und bis sich jemand darum kümmert, was mit dem Schlafenden auf dieser Kirchenbank los ist, sind Sie längst tot und wir über alle Berge.«

Sofort war ein leises Geräusch zu hören, das Gonzalo nicht gleich als das Klappern von Vincentes Zähnen identifizierte, aber ein flüchtiger Blick auf die Bank und das dünne Rinnsal, das von dort auf den Boden zwischen den Füßen des Mannes floss, widerte ihn schon genug an.

»Wir gehen jetzt ganz langsam aus dieser Kirche raus«, fuhr Röpelmann fort. »Und dann schauen wir mal, wohin uns unser Gespräch noch führen wird.«

Damit stand er auf, sah sich im Mittelgang noch einmal unauffällig um und wandte sich zum Hauptportal. Gonzalo bugsierte Vincente vor sich her, achtete darauf, nicht mit den Schuhen in die Pfütze unter der Bank zu treten, und hielt sich immer zwei Schritte hinter dem anderen. Die drei Männer verließen Sant Bartomeu, ohne dass jemand auf sie geachtet hätte. Sie hielten auf eine schmale Gasse zu, und nach wenigen Metern schubsten sie den schlotternden Vincente Granota in einen Hofeingang und nahmen ihm das Handy ab, das er in der Jackentasche bei sich trug.

Perello hatte sich von Jorge und Señorita Lisa schon auf der Finca von Ruben Alemany verabschiedet. Dabei hatte er die beiden gefragt, ob sie nach Abschluss des Falls vielleicht Lust auf einen Tequila und einige Tapas hätten. Insbesondere Lisa hatte erfreut zugesagt, und als ihr auffiel, dass sie dabei vielleicht etwas zu viel Euphorie hatte durchblicken lassen, errötete sie. Perello hatte das mit einem charmanten Lächeln quittiert, bevor er wieder ernst wurde. Er tippte sich mit Zeige- und Mittelfinger an die Stirn, als trüge er eine Uniformmütze, und fuhr mit seinen Leuten davon.

Nun saß er dem Geschäftsmann aus Madrid gegenüber, der sich im Vernehmungszimmer die Handgelenke rieb, auf denen noch Abdrücke der Fesseln zu sehen waren. Immer wenn das Gespräch mit Carrasco zäh wurde, ließ Perello ihn mit einem Kollegen zurück und befragte so lange Tito, der im Nachbarzimmer untergebracht war. So entlockte er mal dem einen und mal dem anderen erste Informationen, und schließlich ließ sich Carrasco von dem Angebot verlocken, dass sich eine umfassende Aussage sicher strafmindernd auswirken würde.

»Okay, Comisario, dann werde ich Ihnen jetzt alles erzählen, was ich weiß. Viel ist es leider nicht, aber schauen wir mal, was Sie damit anfangen können. Ich bin als Geschäftsmann vor einigen Jahren … nun ja … in wirtschaftliche Schieflage geraten. Unverschuldet natürlich.«

Perello grinste. »Sie haben zwei Geschäftspartner betrogen, um die Schulden bei einem Dritten bezahlen zu können. Die beiden sind Ihnen draufgekommen, das hat sich in Madrid herumgesprochen, und kurz darauf wollte keiner mehr mit Ihnen Geschäfte machen. Das Nächste, was über Sie in den Polizeiakten steht, sind Dinge wie Konkursverschleppung, Bilanzfälschung …«

»Ja, ja, schon gut, Comisario. Ist ja auch egal. Geschäftlich habe ich seither jedenfalls in Madrid keinen Fuß mehr auf den Boden gebracht. Irgendwann hat mir dieser Investor aus Düsseldorf ein Angebot gemacht, das wie eine verdammt gute Chance aussah. Ich sollte auf Mallorca ein paar Grundstücke kaufen, dabei fungierte ich als Strohmann des Düsseldorfers – und er hat mir dafür auch das Geld zur Verfügung gestellt. Er hat ein Konto eingerichtet, auf das ich Zugriff hatte.«

»Zugriff auf ein Konto? Sie als aufgeflogener Betrüger?«

»Also bitte!«

Carrascos Entrüstung wirkte echt, verflog aber schnell.

»Mein Düsseldorfer Auftraggeber hat mich wissen lassen, dass ich ihn besser nicht übers Ohr haue. Er hat mir zwei Männer geschickt, einen muskelbepackten Glatzkopf und einen Typen mit Goldkrone und Messer. Die haben sich in meinem Büro in Madrid vorgestellt und mir klargemacht, dass sie mich im Auge behalten und notfalls geeignete Maßnahmen ergreifen würden. Sie haben sich nicht ganz so gewählt ausgedrückt, aber Sie verstehen sicher, was gemeint war.«

Perello nickte.

»Also habe ich mit den Besitzern der Grundstücke geredet, die der Düsseldorfer ...«

»Warum so umständlich, Señor Carrasco? Nennen Sie doch einfach seinen Namen.«

»Ich ... Na ja, ich will nicht, dass der Glatzkopf und der Messermann ... geeignete Maßnahmen ergreifen.«

»Mit dem Messermann meinen Sie vermutlich einen inselbekannten Kleinganoven namens Yago«, bemerkte Perello. »Den müssen Sie einstweilen nicht mehr fürchten: Er wurde gefesselt und in einer Gitterbox deponiert in einer Lagerhalle im Nordosten von Palma gefunden. Wer immer ihn da für uns hinterlegt hat: Er sollte ohnehin nicht Ihre größte Sorge sein. Ebenso wenig wie das, was Sie von diesem Düsseldorfer und dem Glatzkopf befürchten.«

Carrasco sah ihn irritiert an.

»Im Zusammenhang mit diesen Immobiliengeschäften steht unserer Meinung nach der Tod von Sebastian Reusch, den wir in Port d'Alcúdia gefunden haben, nachdem er mit einem Messer im Rücken von einem Hotelbalkon gestürzt ist.«

»Ja, Reusch ist tot, davon habe ich gehört. Aber damit habe ich nichts zu tun, ich schwöre!«

»Sie kannten Reusch?«

»Ja. Er hat für den Konkurrenten meines Auftraggebers gearbeitet, hat für ihn Grundstücke aufgekauft oder es zumindest versucht, genau so wie ich das für den Investor aus Düsseldorf gemacht habe.«

»Er war also Ihr schärfster Konkurrent?«

»Mein einziger, soweit ich weiß.«

»Also kommt es Ihnen doch sehr gelegen, dass er tot ist.«

Carrasco sah Perello mit aufgerissenen Augen an und klappte den Mund auf und wieder zu.

»Sie haben also durchaus ein Motiv.«

Perello hatte vor der Vernehmung Carrascos Fingerabdrücke und eine Speichelprobe nehmen lassen, aber der DNA-Abgleich mit den Spuren in Reuschs Zimmer würde noch etwas dauern. Zudem hielt der Comisario noch immer Pep für den Täter, aber es konnte zumindest nicht schaden, ein bisschen zu bluffen.

»Aber ich war das nicht!«, brachte Carrasco schließlich hervor.

»Wir werden sehen. Erzählen Sie bitte weiter.«

»Also ... mein Investor aus Düsseldorf ...«

»Namen, bitte!«

»Armin Röpelmann. Sein Kölner Kontrahent, für den Reusch gearbeitet hat, heißt Thomas Hürtz. Die beiden sind sich spinnefeind, weil sie in den vergangenen Jahren immer wieder ähnliche Projekte verfolgt haben und sich dabei mächtig ins Gehege gekommen sind. So habe ich es mir jedenfalls aus dem zusammengereimt, was mir Röpelmann gesagt hat. Reusch war früher mal der beste Einkäufer von Hürtz. Er muss sich wegen einer ausgebliebenen Prämie oder Beförderung mit seinem Chef überworfen haben – und wollte sich wohl an Hürtz rächen, indem er Röpelmann nicht nur dessen Pläne für Mallorca verriet, sondern ihm auch gleich anbot, bei ihm als Einkäufer einzusteigen. So ging das ganze Durcheinander los. Ich hab von diesen Hintergründen leider erst erfahren, als ich schon zugesagt hatte und mittendrin steckte in dieser Geschichte.«

Er hob schnell abwehrend die Hände.

»In der Immobiliengeschichte, meine ich. Mit Reuschs Tod habe ich wirklich nichts zu tun.«

»Und was haben Röpelmann und Hürtz auf Mallorca vor?«

»Keine Ahnung. Das hat mir Röpelmann nicht verraten. Ich habe eine Liste mit Grundstücken und Gebäuden bekommen, die ich für ihn kaufen soll. Dazu das nötige Geld. Mehr hat mich letztendlich auch nicht interessiert. Wenn man zu viel weiß, kann das gefährlich sein.«

»Und wo liegen diese Grundstücke?«

»Alle zwischen Alcúdia und Pollença, das meiste übrigens wertloses Sumpfland, das als Naturreservat fungiert.«

»Sie meinen die s'Albufereta?«

»Ja. Üble Ecke. Viel Wasser, viel Matsch, viele Mücken – also ich würde das nicht geschenkt haben wollen.«

– DEU –

Lisa hatte Jorge abgesetzt und war danach zum Hotel gefahren. Sie duschte ausgiebig, während sie sich Perellos Vorschlag noch einmal durch den Kopf gehen ließ, nach Auflösung der Umstände von Sebastian Reuschs tödlichem Sturz gemeinsam Tapas essen zu gehen. Hatte er ihr da wirklich ein Date vorgeschlagen? Lisa lächelte, und wie sie so unter dem heißen Wasser stand und die Augen schloss, erschienen ihr die Augenbrauen von Comisario Carlos Perello auf einmal gar nicht mehr so buschig, die Nase gar nicht mehr so groß, die Wangenknochen gar nicht mehr so vorspringend und die Augenringe gar nicht mehr so tief. Sie stellte sich eine romantische Tapasbar vor, einen schön gedeckten Tisch mit Kerzen, deren Flammen sich in dunklem Wein spiegelten, und über diesen Tisch hinweg sah sie der Comisario aus funkelnden graugrün-graublauen Augen an und …

Sie ließ das Wasser noch eine Weile laufen, dann stieg sie aus der Dusche, zog sich etwas Passendes für einen langen Abend an und machte sich auf den Fußweg ins Städtchen. Mit Jorge hatte sie verabredet, dass sie ihn daheim abholen und mit ihm zusammen Alejandros Bodega besuchen würde.

»Warum heißt seine Bodega eigentlich Ca na Miranda?«, fragte sie, als die beiden durch die Innenstadt schlenderten. »Ist das seine Frau?«

»Das hätte er gern«, antwortete Jorge und grinste breit. »Miranda ist seine Jugendliebe. Er hat mir Fotos gezeigt von einem sehr, sehr hübschen und sehr schlanken jungen Mädchen. Sie wollte nie was von ihm, und er hat sich nicht getraut, sie anzusprechen. Sie war wohl so was wie die Schönheitskönigin an seiner Schule. Na ja ... und jetzt hofft er, dass sie eines Tages in seine Bodega spaziert, sich freut und sich sofort in ihn verliebt, weil er das Lokal nach ihr benannt hat.«

Lisa fand die Geschichte rührend, und als sie Jorge vorschlug, man könne doch mal nachforschen, was aus dieser jungen Frau geworden sei, winkte er nur ab.

»Hab ich längst gemacht. Sie haust heute in Sóller im Erdgeschoss eines heruntergekommenen Hauses und sieht inzwischen nicht besser aus als ihr Unterschlupf. Vermutlich hat sie sich auf ihre Schönheit verlassen und nichts aus sich gemacht. Dann ist sie nacheinander auf ein paar Typen reingefallen, die ihr das Blaue vom Himmel versprochen haben, die aber gleich wieder weg waren, nachdem sie ihren Spaß gehabt hatten. Und anschließend ging es immer schneller bergab: Abtreibungen, Alkohol, Drogen. Von dem hübschen Mädchen auf den Fotos ist heute nichts mehr übrig.«

»Und wie hat Alejandro das aufgenommen?«

»Déu meu, Lisa! Ich habe ihm natürlich nichts davon erzählt, und auch Miranda gegenüber habe ich kein Wort über ihn gesagt. Ich will ihm wenigstens seine Träume lassen. Und solange er sich nicht nach einer Frau umsieht, kann er sich besser um seine Bodega kümmern – und das kommt wiederum mir zugute, denn sie ist eines meiner Lieblingslokale.«

Lisa war einen Moment lang sprachlos, dann boxte sie ihn leicht in die Seite und sah ihn tadelnd an.

»Sie sind ein Schlitzohr, Jorge!«

»Das nehme ich jetzt mal als Kompliment. Aber bitte kein Wort zu Alejandro, ja?«

Inzwischen hatten sie die Bodega erreicht. Als sie die Treppe hinuntergegangen waren und den Gastraum betraten, kam der Wirt hinter dem Tresen hervor und trug einen Krug und drei Gläser zu einem Tisch, auf dem schon die unterschiedlichsten Leckereien ausgebreitet waren.

»Ich habe uns bei Alejandro angekündigt«, erklärte Jorge, und mit großem Appetit machten sie sich über die Tapas her, ließen sich dazu wunderbares Brot und kräftigen Rotwein schmecken. Der Wirt beschränkte sich auf ein Glas Wein und behielt vor allem Lisa genau im Blick, um einschätzen zu können, ob es ihr auch schmeckte.

Auf einmal wurde oben die Tür geöffnet, und ein Mann kam langsam die ersten Stufen herunter.

»Oh, tut mir leid, Señor, aber wir haben im Moment eine geschlossene Gesellschaft. Die Bodega öffnet erst morgen wieder.«

Der Fremde ließ sich nicht beirren, sondern ging weiter nach unten. Plötzlich wurde Alejandro ganz blass und ließ sich auf seinen Stuhl fallen. Lisa und Jorge, die mit dem Rücken zur Treppe saßen, sahen den Wirt verwundert an. Dann drehten sie sich um – und hatten Pep vor sich, der mit einer Pistole herumfuchtelte und alle drei zum Tresen dirigierte.

»Keine Faxen machen! Hände hoch!«, kommandierte Pep.

Er funkelte Lisa und Jorge wütend an. Als sich Alejandro

unbeobachtet glaubte und sich in Zeitlupe vom Stuhl erhob, richtete sich die Mündung der Waffe sofort auf ihn.

»Noch ein kleines Stück weiter, und deine Stammgäste können sich eine neue Bodega suchen.«

Alejandro erstarrte und setzte sich mit flackerndem Blick ganz langsam wieder hin.

»Sie wissen schon, dass die Polizei Sie überall sucht?«, fragte Jorge, der sich als Erster der drei wieder gesammelt hatte.

»Und? Hat sie mich etwa gefunden? Eben! Soll sie mich doch suchen!«

Pep klang patzig, aber er machte einen durchaus gehetzten Eindruck. Jorge machte sich ernsthaft Sorgen, dass dieser aufgebrachte Idiot seine Beherrschung verlieren konnte.

»Was wollen Sie von uns, El Taure?«, fragte er deshalb mit geheucheltem Respekt, und der Tonfall schien den anderen wirklich etwas zu besänftigen.

»Sie sind schuld, dass meine Leute hinter Gittern sitzen. Sie pfuschen mir in die Arbeit, Sie hetzen Fincabesitzer auf, damit sie nicht an meinen Auftraggeber verkaufen – das muss ein Ende haben!«

»Und was soll jetzt passieren?«

»Ich werde Sie als Geiseln nehmen, ich presse meine Leute frei, und dann verschwinden wir von dieser Scheißinsel und haben endlich wieder unsere Ruhe!«

»Sie werden uns als Geiseln nehmen?«, wandte Jorge ein. »Das haben Sie doch gerade eben schon gemacht!«

Pep war mit zwei schnellen Schritten beim ehemaligen Polizeichef und zog ihm die Pistole in einer schnellen Bewegung über den Kopf. Dann zog er sich genauso schnell wieder auf die alte Entfernung zurück.

»Ich hasse Klugscheißer!«

Jorge stöhnte, und Lisa zog ein Taschentuch hervor, mit dem sie die blutende Platzwunde abtupfte.

»Gehen Sie da weg, Sie blöde Kuh! Der wird schon nicht verbluten.«

Lisa zögerte, und Pep richtete die Waffe auf sie.

»Ist ja schon gut«, sagte sie und ließ von Jorge ab.

»Und jetzt aufstehen und rauf da«, befahl Pep und fuchtelte in Richtung Treppe. »Du kannst hierbleiben«, sagte er zu Alejandro, »aber wenn du die Polizei anrufst, bist du ein toter Mann, verstanden?«

Der Wirt nickte und erweckte den Eindruck, als würde er sich auch dann nicht trauen, die Polizei zu rufen, wenn der Mann mit der Pistole wieder weg war.

»Gut. Und jetzt los, ihr beiden. Schön nebeneinander bleiben und langsam da hoch, auf geht's!«

Jorge hatte sich von Lisa das Taschentuch geben lassen und presste es jetzt auf seine Kopfwunde, trotzdem lief etwas Blut über seine Stirn und sein Gesicht. Schritt für Schritt ging er neben Lisa die Treppe hinauf, Pep blieb immer zwei, drei Stufen hinter ihnen und zielte mal auf ihn, mal auf sie. Verstohlen wechselte Jorge einen Blick mit seiner Begleitung, und als sie die oberste Treppenstufe erreicht hatten und Pep sie anwies, die Tür zu öffnen und langsam nach draußen zu gehen, riss Lisa die Tür auf, während Jorge ihren Entführer zu schubsen versuchte. Pep geriet auch wirklich kurz ins Taumeln, dann berappelte er sich wieder, sprang die letzten Stufen hinauf und stellte sich breitbeinig auf den Gehweg. Lisa und Jorge rannten und waren schon einige Meter entfernt.

»Stehen bleiben, sonst knall ich euch ab!«

Jetzt fiel auch wirklich ein Schuss, doch der Knall war kaum zu hören, weil der Schütze einen Schalldämpfer benutzt hatte. Pep ließ seine Pistole fallen und hielt sich mit der linken Hand den schmerzenden rechten Oberarm. Er drehte sich um und sah einen Hünen mit Waffe gemessenen Schrittes auf sich zukommen.

»Was ist das denn jetzt?«, schrie er, aber als der andere die Waffe erneut hob und auf ihn zielte, rannte er weg, so schnell er konnte, und schlug dabei einen Zickzackkurs ein, um nicht getroffen zu werden.

Der Hüne folgte Pep eher gemächlich, gab noch einen Schuss ab und traf den Flüchtenden am linken Oberarm. Pep jaulte auf und verschwand jammernd und keuchend um die nächste Ecke.

Nun fiel der Hüne in einen leichten Trab und folgte ihm. In kürzer werdenden Abständen konnte er Blutstropfen auf dem Gehweg und auf der Straße ausmachen – die Spur des Verletzten war nicht schwer zu erkennen. Schließlich führten die Tropfen in einen schmalen Durchlass zwischen zwei Häusern und dann von hinten in das linke der beiden Wohngebäude. Fred peilte mit schnellen Blicken die Lage, dann arbeitete er sich vorsichtig ins Haus vor.

Lisa und Jorge hatten den Beginn der Verfolgungsjagd aus sicherer Deckung heraus beobachtet. Als beide Männer verschwunden waren, gingen sie in die Richtung, in die Fred gerannt war. Ganz schlau wurden sie nicht aus dieser neuen Entwicklung: Erst entführte Fred sie beide, und dann verhinderte er, dass Pep sie entführte? Aber allem Anschein nach hatte Pep im Moment mehr von Fred zu befürchten als sie, also blieben sie den beiden auf der Spur.

Peps Blutstropfen führten zu Jorges Haus und direkt daneben zu einer schmalen Seitentür, die in den Hinterhof führte. Und während Lisa und Jorge noch fieberhaft überlegten, was sie nun tun sollten, schwang die Eingangstür von Jorges Haus auf, und aus dem Inneren erschien ein Arm, der sie herbeiwinkte. Als sie das Haus betraten, sahen sie Fred, der sich wieder ein Stück in den Flur zurückgezogen hatte, um vor Blicken von der Straße geschützt zu sein. Vor ihm auf dem Boden lag ein verschnürtes Paket: Pep waren die Hände auf den Rücken gefesselt, und die Beine waren so fest gebunden, dass der Mann, der sie eben noch mit der Pistole bedroht hatte, ziemlich unbequem liegen musste.

»Müssen wir das jetzt verstehen?«, fragte Jorge, nachdem Fred ihm, den Griff voraus, die Pistole von Pep übergeben hatte.

Fred zuckte mit den Schultern.

»Dieser Pep ist ein Arschloch. Eine Schande für meinen Berufsstand, falls ich ihn überhaupt als einen Kollegen im weitesten Sinne bezeichnen will. Man schlägt keine wehrlosen und halb benommenen Leute, wie er es mit diesem Señor Ribeira gemacht hat. Das gehört sich nicht.«

»Na ja«, versetzte Jorge, »man entführt auch keinen pensionierten Polizeichef, bedroht eine Journalistin und betäubt hinterher beide, bevor man abhaut.«

»Sie haben recht, und ich mach das ja auch nicht gern. Nur manchmal kommt man um solche Dinge nicht herum in meinem Beruf. Zumindest habe ich Ihnen nichts Schlimmes getan. Und wegen der Sache gerade eben ... da würde ich meinen, dass wir jetzt quitt sind.«

»Stimmt, vielen Dank. Und was machen wir jetzt?«

»Ich geh hinten raus, Sie warten kurz, und dann rufen Sie Ihren Freund von der Guardia Civil. Der kann diesen Jammerlappen mitnehmen. Allmählich entwickle ich mich zu einer Art Stammlieferant der mallorquinischen Polizei.«

Fred lachte, und Jorge sah ihn fragend an, aber der Hüne winkte nur ab.

»Das kann ich Ihnen jetzt nicht auch noch erklären, aber soweit ich gehört habe, sucht die Polizei diesen Trottel hier, weil sie ihn für den Mörder von Sebastian Reusch hält.«

»Mörder? Ob es Mord, Totschlag oder etwas anderes war, muss sich noch herausstellen, aber ja: Die Polizei sucht ihn.«

»Stets zu Diensten«, sagte Fred, deutete einen Bückling an und grinste. »Und es wäre schön, wenn Sie mich nie gesehen hätten.«

»Und dann ziehen Sie los und machen den nächsten Quatsch?«

»Eher nicht. Ich werde wohl umschulen, sozusagen. Aber als Nächstes werde ich meinem geschätzten Auftraggeber gehörig auf die Finger klopfen.«

»Warum?«

»Ich weiß inzwischen, dass der keinen reichen Leuten das Geld aus der Tasche zieht, wie er mir gegenüber immer behauptet hat. Er betrügt auch keine korrupten Beamten, indem er vorgibt, sie zu bestechen, und sie dann übers Ohr haut. Nein, er besticht sie tatsächlich, und danach presst er einfachen Leuten wie Ribeira oder Alemany ihre Grundstücke ab, um dort eine luxuriöse Ferienanlage zu bauen und damit kräftig abzusahnen.«

»In der s'Albufereta, richtig?«

»Ja.«

»Aber das ist ein Naturreservat.«

»Und vorwiegend in Privatbesitz. Die Genehmigungen wird er dann schon bekommen, wenn er sie nicht eh schon längst in der Tasche hat. Bisher hat Hürtz solche Sachen immer geregelt bekommen – und Röpelmann, für den dieser Typ aus Madrid gearbeitet hat, spielt in derselben Liga.«

Jorge wirkte plötzlich sehr nachdenklich.

»Und jetzt wollen Sie losziehen und sich Ihren Auftraggeber vorknöpfen?«

Fred zuckte mit den Schultern.

»Und dann?«, fuhr Jorge fort. »Dann haben Sie entweder einen Mord begangen, oder Hürtz jagt Ihnen irgendwelche Gestalten auf den Hals.«

»Ach, soll er ruhig, mit denen werde ich schon fertig.«

»Ich hätte da eine bessere Idee«, sagte Jorge, und nicht nur Lisa war durch sein feines Grinsen irritiert.

Comisario Perello machte einen etwas genervten Eindruck.

»Wissen Sie, Señor Bennàssar«, maulte er, als er dessen Haus betrat, »allmählich hängt es mir zum Hals raus, dass ständig irgendwelche Leute gefesselt bereitliegen und ich sie nur noch abholen muss. Natürlich ist es mir recht, wenn ich solche Typen wie diesen Pep zu fassen bekomme – aber man hat doch auch seinen Stolz als Polizist und möchte solchen Halunken lieber selbst das Handwerk legen.«

»Freuen Sie sich doch einfach, dass Sie Pep nicht mehr suchen müssen.«

Unwirsch gab Perello zwei Beamten zu verstehen, dass sie den Gefesselten mitnehmen sollten. Pep stöhnte und starrte Jorge und Lisa aus blutunterlaufenen Augen finster an.

»Und wer da meine Arbeit gemacht hat, werden Sie vermutlich auch nicht verraten, richtig?«, knurrte Perello. »Waren das wieder Ihre drei Handlanger? Mir wird das langsam zu viel mit diesem Trio. Demnächst buchte ich die ein, genug auf dem Kerbholz hätten sie schon lange.«

»Nein, das waren weder Felipe noch Raul oder Don Xalvador. Und sie haben übrigens auch Carrasco und Tito nicht überwältigt.«

»Aber Alemany hat sie so beschrieben, dass da kein Zweifel mehr bleibt.«

»Er hat geschwindelt. Zu der Zeit, als Sie Alemany befragten, war der Mann, der Carrasco und Tito wirklich aus dem Verkehr gezogen hat, im Haus versteckt.«

»Aber meine Leute haben doch durchs Fenster geschaut. Da stand niemand, der Alemany bedroht hätte.«

»Musste er auch nicht. Alemany hat freiwillig eine falsche Spur gelegt, weil er sich bei jemandem revanchieren wollte, der ihm die beiden vom Hals geschafft hat.«

»Und wer ist das?«

Statt einer Antwort lächelte Jorge und schwieg.

»Toll!«, brummte Perello.

»Ich kann Ihnen aber ein Angebot von dem großen Unbekannten übermitteln.«

Perello hob den Blick und sah Jorge fragend an.

»Dieser Mann, nennen wir ihn Fred, hat wohl die Nase voll von seinem bisherigen Auftraggeber.«

»Fred? Das ist doch dieser Typ, der Sie entführt und betäubt hat!«

»Ja, und der heute Pep daran gehindert hat, uns zu entführen.«

»Muss ich das jetzt verstehen?«

»Dasselbe habe ich vorhin auch Fred gefragt, und die Antwort heißt wohl: Nein. Aber ich habe hier was für Sie.«

Jorge wedelte mit einem Notizblock, den er bisher hinter seinem Rücken verborgen gehalten hatte. Als er ihn langsam vor ihm aufblätterte, war zu sehen, dass die Seiten in einer sorgfältigen Handschrift eng beschrieben waren.

»Das sind alle Informationen, die Fred zu seinem Auftraggeber hatte – und noch einige über dessen Konkurrenten. Jetzt wissen wir, was die beiden deutschen Investoren vorhatten und wozu sie zwischen Pollença und Alcúdia Grundstücke zusammenkauften. Und mit diesen Informationen sollte es Ihnen und der Staatsanwaltschaft nicht schwerfallen, das Immobilienprojekt der beiden zu verhindern. Sie könnten das Naturreservat s'Albufereta davor bewahren, zu einem Luxusressort mit künstlichen Wasserstraßen, sauteuren Lodges und einem meterhohen Zaun samt dichter Sichtschutzhecke drum herum zu werden. Und ganz nebenbei könnten Sie noch zwei, drei Beamte auffliegen lassen, die für Genehmigungen und Ähnliches heimlich die Hand aufgehalten haben.«

Er reichte Perello den Block. Dieser begann in den Notizen zu blättern und stieß dabei immer wieder einen leisen Pfiff aus. Dann tippte er mit den Fingerspitzen auf die Aufzeichnungen und sah Jorge an.

»Und was will dieser Fred dafür von mir?«

»Er stellt sich vor, dass Sie die beiden Investoren hopsnehmen und den Tod von Reusch aufklären. Solange bleibt er auf der Insel und hält die Beine still. Wenn der Fall erledigt ist, werden ja sicher auch keine Polizisten mehr am Flughafen nach Verdächtigen fahnden – und er kann unbehelligt nach Deutschland zurückreisen.«

»Um dort weiter sein Unwesen zu treiben? Und irgendwann kommen mir die deutschen Kollegen auf die Schliche, dass das alles gar nicht möglich gewesen wäre, wenn dieser bekloppte mallorquinische Comisario den guten Fred nicht hätte einfach laufen lassen!«

Jorge grinste noch breiter.

»Ich hatte Fred so verstanden, dass er sich für seine berufliche Zukunft ... sagen wir ... umorientieren will. Er hat wohl schon ein bisschen was auf die Seite gelegt. Ihm schwebt eine kleine Firma im Bereich Sicherheit und Wachschutz vor, die vor allem an beliebten Urlaubsorten nach dem Rechten sieht. Das klang eigentlich ziemlich legal.«

Perello machte ein verdrießliches Gesicht.

»Ziemlich legal – hätten Sie sich zu Ihrer aktiven Zeit auf so etwas eingelassen, Señor Bennàssar?«

Jorge nickte, und Perello winkte ab.

»Klar, Sie schon, stimmt.«

»Außerdem habe ich das Gefühl«, merkte Bennàssar grinsend an, »dass meine aktive Zeit noch nicht vorüber ist.«

»Ja, das fürchte ich auch ...«, meinte Perello und warf Lisa einen eigentümlichen Blick zu. »Und Sie? Jetzt, da der Fall so gut wie gelöst ist, geht es zurück nach Deutschland?«

»Noch nicht«, sagte sie. »Ich schreibe gerade an der Hotelbroschüre fürs El Moro alegre. Und ich brauche noch ein, zwei Geheimtipps für meine Mallorca-Reportage. Irgendetwas, das noch nicht alle Touristen kennen.«

Perello nickte, dachte nach, und dann erhellte ein fröhliches Lächeln sein Gesicht.

»Da hätte ich was für Sie.«

Lisa stutzte. Dann ging ihr auf, dass sich der Comisario offenbar freute, weil sie noch eine Weile auf Mallorca bleiben würde. Sie sah ihm in die Augen und stellte fest, dass er ihrem Blick keineswegs auswich. Gerade wollte sie nachfragen, was genau er meinte, und auch Perello schien weiterreden zu wollen, doch bevor er konkreter werden konnte, klingelte Jorges Handy – und schon bald war dem Gesicht des früheren Polizeichefs zu entnehmen, dass weitere Erklärungen wohl noch ein wenig warten mussten. Er nickte ein paar Mal, dann drückte er das Gespräch weg, sah Perello und Lisa an und zuckte mit den Schultern.

»Wir müssen schnellstens nach Sóller, bevor dort noch ein Mord geschieht. Ich erkläre unterwegs, was los ist.«

»Na ja, der Polizei hättest du Pep nicht gleich überlassen müssen«, knurrte Thomas Hürtz. »Ich hoffe nur, dass der nicht mehr über meine Pläne rausbekommen hat, als ich ihm anvertraut habe. Nicht dass er uns noch verrät oder denen sonst wie hilft, mir in die Suppe zu spucken. Außerdem wäre er vielleicht noch nützlich gewesen. Lass solche Alleingänge künftig gefälligst bleiben, verstanden?«

Sogar übers Handy war dem Kölner anzuhören, wie sauer er auf seinen Helfer war. Fred kümmerte es nicht. Nicht mehr. Hürtz schien ohnehin keine Antwort von ihm zu erwarten, denn er redete gleich weiter.

»Aber das ist nun nicht mehr zu ändern, und eigentlich ist es auch egal – ich habe ohnehin noch das eine oder andere Ass im Ärmel. Pass auf, du fährst jetzt rauf nach Sóller, und dort machst du Folgendes ...«

Fred hörte sich alle Anweisungen geduldig an, quittierte einige von ihnen mit einem knappen »Wird gemacht, Chef«, obwohl er nicht im Traum daran dachte, auch nur eine davon wirklich auszuführen. Wieso zum Beispiel sollte er einen von Röpelmanns Helfern befreien und ihn anschließend überreden, künftig für Röpelmanns ärgsten Konkurrenten zu arbeiten – wo der eine nicht weniger Dreck am Stecken hatte als der andere?

Nach Sóller allerdings würde er tatsächlich fahren. Die Infos, die Hürtz ihm durchgab, waren einfach zu verlockend. Und dass sein Auftraggeber das alles wusste, konnte nur bedeuten, dass er noch weitere Handlanger auf der Insel hatte, die seinem Konkurrenten die ganze Zeit über auf der Spur geblieben waren. Und dann konnte er durchaus auch Helfer haben, die ihn, Fred, im Auge behielten. Also war er sicher besser beraten, wenn er sich nicht anmerken ließ, dass er inzwischen die Seiten gewechselt hatte.

Entsprechend umsichtig machte sich Fred auf den Weg in die Berge, aber sosehr er sich auch bemühte, mögliche Verfolger auszumachen: Hinter ihm schien im Moment niemand her zu sein.

In Sóller angekommen, stellte er den Wagen ein gutes Stück von dem Haus entfernt ab, das ihm Hürtz als Schlupfwinkel von Röpelmann und seinem glatzköpfigen Gorilla beschrieben hatte. Die schmale Gasse, in der sich das Gebäude befand, war von der Plaça Constitució aus, dem Platz vor der hoch aufragenden Fassade von Sant Bartomeu, in wenigen Minuten zu erreichen. Auf beiden Seiten der Gasse verlief ein schmaler Gehweg, der Putz einiger Häuser bröckelte, und die zerschlissenen Markisen, die um die Mittagszeit für Schatten sorgten, waren so kurz vor dem Sonnenuntergang längst wieder eingeholt.

Unter einer solchen Markise, deren beste Zeit offensichtlich schon viele Jahre zurücklag, klebte hinter einem dreckverschmierten Fenster ein Zettel mit der Aufschrift »se vende / for sale / zu verkoufen«. Fred konnte im Vorüberspazieren ohne große Mühe erkennen, dass die Haustür aufgebrochen und nur notdürftig wieder verschlossen worden war. Langsam ging er weiter und suchte aus den Augenwinkeln seine Umgebung ab, um festzustellen, ob ihn jemand beobachtete. Tatsächlich verbarg sich in einem schmalen Durchgang eine Gestalt hinter einigen Kisten, doch in dem Haus, das zum Verkauf stand, regte sich nichts. Fred bog um die nächste Ecke, wartete einen Moment und kam dann genauso auffällig unauffällig wie eben die Gasse entlang.

Die Person hinter den Kisten lugte immer wieder für Augenblicke aus ihrem Versteck hervor. Es schien sich um einen hageren Typen mit fettigem Haar zu handeln, den Fred schon einmal in der Nähe des pensionierten Polizeichefs gesehen hatte. Von ihm hatte er vermutlich nicht viel zu befürchten.

Und nun rührte sich endlich auch etwas in dem Haus, in dem sich dem Informanten von Hürtz zufolge Armin Röpelmann aufhielt. Ein Schatten war ganz kurz an einem der Fenster vorübergehuscht, aber sofort wieder in Deckung gegangen. Fred tat, als hätte er nichts bemerkt, und ging weiter. Als er das Haus im Rücken hatte und hörte, wie die altersschwache Tür mit trockenem Knarren aufgezogen wurde, gönnte er sich ein zufriedenes Lächeln.

»Das war der Gorilla von Hürtz«, raunte Gonzalo seinem Chef zu, der im Flur stand, um sowohl seinen Helfer als auch den gefesselten Vincente Granota im Blick behalten zu können. »Der ist so betont unauffällig am Haus vorbeigegangen, dass ich drauf wetten würde: Der weiß genau, dass wir hier drin sind.«

»Aber uns ist keiner gefolgt, oder?«

»Ich habe niemanden bemerkt. Und dieser Kerl wäre mir ganz sicher aufgefallen.«

Röpelmann trat an den ständig vor sich hin wimmernden Granota heran, zog ihm den Knebel aus dem Mund und herrschte ihn an: »Offensichtlich ist Ihnen jemand aus Alcúdia gefolgt! Haben Sie das denn nicht bemerkt? Gerade Sie, wo Sie doch mit uns eine solche Agentenpistole abgezogen haben!«

»Nein, Señor Röpelmann, mir kann niemand gefolgt sein, wirklich nicht. Ich ...«

»Ach, halt die Klappe, du Idiot«, schimpfte der Düsseldorfer und stopfte ihm den Knebel wieder in den Mund.

»Jefe!«, ließ sich Gonzalo vernehmen. »Der kommt zurück. Was machen wir jetzt?«

Röpelmann postierte sich wieder im Flur und dachte einen Moment lang nach. Dann hatte er sich entschieden.

»Du baust dich hier direkt hinter der Haustür auf. Falls er reinkommt, schlägst du ihn nieder, dann fesseln wir den Kerl und packen ihn zu Granota.«

»Und falls nicht?«

»Dann folgst du ihm, findest heraus, was er in Sóller will, und nimmst ihn aus dem Spiel, verstanden?«

»Natürlich, Jefe!«, erwiderte Gonzalo eifrig und rieb sich die mächtigen Pranken.

Gleich darauf machte er ein paar Schritte, erst aufrecht, dann geduckt, und postierte sich schließlich hinter der Eingangstür. Röpelmann behielt die Straße im Auge. Bald kam der Hüne in sein Blickfeld, er ging aber weiter und schien Gonzalo nicht gesehen zu haben.

Wie gut, dachte Röpelmann aufatmend, dass sich auch Hürtz keine großen Leuchten leisten kann.

Gonzalo wartete noch kurz, dann zog er die Tür auf. Das Knarren fuhr Röpelmann durch Mark und Bein, und er konnte nur hoffen, dass es draußen auf der Straße nicht ganz so laut zu hören war wie im Flur. Vorsichtig schob Gonzalo seinen Kopf hinaus, schlüpfte durch die Türöffnung und entfernte sich mit leisen, schnellen Schritten.

Röpelmann wartete noch einen Moment, dann fesselte er Granota noch etwas fester, prüfte den Sitz des Knebels, zog ihm einen Leinensack über den Kopf und packte seine Siebensachen zusammen.

Die schmale Gasse hatte schon lange im Schatten gelegen, aber nun ging die Sonne unter, und die Dämmerung begann. Juan war in seinem Versteck hinter den Kisten geblieben und warf immer wieder ein Blick hinüber zu dem Haus, in dem sein Chef Vincente Granota gefangen gehalten wurde. Der hatte ihm mit einem alten, winzigen Handy, das er immer als Reservegerät in der Gesäßtasche seiner Hose mit sich herumtrug, eine SMS geschickt. Es hatte eine Weile gedauert, bis Juan verstanden hatte, was ihm Granota schreiben wollte – offenbar hatte er die Tasten gedrückt, ohne sie sehen zu können, und entsprechend viele Buchstaben verdreht oder verwechselt. Juan folgerte daraus, dass sein Chef gefesselt war und die SMS hinter seinem Rücken ins Handy getippt hatte. Er rief Jorge Bennàssar an, um diesem mitzuteilen, dass sich Vincente Granota in Sóller in großer Gefahr befand.

Jorge hatte sich alles angehört und versprochen, sofort zu Hilfe zu kommen. Juan solle auf seinem Posten bleiben und alles beobachten, bis er selbst eintreffe oder ihn wieder anrufe. Nun summte das Handy tatsächlich, und Señor Bennàssar war dran. Juan beschrieb ihm die Situation und den Umstand, dass einer der beiden Entführer von Vincente Granota, ein durchtrainierter Glatzkopf, vor einer Weile das Haus verlassen hatte und einem anderen Muskelprotz gefolgt war, der vorher zweimal recht auffällig durch die Gasse spaziert war. Der pensionierte Polizeichef ließ sich den Hünen, den der Glatzkopf verfolgt hatte, genau beschreiben.

»Ach?«, sagte er dann. »Wie auch immer, Juan, ich meine, s'Orella: Du bleibst auf deinem Posten, bis ich zu dir komme. Wir warten noch ab, bis es etwas dämmriger geworden ist, dann holen wir deinen Don Vincente da raus, versprochen.«

Fred variierte sein Gehtempo nur manchmal, um seinen Verfolger auf Trab zu halten. Und wenn er ein paar schnellere Schritte einlegte, achtete er darauf, dass es danach aussah, als wolle er nur zügig eine Straße überqueren oder einem Fahrrad ausweichen. Er wollte auf gar keinen Fall den Eindruck erwecken, dass er den anderen bemerkt hatte oder ihn gar abzuschütteln versuchte – das hatte er ja auch wirklich nicht vor.

Ab und zu konnte Fred in Schaufenstern oder Autoscheiben seinen Verfolger in einigem Abstand hinter sich sehen. Es war der verbliebene Handlanger von Röpelmann, der Stärkere der beiden, nachdem er das Windei mit dem Springmesser schon in Palma ausgeschaltet hatte. Diesmal würde er sich mehr anstrengen müssen. Sein Verfolger stellte sich etwas weniger blöd an als sein Kollege, und seine Muskeln wirkten ganz so, als wisse er sie einzusetzen.

Inzwischen hielt Fred auf den Bahnhof von Sóller zu. Von fotografierenden Touristen abgesehen, war hier niemand mehr unterwegs. Der letzte Zug nach Palma war längst abgefahren, und auch die Straßenbahn zwischen dem Bahnhof und dem Hafen von Sóller war für den heutigen Tag im Depot abgestellt. Dorthin wandte Fred seine Schritte, weiterhin gefolgt von dem Glatzkopf.

Als Fred an einem Straßenbahnwaggon vorbeikam, der vor dem Depot offenbar zu Reparaturarbeiten aufgebockt worden war, sah er sich gehetzt um, als müsse er dringend austreten. Ein paar Mal trippelte er theatralisch auf der Stelle, und schließlich huschte er eilig in eine der Wagenhallen und drückte sich hinter einen dort abgestellten Waggon. Unterwegs hatte er eine noch etwa zur Hälfte gefüllte Weinflasche von einem windschiefen Holzregal genommen. Er schüttete daraus nun einen dünnen, plätschernden Strahl auf den Boden des Depots und ließ, als er den Glatzkopf ganz langsam näher schleichen hörte, dazu ein erleichtertes Seufzen vernehmen.

Dann ging alles ganz schnell.

Der Glatzkopf war mit ein paar kräftigen Sätzen bei ihm, Fred zog ihm mit der Glasflasche, die unter der Wucht des Aufpralls zerbrach, einen blutigen Striemen über die Stirn und donnerte dem Mann die rechte Faust an die Schläfe. Er hatte einen gewaltigen Treffer gesetzt, aber es brauchte noch mehrere gezielte Schläge, bevor sich der Glatzkopf nicht mehr regte. Und als Fred sich schließlich schwer atmend erhob, blieben ihm in Sóller nur noch wenige Dinge zu tun.

Er schleifte den Bewusstlosen in einen der Straßenbahnwaggons und band ihn mit einigen dünnen Riemen, die er mitgebracht hatte, an den Füßen der Sitzbänke fest. Danach machte er sich auf den Weg zurück zu seinem Wagen.

In der zunehmenden Dämmerung war es in der schmalen Gasse unweit von Sant Bartomeu für kurze Zeit recht lebhaft geworden. Von beiden Seiten aus schlichen sich Polizisten der Guardia Civil mit den Waffen im Anschlag an das Gebäude heran, in dem Vincente Granota gefangen gehalten wurde. Die Beamten drückten sich so eng an die Wände, wie es nur ging. Solange sich Armin Röpelmann nicht aus einem der Fenster des Hauses beugte, in dem er sich verbarg, würde er die Polizisten nicht entdecken.

An den Fenstern blieb aber alles ruhig, und auch als die ersten Beamten aus Perellos Truppe durch die lädierte Eingangstür ins Innere des Gebäudes drangen, war zunächst nichts zu hören. Perello selbst hatte sich zusammen mit Jorge und Lisa neben Juan in dessen Versteck gekauert. Perello hatte Lisa auch auf Jorges dringende Bitte hin nur unter Protest mitgehen lassen. Der schmale Durchgang mit den wild auf- und nebeneinandergestapelten Kisten war klug gewählt. Von hier aus konnte man den Eingang zu Granotas Gefängnis gut beobachten, während man selbst einen schmalen Korridor zur Verfügung hatte, in dem man heran- oder davonschleichen konnte, ohne durch die Fenster auf der anderen Seite gesehen zu werden.

Lisa machte sich ganz klein hinter den Kisten, und sie beobachtete alles sehr aufmerksam, gab aber keinen Mucks von sich, um nur ja keine Kritik von Comisario Perello zu provozieren. Der schien aber ihre Anwesenheit schon bald völlig vergessen zu haben. Er ließ die Fenster auf der anderen Seite der Gasse nicht aus den Augen, bis eines der Fenster aufschwang und einer seiner Beamten auf Verdacht zu den Kisten herüberwinkte. Perello kam aus der Deckung und überquerte die Gasse.

»Röpelmann ist offenbar ausgeflogen. Es gibt eine Hintertür, und die war unverschlossen. Außer diesem Halunken Granota ist niemand mehr da, Comisario«, meldete der Polizist. »Sollen wir ihn gleich mitnehmen, damit Sie mit ihm sprechen können?«

»Ja, mitnehmen«, erwiderte Perello. »Aber behandelt ihn gut und sagt ihm: Wenn er kooperiert, kann er noch heute Nacht wieder nach Hause.«

Juan trat neben ihn und atmete auf.

»Danke, Comisario«, raunte er ihm zu.

»Bedank dich nicht zu früh. Wenn dein Chef Dreck am Stecken hat, fährt er ein.«

»Überlegen Sie sich das gut, Perello«, meldete sich Jorge zu Wort. »Wenn Don Vincente hinter Gittern sitzt, hat s'Orella noch mehr Zeit, um sich für mich umzuhorchen.«

Perello erwiderte Jorges schelmischen Blick mit breitem Grinsen. Dann ging er kopfschüttelnd in das zum Verkauf stehende Haus. Jorges Handy hörte er nicht mehr klingeln. Bennàssar meldete sich, hörte zu, nickte ein paar Mal, dann legte er auf, ohne auch nur ein Wort zu sagen. Er wirkte nachdenklich. Juan musterte ihn gespannt, bis er es vor Neugier gar nicht mehr aushielt.

»Wer war das denn gerade, Jefe?«, fragte er.

»Du hast doch vorhin beobachtet, wie Röpelmanns Glatzkopf einen anderen Muskelprotz verfolgt hat ...«

»Ja, hab ich. Und?«

»Mich hat ebendieser andere Muskelprotz angerufen, ein gewisser Fred. Röpelmanns Glatzkopf liegt verschnürt und bewusstlos drüben im Depot der Straßenbahn in einem der Waggons.«

Juan stutzte, dann strahlte er.

»Aber das ist doch super, Jefe! Und warum schauen Sie dann so nachdenklich drein?«

»Ich weiß nicht recht, wie ich das Comisario Perello beibringen soll.«

»Aber wieso denn? Wo dieser Fred ihm doch die Arbeit abgenommen hat und er den Gauner nur noch einsammeln lassen muss?«

»Ebendrum«, sagte Jorge, steckte das Handy weg und machte sich seufzend auf den Weg zu Perello.

– DÉU MEU –

Jorge holte Lisa am späten Vormittag ab. Er hatte sie übers Handy vorgewarnt, und als sich sein schäbiger Seat-Kombi die Auffahrt des El Moro alegre heraufmühte, stand sie schon vor dem Eingang und gab dem bereitstehenden Felix ein Zeichen, dass er diese Schrottkarre nicht in die Hotelgarage fahren müsse. Der Page bedankte sich für die Info mit einem breiten Grinsen, spielte kurz den Erleichterten und hielt beide Daumen nach oben.

»Was hatte das denn zu bedeuten?«, fragte Jorge, als sie neben ihn auf den Beifahrersitz geschlüpft war und er schon wieder losfuhr.

»Ach, nichts«, schwindelte Lisa frohgemut und erwiderte das Winken des Pagen zum Abschied. »Und was haben Sie mit mir vor? Sie klangen sehr geheimnisvoll am Telefon.«

»Überraschung«, sagte er nur, grinste und fasste dann für sie zusammen, was er von seinem ehemaligen Assistenten Diego über den Stand der Ermittlungen erfahren hatte.

Die Fahrt ging durch Port d'Alcúdia und auf der Carretera d'Artà nach Süden. Wie ein Fremdenführer wies er Lisa mal auf eine noble Privatklinik hin, an der sie vorbeikamen, deutete dann wieder auf eine schöne Villa aus rötlichbraunem Stein, die etwas entfernt auf einem bewaldeten Hügel thronte, oder er machte sich über die Hoteliers lustig, die am Ufer des Llac Gran eigene Badestrände anboten, wo doch keine dreihundert Meter östlich davon der Meeresstrand lag. »Ein See!«, rief er kopfschüttelnd. »Und nicht einmal ein besonders schöner!«

Schließlich bog Jorge nach rechts ins Landesinnere ab, und vor dem Hintergrund des Puig de Sant Martí rückte ein Industriekomplex in ihr Blickfeld, dessen hoher Schornstein an seinem oberen Ende mit rot-weiß-roten Streifen markiert war.

»Das Kraftwerk«, erklärte Jorge, der ihrem Blick gefolgt war. »Schauen Sie lieber nach links. Dort sehen Sie die große Schwester von s'Albufereta: Der Naturpark s'Albufera ist wirklich sehenswert, und wenn Sie sich ein Rad leihen oder am frühen Morgen, bevor es richtig warm wird, ein gutes Stück wandern wollen – dort sind Sie richtig.«

Jorge lenkte den Kombi in eine kleine Nebenstraße, steuerte wenig später auf einen noch schmaleren Weg und holperte mit dem Wagen ein Stück weiter, bevor er ihn zwischen einigen Büschen zum Stehen brachte. Lisa sah sich um. Hinter ihnen das Kraftwerk, links von ihnen der Naturpark.

»Was wollen wir hier?«, fragte sie schließlich.

Er streckte den Arm aus und deutete zwischen den Büschen auf einen einsam gelegenen, etwas armselig wirkenden Bauernhof.

»Das wollte ich Ihnen zeigen«, sagte er und lächelte.

»Aha ... und wieso?«

Jorge griff an ihr vorbei ins Handschuhfach, zog einen Feldstecher hervor und hielt ihn ihr hin. Lisa nahm das Fernglas, sah Jorge noch einmal fragend an, und als er ermutigend nickte, richtete sie den Feldstecher auf den Bauernhof. Es war ein einfaches Wohnhaus mit zwei älteren

Nebengebäuden. Ein alter Traktor war zu sehen, einige Gerätschaften lehnten an der Wand einer Scheune, und am Ende des Zufahrtsweges stand ein Kombi, ähnlich alt und mitgenommen wie der von Jorge. Halb verdeckt von dem Auto war eine schmale Steinbank ans Haus gebaut, auf der ein dürrer alter Mann mit grauen Haaren hockte. Er hatte die Augen geschlossen, lehnte mit dem Rücken an der Hauswand und hielt das faltige Gesicht in die Sonne. Der Alte ähnelte jemandem, ohne dass sie darauf kam, wem – aber diese Frage wurde beantwortet, als die Haustür aufschwang und ein hochgewachsener Mann Anfang vierzig ins Freie trat. Er trug löchrige Turnschuhe und eine ausgebleichte Jeans, und um seinen schlanken Oberkörper wehte ein offenes weißes Baumwollhemd in der Sommerbrise.

Carlos Perello beugte sich zu dem Alten hinunter und berührte ihn sanft an der Schulter. Der Alte schlug die Augen auf, schien einen Moment zu brauchen, bis er wieder wusste, wo er war, und ließ sich dann von Perello aufhelfen. Vater und Sohn, das jedenfalls legte die Ähnlichkeit der beiden Männer nahe, arbeiteten sich langsam auf die Haustür zu. Der Alte schlurfte in winzigen Schritten durch den Staub und hing dabei förmlich an Perellos linkem Arm, während der ihn mit der rechten Hand noch zusätzlich stützte. Lisa hielt das Fernglas noch auf die Szene gerichtet, als die Tür längst hinter den beiden Männern zugefallen war.

»Sie sind nicht die Einzige, die vom Comisario beeindruckt ist«, sagte Jorge nach einer Weile. »Und ich kann Ihnen sagen, dass er ein richtig guter Kerl ist. Ein hervorragender Polizist, wie Sie ja schon wissen. Und ein treu sorgender Sohn, wie Sie eben sehen konnten.«

Lisa gab Jorge den Feldstecher zurück.

»Im Haus wartet seine Mutter«, fuhr er fort. »Sie ist zwei Jahre jünger als ihr Mann, kann seit einiger Zeit aber nicht mehr laufen. Also hat Carlos Perello ein teures Pflegebett angeschafft und einen Rollstuhl, mit dem er sie manchmal bis rüber in die s'Albufera schiebt. Und nur wegen seiner Eltern wohnt er noch immer hier draußen auf diesem in die Jahre gekommenen Bauernhof, anstatt sich eine moderne Stadtwohnung zu kaufen.«

»Jetzt hören Sie schon auf, Jorge«, unterbrach Lisa ihn. »Sie haben mich längst überzeugt, dass Ihr Comisario ein guter Mensch ist, und ich verspreche Ihnen ja auch, dass ich ihn in Ruhe lasse.«

Sie versuchte ein entschuldigendes Lächeln, aber Jorge lachte nur schallend.

»Wehe!«, drohte er ihr im Spaß. »Der gute Carlos ist schließlich auch ein Mann, nicht wahr? Nicht so schneidig wie ich, versteht sich …« Er lachte wieder. »… aber für eine deutsche Reisejournalistin wird's reichen, nehme ich an.«

Sie fiel in sein Lachen ein und stieß ihm spielerisch gegen die Schulter.

»Ich habe vorhin mit ihm telefoniert«, sagte Jorge. »Und er lässt Ihnen ausrichten, dass er uns gern in Port de Pollença ausführen würde. Na ja, es war nicht schwer herauszuhören, dass er lieber nur Sie ausführen würde – aber seine Schüchternheit in privaten Dingen ist die einzige Schwäche, die mir in all den Jahren an Perello aufgefallen ist. Also gehe ich halt mit, und ich kann Ihnen sagen: Es wird sich lohnen! Für Sie ohnehin, und auch ich habe das schon lange nicht mehr gemacht.«

»Gemacht? Was denn?«

»Das werde ich Ihnen ganz sicher nicht verraten. Ich werde doch dem besten Comisario, den Mallorca je hatte, nicht die Überraschung verderben!«

»Na gut, bis heute Abend werde ich die Spannung wohl noch aushalten können.«

»Ach, und noch etwas: Bei der Guardia Civil weiß keiner, dass sich Perello um seine Eltern kümmert, und er will, dass das auch so bleibt.«

»Und woher wissen Sie das?«

»Na hören Sie mal, Lisa, ist das meine Insel oder nicht?«

Er startete den Motor, wendete umständlich und steuerte den Wagen dann langsam zurück nach Port d'Alcúdia.

Drüben vor dem Wohnhaus des einsam gelegenen Bauernhofs stand Carlos Perello, beschattete seine Augen mit der rechten Hand und sah angestrengt zu dem dichten Buschwerk hinüber, hinter dem der Zufahrtsweg seines Elternhauses zur Straße führte. Einen Moment lang war es ihm gewesen, als hätte er zwischen den Büschen etwas Metallisches aufblitzen sehen. Er schaute, konnte jedoch nichts entdecken. Er horchte, aber der Wind frischte in diesem Moment etwas auf und war zu laut, als dass er etwaige Motorengeräusche auf diese Entfernung hätte hören können. Schließlich zuckte er mit den Schultern, hob die Brille auf, die sein Vater auf der Steinbank vergessen hatte, und kehrte zurück ins Haus.

Auf der Fahrt nach Port de Pollença hatte Perello von Peps Geständnis am Vorabend erzählt und davon, dass einige Kollegen schon damit beschäftigt waren, den beiden Investoren das Handwerk zu legen. Dabei waren auch die Informationen hilfreich gewesen, die Pep über Hürtz beigesteuert hatte, um ein milderes Urteil für sich zu erreichen. Er beteuerte ohnehin, dass er Reusch das Messer nur im Affekt in den Rücken gestochen habe: Weil der ihn als Schlappschwanz und Möchtegernganoven beschimpft habe, seien ihm die Sicherungen durchgebrannt. Perello glaubte ihm, weil er ihn ebenfalls als sehr impulsiv erlebt hatte und weil er ihn außerdem für zu dämlich hielt, eine Lügengeschichte über eine ganze Vernehmung hinweg aufrechtzuerhalten.

Das eine oder andere hatte Lisa schon von Jorge gehört, aber sie hütete sich, das dem Comisario gegenüber zu erwähnen. Immer wieder musterte sie ihn heimlich und rief sich die Bilder vom heutigen Vormittag in Erinnerung. Irgendwann fing Perello ihren Blick auf, sah sie auf ihr seliges Lächeln hin fragend an, aber sie winkte nur ab und ermunterte ihn, weiterzuerzählen.

Er fasste die Aussagen von Camilo Carrasco und Vincente Granota zusammen. Carrasco hatte einige wichtige Informationen geliefert. Juans Ganovenchef »Don Vincente« hatte dagegen nicht viel mehr beizutragen als die Geschichte über das konspirative Treffen in Sóller und die Namen der beiden Fincabesitzer, die sich für die beiden deutschen Investoren aus unterschiedlichen Gründen als schwierige Hürde entpuppt hatten. Er tat zwar recht großspurig, aber es war offensichtlich, dass er von alten Kontakten zehrte und in der Unterwelt von Mallorca längst auf dem Abstellgleis gelandet war. Jedenfalls konnten sie Granota gefahrlos noch in derselben Nacht laufen lassen. Draußen auf der Straße nahm ihn sein treuer Helfer Juan, das Ohr, in Empfang und kutschierte ihn nach Hause. Perello beobachtete die beiden, und als er am nächsten Abend Lisa und Jorge von dieser Szene erzählte, fanden die beiden die Loyalität des kleinen Gauners zu seinem entmachteten Boss genauso rührend wie er selbst.

Für den Comisario war der Fall jedenfalls abgeschlossen. Lächelnd parkte er den Wagen am Hafen und stieg aus. Ihm war anzusehen, dass er – obwohl er sicher nicht allzu früh ins Bett gekommen war – vermutlich das erste Mal seit Sebastian Reuschs Tod wieder etwas länger und etwas ruhiger hatte schlafen können. Er wirkte entspannter, seine Augenringe waren weniger dunkel, und er plauderte so charmant, dass Lisa gerne das Du annahm, das Carlos Perello ihr schon nach den ersten Minuten Autofahrt angeboten hatte.

»Jetzt hast du nichts mehr mit meinem Fall zu tun, Lisa, also können wir uns gern privat treffen – was wir hiermit ja auch schon tun, nicht wahr?«

Lisa war es sehr recht, und als er sie unterhakte, wurde ihr ganz warm. Jorge ging neben den beiden her und schmunzelte. Er wusste, was Carlos an diesem Abend plante, aber er wollte ihm die Überraschung nicht verderben.

»So«, sagte Perello schließlich, als er vor einer Bar namens La Bodeguita stehen blieb. »Hier geht's los. Wir machen eine Tour, eine Tapastour.«

Einen ganz kurzen Moment war Lisa enttäuscht, weil Tapas eine schöne Sache waren, aber eben sehr typisch und alles andere als exotisch für Mallorca. Carlos Perello lachte, als er ihre Miene sah.

»Glaub mir, Lisa, damit kannst du in deinem Artikel über Mallorca wirklich punkten. Jeden Donnerstag tun sich hier im Viertel nämlich mehr als ein Dutzend Bars und Bodegas zusammen und veranstalten den ganzen Abend über die

Ruta del Tapeo, die Tapasroute. Du gehst in eines der Lokale, bekommst für zwei Euro einen Wein oder ein Bier und dazu einmal Tapas – und so geht das in allen diesen Lokalen bis halb elf, elf. Und jetzt los, ich habe Hunger und Durst.«

Sie schlemmten und tranken sich durch eine Bar nach der anderen. Mal hatten sie nur wenige Meter zu gehen, dann wieder waren sie ein paar Minuten an der frischen Luft unterwegs; aber immer lohnte sich der Weg, und immer weicher wurden ihre Schritte und immer schwerer ihre Zungen. Jorge zupfte Lisa irgendwann am Ärmel und deutete auf ein Pärchen, das eng umschlungen zwischen den anderen Passanten dahinschlenderte. Den hageren Mann erkannte sie erst auf den zweiten Blick als Juan, das Ohr. Er hatte sich mächtig herausgeputzt, und während er sich sonst immer aufmerksam wie ein Wiesel umgeschaut hatte, wirkte er nun völlig entspannt und warf der Frau an seiner Seite immer wieder schmachtende Blicke zu. Sie war, um es nett auszudrücken, recht gut beieinander, hatte ein hübsches, rundes Gesicht, und ihre langen, schwarzen Haare wehten in der Abendbrise.

»Offenbar hat er sich endlich getraut, mehr von ihr zu wollen als frische Ensaïmades«, raunte Jorge ihr zu. »Er schwärmt nämlich schon ewig für Bibiana, die Tochter meines Lieblingsbäckers Bernardo.«

Carlos Perello hatte das Paar ebenfalls betrachtet.

»Schön«, bemerkte er grinsend, »dass sich auch dieser Fall gelöst hat.«

Lisa rückte noch ein wenig näher an ihn heran. Carlos legte ganz sanft den Arm um sie und flüsterte ihr zu, dass sie später, wenn Jorge nach Hause gehen würde, ja zu zweit noch ein bisschen zusammenbleiben könnten. Sein Atem kitzelte in ihrem Ohr, und in ihrem Nacken stellten sich die Härchen auf. Sie sah ihm tief in die Augen, so lange, bis Jorge ihnen in gespielter Empörung zurief: »Eh, ihr beiden! Ich geh ja bald nach Hause, versprochen! Dann könnt ihr weiterturteln. Aber jetzt bin ich noch da, ich habe Durst, und ich habe Lust, mit euch anzustoßen! Salut!«

Lachend ließen sie ihre Gläser gegeneinanderklirren, und irgendwann waren sie zu faul, um noch das Lokal zu wechseln. Stattdessen bestellten sie mehrfach nach und nahmen zwischen zwei Weinen auch noch den einen oder anderen Tequila. Dabei lachten sie über Anekdoten aus Jorges Zeit als Polizeichef, danach gab Carlos Geschichten von der Guardia Civil zum Besten, und schließlich wollte auch Lisa etwas Unterhaltsames zu diesem wunderschönen Abend beisteuern.

»Jungs«, sagte sie etwas undeutlich, »genau genommen bin ich ja so eine Art Kollegin von euch.«

Jorge kicherte, und Carlos hob die Augenbrauen ein wenig, bevor er sein Glas leerte und bei der Bedienung per Handzeichen Nachschub orderte.

»Jorge weiß es schon, aber für dich, Carlos, ist es neu. Ich schreibe nämlich Krimis. Mein erster wird im Winter erscheinen, den Vertrag hat meine Agentin inzwischen ausgehandelt, mit einem richtig schönen Vorschuss und guten Tantiemen und so weiter. Toll, oder?«

»Gratuliere«, lallte Jorge, und Carlos wiegte lächelnd den Kopf, es sollte wohl eine anerkennende Geste sein.

»Und das Beste kommt noch«, fuhr Lisa von den Reaktionen beflügelt fort. Sie ließ eine Pause, bis beide Männer auch wirklich an ihren Lippen hingen. »Aus dieser … Immobiliengeschichte« – für das schwierige Wort hatte sie zwei Anläufe gebraucht – »und dem Mord an Reusch will ich meinen nächsten Roman machen. Absturz auf Alcúdia oder so ähnlich, da fällt mir sicher noch ein besserer Titel ein. Ich stelle mir vor, dass da eine Reisejournalistin, also ich, in einem verzwickten Mordfall ermittelt – und ihr zur Seite stehen ein … haltet euch fest! … ein pensionierter Polizeichef und ein schneidiger Comisario. Was sagt ihr dazu?«

Jorge Bennàssar und Carlos Perello schauten sich an, erst zweifelnd, dann amüsiert, und schließlich platzten sie lachend heraus: »Déu meu!«

– DANKSAGUNG –

Ein sehr herzliches Dankeschön geht an alle, die mir meinen ersten Urlaubskrimi ermöglicht haben: an meine Gesprächspartner und Informationsquellen, an die wichtigste Testleserin von allen – und natürlich an alle Mitarbeiter des Piper-Verlags und der Agence Hoffman.

Im Anhang finden sich einige Rezepte, mit denen man sich kulinarisch auf meine Spuren und die der Romanfiguren begeben kann. Schade nur, dass Manuel, Dolores, Bernardo und Esteban frei erfunden sind und dass auch die im Roman beschriebenen Bäckereien und Bars in Wirklichkeit nicht existieren. Die beschriebenen Gerichte allerdings gibt es, und ich wünsche guten Appetit und viel Spaß damit!

– REZEPTANHANG –

Die besten Tapas von Dolores & Alejandro

Das spanische Wort »Tapa« (zu Deutsch: Deckel) gibt schon einen Hinweis darauf, wie die wunderbaren Kleinigkeiten zu ihrem Namen kamen. Früher wurde in Spanien Sherry in Gläsern serviert, auf denen ein kleiner Teller wie ein Deckel lag; und auf dem Teller befand sich wiederum eine kleine Leckerei. Ob das nun gemacht wurde, damit keine Fliegen ins Glas flogen, oder als netter Gruß aus der Küche, lässt sich heute nicht mehr sagen. Tapas sind aus der spanischen Küche jedenfalls längst nicht mehr wegzudenken.

Dolores ist für ihre Tapas so berühmt, dass die Gäste auch die recht lange Anfahrt zu ihrer etwas abgelegenen Bar nicht scheuen; und Alejandro tischt in seiner Bodega Ca na Miranda ebenfalls allerlei exzellente Kleinigkeiten auf. Unter anderem feine Oliven, Peperoni mit Frischkäse gefüllt, fein geschnittenen Schinken, oder Ciruelas, das sind mit Speck umwickelte und angebratene Pflaumen.

Tapas kann man inzwischen auch schon fertig zubereitet kaufen. Man serviert dazu frisches Weißbrot und einen kräftigen Rotwein. Der muntere Abend ist dann garantiert. Wer sie selbst zubereiten will, kann sich an einigen Tapas versuchen, wie sie Dolores und Alejandro anbieten. Die Menge der Zutaten ist jeweils für vier Häppchen gerechnet.

Tomatenbrot

Zutaten: 4 etwas dickere Scheiben Weißbrot, 2 Tomaten, 1 Knoblauchzehe, 1 TL Salz, Olivenöl

Die Tomaten waschen, halbieren und den grünen Strunk herausschneiden. Kerne und Flüssigkeit entfernen, die Tomatenfilets in kleine Würfel schneiden. Olivenöl in einer Pfanne erhitzen, Salz hinzugeben. Knoblauchzehe häuten und halbieren. Weißbrot in der Pfanne auf einer Seite goldbraun anrösten, danach die geröstete Seite mit Knoblauch einreiben, darauf die Tomatenstücke verteilen. Sofort servieren und warm essen.

Gebratene Paprika

Zutaten: kleine grüne Paprikaschoten (am besten die Sorte Pimientos de Padrón), grobes Salz, Frittierfett

Obwohl die kleinen grünen Pimientos aus Galizien stammen, zählen sie auf Mallorca zu den beliebtesten Tapas. Sie sind schnell und kinderleicht zu verarbeiten: Die Pimientos waschen, trocken tupfen und in heißem Fett einige Minuten braten, bis sie etwas Farbe angenommen haben. Herausnehmen, mit grobem Salz bestreuen und noch warm servieren.

Wer beim Händler keine Pimientos bekommt, kann auch grüne Peperoni oder eine andere Sorte grünen Paprika verwenden. Peperoni schmecken etwas schärfer als das Original. Bei grünem Paprika, den man putzt und in Stücke schneidet, empfiehlt es sich, Olivenöl statt Frittierfett zu verwenden und bei etwas geringerer Hitze kurz anzubraten.

Scharfe Garnelen

Zutaten: 120–150 g Garnelen (geschält, mit Schwanz), 1 Knoblauchzehe, 1 Chilischote, Olivenöl, Salz

Garnelen waschen und trocken tupfen. Knoblauchzehe halbieren und mit dem Messer andrücken. Chili waschen und längs halbieren, Kerne entnehmen, Schote fein hacken. Öl erhitzen, Chili und Knoblauch darin kurz anbraten. Knoblauch herausnehmen, danach die Garnelen in Öl mitbraten, bis sie etwas Farbe angenommen haben. Das dauert nur etwa eine Minute. Salzen und im Öl warm servieren.

Champignons in Sherry

Zutaten: 150 g Champignons, 1 Schalotte, 1 Knoblauchzehe, 50 ml trockener Sherry, Salz, Pfeffer, Olivenöl

Die Pilze bürsten. Schalotte und Knoblauch schälen, fein hacken und kurz in Öl anbraten. Champignons dazugeben und goldbraun anbraten. Mit dem Sherry ablöschen, mit Salz und Pfeffer abschmecken und sofort servieren.

Avocado auf katalanische Art

Zutaten: 1 Avocado, 50 g Anchovis, 1 EL Rosinen, 1 EL Pinienkerne, 1 TL milder weißer Essig, 1 EL Olivenöl

Die Rosinen werden zwei bis drei Stunden lang in etwas lauwarmem Wasser eingelegt. Danach abtropfen lassen und bereitstellen. Pinienkerne ohne Öl in einer Pfanne anrösten, bis sie leicht Farbe annehmen. Anchovis in Streifen schneiden. Avocado schälen, halbieren, den Kern entnehmen und das Fruchtfleisch in schmale Spalten schneiden. Aus Öl, Essig, Salz und Pfeffer eine Marinade anrühren und diese über die Avocadospalten geben. Danach wird die Avocado mit Rosinen und Anchovis belegt.

Manuels legendärer Fischeintopf: Calderata mit Sofrito-Soße

In seiner Bar Sa perca daurada, die in Port d'Alcúdia knapp hundert Meter vom Jachthafen entfernt liegt, hat Wirt Manuel eine Menge leckerer Gerichte im Angebot. Legendär ist seine Caldereta, ein mallorquinischer Fischeintopf, den er mit besonders viel Liebe zubereitet.

Mit den Vorbereitungen für seine Caldereta beginnt Manuel bereits am Morgen: Er setzt die würzige Sofrito-Soße an, mit der er später den Eintopf verfeinert. Aber natürlich kann man sich die Sofrito-Soße auch schon zwischendurch schmecken lassen, wie zum Beispiel mit gerösteten Brotscheiben. Manuels Stammgast Jorge macht es im Roman vor.

Welchen Fisch man für den Eintopf verwendet, liegt im Ermessen des Kochs. Für die Optik punkten feste Sorten, den Geschmack veredeln aromatische Fische. Manuel nimmt natürlich am liebsten frisch vor Mallorca gefangenen Lubina, also Wolfsbarsch. Seine Bar heißt ja auch »Zum Goldenen Barsch« …

Manuels Sofrito

Zutaten (für 4 Portionen Eintopf): 4 Tomaten, 2 kleine Zwiebeln, 1 Karotte, 1/2 Stange Sellerie, 2 Knoblauchzehen, 1 Chilischote, 1 TL Paprikapulver (edelsüß), 20 g Oregano (frisch oder getrocknet), 0,1 g Safranfäden (optional), Olivenöl, Salz, Pfeffer, 150 ml Wasser
… und vielleicht etwas Brot zum Naschen. Weißbrot passt ebenso gut wie ein würziges Roggenbrot.

Die Zutaten kann man nach Belieben und persönlichem Geschmack variieren.

Manuel schneidet die Haut der Tomaten kreuzweise ein und blanchiert sie danach mit heißem Wasser. Jetzt lässt sich die Haut leicht von der Tomate abziehen. Die gehäuteten Tomaten halbieren, den grünen Stielansatz herausschneiden und den Rest klein würfeln. Karotte und Sellerie werden geputzt und nun ebenfalls in kleine Würfel geschnitten. Zwiebeln schälen, Knoblauch halbieren und gegebenenfalls den grünen Keim in der Mitte herausheben, dann beides fein hacken. Die Chilischote längs aufschneiden, die Kerne entfernen, den Rest ebenfalls zerkleinern.

Öl in einen ausreichend großen Topf geben. Darin Zwiebeln, Karotte und Sellerie bei mittlerer Hitze andünsten, bis das Gemüse weich beziehungsweise die Zwiebeln glasig sind. Kurz vor Ende Knoblauch und Chili hinzufügen.

Jetzt das Paprikapulver unterrühren und danach alles mit den Tomatenwürfeln und dem Wasser ablöschen. Den Topf abdecken und alles bei niedriger Hitze etwa 15 Minuten schmoren lassen.

Die Safranfäden kommen währenddessen mit etwas Salz in den Mörser, wo sie zerstoßen werden. Zum Schluss noch Oregano (bei frischem die Blättchen abzupfen) und Safransalz unter die fertige Soße rühren, und alles mit Salz und Pfeffer abschmecken.

Wenn die Sofrito-Soße zu Brot gereicht werden soll, röstet man Brotscheiben in gesalzenem Olivenöl auf einer Seite goldbraun an und bestreicht die geröstete Seite mit Sofrito.

Manuels Caldereta

Zutaten (für 4 Personen): 1,5 kg Fischfilets (gern gemischt), 500 g Miesmuscheln, 1 l Fischfond, 30 g Mandelkerne, 20 g Pinienkerne, 600 g Kartoffeln, 3 Paprikaschoten (Manuel nimmt am liebsten rote), 2 TL Tomatenmark, 2 Blätter Minze, 2 Blätter Lorbeer, 1 Bund Thymian, 1 Bund Petersilie, 2 Zwiebeln, 1 Knoblauchzehe, 100 ml Rotwein, Fenchelsamen (optional), Olivenöl, Salz, Pfeffer, Sofrito*

**) Zutaten für einen eigenen Fischfond: ca. 1 kg Fischreste (Gräten, Flossen, Kopf), ca. 1 kg Wurzelgemüse (Knollensellerie, Karotten, Kohlrabi), 5 Zwiebeln, 150 ml Weißwein*

Manuel stellt seinen Fischfond als Wirt natürlich selbst her. Dazu kauft er ganze Fische, filetiert sie und stellt die Filets kalt. Die Karkasse, also der »Abfall« aus Gräten, Flossen, Kopf und den daran hängenden Fischresten, brät Manuel mit reichlich Zwiebeln und dem Wurzelgemüse in Olivenöl an. Bevor die Zwiebeln zu dunkel werden, löscht man sie mit Wasser und Weißwein ab, und kocht das Ganze auf etwa die Hälfte der Menge ein. Schließlich abseihen und abkühlen lassen. Einen Fischfond selbst herzustellen, kostet viel Zeit und macht ordentlich Arbeit. Die Caldereta schmeckt ebenso gut mit einem gekauften Fischfond.

Für den Eintopf werden nun Mandel- und Pinienkerne angeröstet (ohne Fett!), bis sie hellbraun sind. Wer Fenchel mag, kann gegen Ende der Röstzeit auch noch Fenchelsamen dazugeben. Alles kommt in den Mörser und wird dort zusammen mit der Minze zerstoßen.

Die Paprika waschen, Strunk entfernen, den Rest in gleichmäßige Streifen schneiden und von den Kernen befreien. Knoblauch und Zwiebeln schälen und fein würfeln.

Die Kartoffeln schälen. Manuel legt eine Kartoffel beiseite und in kaltes Wasser, damit sie in der Zwischenzeit nicht braun wird. Die anderen schneidet er in zentimeterdicke Scheiben, die er danach noch einmal halbiert oder viertelt, je nach Größe der Kartoffeln.

Dann muss ein großer Topf her. Man erhitzt Olivenöl und brät darin Zwiebeln, Kartoffeln und Paprika an. Nach kurzer

Zeit rührt man Tomatenmark unter und brät es mit, gegen Ende kommt der Knoblauch dazu. Wenn Zwiebeln und Kartoffeln Farbe angenommen haben, wird mit Rotwein abgelöscht. Kurz reduzieren lassen, dann Fischfond und Lorbeer dazugeben. Die übriggebliebene Kartoffel aus dem Wasser nehmen und mit einer Reibe fein in den Eintopf raspeln.

Das Ganze muss jetzt noch einmal aufkochen. Thymian und Petersilie dazugeben (optional) und alles bei mittlerer Hitze köcheln lassen, bis die Kartoffelstücke fast gar sind – das dauert höchstens fünfzehn Minuten.

In der Zwischenzeit Miesmuscheln unter fließendem Wasser bürsten (auch an der Öffnung). Die Muscheln, die sich jetzt schließen, in reichlich Wasser gar kochen, die anderen wegwerfen. Muscheln, die trotz des Kochens geschlossen bleiben, ebenfalls entsorgen. Aus den restlichen das Fleisch lösen. Wer den Eintopf garnieren will, legt einige Muscheln zur Zierde beiseite.

Nun müssen die Fischfilets mit Salz und Pfeffer gewürzt werden. Man kann die Filets am Stück lassen oder in mundgerechte Stücke schneiden.

Wenn die Kartoffeln fast gar sind, kommen die Sofrito-Soße, die gekochten Muscheln und die rohen Fischfilets in den Eintopf. Die Filets sollten mit reichlich Flüssigkeit bedeckt sein. Topf zudecken und alles gut zehn Minuten lang ziehen lassen, bis der Fisch gar ist.

Angerichtet wird der Eintopf in Suppentellern. Dabei streut man zerstoßene Minze, Mandel- und Pinienkerne über den Fisch, und garniert zusätzlich mit der einen oder anderen Muschel, die man vorher zur Seite gelegt hat. Aber auch etwas Petersilie macht sich gut.

Hierzu passen geröstetes Brot und ein kräftiger Rotwein.

Bernardos Ensaïmades

Bibianas Vater Bernardo betreibt eine kleine Bäckerei in der Straße, in der Jorge wohnt. Seine Spezialität sind die auf Mallorca sehr beliebten Ensaïmades, in Schmalz ausgebackene Hefeschnecken. Die gibt es überall auf der Insel, entweder pur oder gefüllt, etwa mit »Engelshaar«, einer Konfitüre aus Kürbisfleisch. Bernardo lässt die Konfitüre meistens weg, und Jorge und Juan mögen sie so auch am liebsten.

Zutaten (für etwa 1 Backblech): 500 g Weizenmehl, 1 Würfel Hefe (ca. 40 g), 2 Eier, 250 ml Wasser, 250 g Schweineschmalz, 100 g Puderzucker, je eine Prise Salz und Zucker

Der Teig der Ensaïmades ist kinderleicht herzustellen, aber er braucht Zeit und ein warmes Plätzchen, damit er auch gut aufgeht. Bernardo setzt den Teig deshalb schon am Vorabend an, aber wenn man die Ensaïmades zur Kaffeezeit genießen will, reicht es, wenn man am Vormittag gegen zehn oder elf Uhr beginnt.

Zunächst wird das Mehl in eine Rührschüssel gesiebt. Bernardo drückt dann eine Mulde ins Mehl, bröselt die Hefe dort hinein, gibt Salz und Zucker dazu und etwas lauwarmes Wasser. Vorsichtig rührt er alles zu einem dünnen Brei an, deckt die Rührschüssel mit einem Tuch ab und stellt sie an einen warmen Ort. Das kann entweder der Backofen sein (bei dreißig Grad) oder eine warme Stelle in der Wohnung. Dieser Vorteig muss mindestens ein, zwei Stunden gehen.

Danach werden die Eier mit dem restlichen lauwarmen Wasser verrührt, und der Puderzucker und 100 g Schmalz kommen dazu. Dann wird alles gründlich mit dem Vorteig und dem Mehl in der Rührschüssel verknetet.

Wenn der Teig eine gleichmäßige Masse bildet, wird er in mehrere Teile geschnitten und wieder zusammengeknetet. Das wird mehrmals wiederholt, bis der Teig glatt und weich geworden ist. Schließlich muss er erneut gehen, bis er seine doppelte Größe erreicht. Das dauert mindestens zwanzig bis dreißig Minuten. In dieser Phase darf der Teig keine Zugluft abbekommen.

Den fertigen Teig wellt Bernardo anschließend aus und teilt ihn in zwölf Stücke. Diese werden wiederum dünn ausgewellt, bis jedes Stück etwa die Größe eines DIN-A4-Blattes hat. Nun etwas Schmalz erwärmen und jedes Teigstück mit etwa 1 TL bestreichen. Die dünnen Teigstücke werden jetzt diagonal aufgerollt, so werden die Teigstränge in der Mitte etwas dicker als an den Enden. Nun rollt man die Teigstränge auf einem Backblech zu Schnecken auf. Bernardo macht das natürlich so, wie es auf Mallorca üblich ist: Er wickelt den Teigstrang im Uhrzeigersinn und drückt das dünne Ende zum Schluss leicht unter die Schnecke.

Danach sollten die rohen Ensaïmades noch einmal zwanzig Minuten lang gehen. Den Backofen auf 220 Grad vorheizen, und einen kleinen feuerfesten Topf mit etwas Wasser auf den Boden des Ofens stellen. Die Ensaïmades nur noch mit etwas Wasser bepinseln und in etwa zwanzig Minuten fertig backen. Falls es durch das Wasser im Ofen zu dampfen beginnt, klemmt man am besten einen hölzernen Kochlöffel in die Backofentür.

Die fertigen Ensaïmades kann man je nach Geschmack mit Puderzucker bestreuen. Man sollte sie möglichst warm genießen.

Estebans Carajillo

Als Lisa Langer allein im Foyer des El moro alegre saß und verarbeiten musste, dass ihr gerade ein Toter vor die Füße gefallen war, zögerte Concierge Esteban nicht lange, sondern mischte schnell einen Cognac in einen starken Kaffee. Normalerweise nimmt sich Esteban allerdings Zeit, seinen Carajillo nach traditioneller mallorquinischer Rezeptur zuzubereiten – und wird mit leckerem Karamellaroma belohnt.

Zutaten (für 1 Carajillo): 40 ml Cognac (Esteban nimmt hierfür feinen mallorquinischen Brandy), 1 doppelter Espresso, 2–3 Kaffeebohnen, 2 TL Zucker, Etwas Zitronenschale, 1 Stabfeuerzeug oder langes Streichholz

In eine ausreichend große und möglichst dickwandige Tasse (oder in ein hitzebeständiges Glas) den Cognac geben. Esteban erwärmt ihn mit der Dampfdüse der Espressomaschine, aber Vorsicht: Es erfordert etwas Übung, damit der Cognac nicht spritzt. Nun den Cognac anzünden. Den Zucker in einem langstieligen Löffel so lange über die Flamme halten, bis er karamellisiert, dann in die Tasse geben, umrühren und alles noch kurz weiterbrennen lassen. Danach mit einem doppelten Espresso ablöschen. Vor dem Servieren kann man ein kleines Stück Zitronenschale und Kaffeebohnen hinzugeben.